KB271449

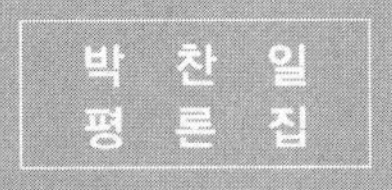

근대 : 이항대립체계의 실제

근대 : 이항대립체계의 실제

박 찬 일

도서출판 역락

이항대립체계 및 이항대립체계의 붕괴

1.

이항대립체계는 세계 해석의 기본틀이었다. 동양에서는 음 / 양이 그랬고 서양에서는 현상 / 본질, 혹은 현세 / 내세가 그랬다. 지옥 / 천국이 그랬고, 육체 / 영혼이 그랬다. 악 / 선, 추 / 미가 그랬다.

동양과 서양이 다른 것은 한쪽에 우위를 부여하는 일이었다. 음 / 양의 이항대립에서는 한쪽에 우위를 부여하지 않았으나, 현상 / 본질, 현세 / 내세, 지옥 / 천국, 육체 / 영혼, 악 / 선, 추 / 미 등의 이항대립에서는 한쪽에 우위를 부여하였다(이항대립을 부정하는 세계도 물론 있다. 불교의 불이사상이 이항대립을 부정하였다. 불이사상에 의하면 서로 다른 '두 항목들'이 존재하지 않는다. 그러므로 두 항목들을 분별하지 않는다. 거꾸로, 두 항목들을 분별하지 않는 것은 두 항목들을 설정하지 않는 것과 같다).

그렇다. 문제는 이항대립을 설정하면서 한 쪽에 우위를 부여하는 것이

---

* 책머리에 담은 이 글은 졸저 『詩를 말하다』(연세대학교 출판부, 2007) 제5장의 내용을 수정・보완한 것임.

었다. 남과 여를 구분하고 남에 우위를 부여하였다. 이성과 감성을 구분하고 이성에 우위를 구분하였다. 인간과 자연을 구분하고 인간에 우위를 부여하였다. 서양과 동양을 구분하고 서양에 우위를 부여하였다. 현상 / 본질, 현세 / 내세, 지옥 / 천국, 육체 / 영혼, 악 / 선, 추 / 미에서도 마찬가지였다. 본질, 내세, 천국, 영혼, 선, 미에 우위를 부여하였다.

이항대립을 구분하고 한 쪽에 우위를 구분하는 것은 '근대 이전과 근대 이후'[데카르트 이전과 이후]가 마찬가지였다. 근대 이전, 플라톤의 형이상학은 현상과 본질을 구분하고 본질에 우위를 부여하였다. 기독교에서는 현세와 내세, 혹은 차안과 피안을 구분하고 내세와 피안에 우위를 부여하였다. 간단히 신과 인간을 구분하고 신에 우위를 부여하였다고 할 수 있다.

근대 이전과 근대 이후의 이항대립의 차이는 내용의 차이였다. 이른바 '근대'라고 하는 것은 근대 이전의 신중심주의에 대한 부정에서 출발하였기 때문이다. 신 중심, 본질 중심, 내세 중심의 부정에서 출발하였기 때문이다. 근대는 신중심주의의 부정·인간중심주의의 등장이라고 간단히 정의할 수 있다. 근대 이전과 근대 이후를 통시적으로 보면 신중심주의와 인간중심주의의 병존이다. 신중심주의와 인간중심주의의 병존 또한 이항 대립이다. 한 쪽에 우위를 부여하는 것도 마찬가지이다. 근대 이전에는 신에 우위를 부여하였고, 근대 이후에는 인간에 우위를 부여하였다.

근대 이후의 두드러진 이항 대립으로 이성과 감성, 남자와 여자, 인간과 자연, 서양과 동양을 말할 수 있다. 물론 이성이 강조되고 남자가 강조되고 인간이 강조되었다. 서양이 강조되었다.

다시 말하지만 근대 이전과 근대 이후의 '이항 형식'은 변동이 없었다. '이항 내용'에 변동이 있었다. 중심을 설정하는 것도, 혹은 우위를 부여하는 것도 변동이 없었다. 다시 말하지만 근대 이전에는 신에 중심을 설정하였고, 근대 이후에는 인간에 중심을 설정하였다. 혹은 인간의 이성에 중심을 설정하였다. 중심주의는 마찬가지였다.

중심과 배제는 동전의 앞뒷면이다. 중심을 설정하였다면 또한 억압을 설정한 것이다. 배제를 설정한 것이다. 근대 이후의 한 쪽 항에 대한 또 다른 한 쪽 항에 대한 우위를 '동일자에 의한 타자의 억압'이라는 개념으로 설명할 수 있다.

동일자는 '주체'의 다른 말이다. 항상 동일한, 분열이 없는, 주체의 이름이다. 이성적 주체이다. 항상 동일한 자에게, 분열이 없는 자에게, 자신 말고는 모든 것이 타자이고 對象이다. 동일자는 타자를 설정하고, 타자와 대립하고, 타자를 억압한다. '동일하지 않은 자'는, 분열이 있는 자는, 타자를 설정하지 않는다. 자신 안에 타자를(혹은 타자들을) 두고 있기 때문이다. 자신 안에 타자를 두고 있는 자가 어찌 타자를 설정하고, 타자와 대립하고, 타자를 억압할 수 있겠는가. 자신을 억압할 수 있겠는가. 동일자는 호르크하이머에 의하면 "도구적 이성"(M. Horkheimer, 『Zur Kritik der instrumentellen Vernunft』)의 다른 말이다. 혹은 '계몽'의 다른 말이다.

미와 추, 혹은 선과 악의 이항대립에 대해서 다르게 말할 수 있다. 근대 이전, 혹은 모더니즘 예술 이전에 미와 추에서 미가 절대적으로 강조되었고, 선과 악에서 선이 절대적으로 강조되었다. 근대 이후, 혹은 모더니즘 예술 이후에 그렇다고 악이 절대적으로 강조되고 추가 절대적으로 강조되지 않았다. 미와 추가, 선과 악이, 균등하게 대접받게 되었다. 다시 말하면 미와 추, 선과 악의 대립에서 근대 이전에는 한 쪽에 우위가 부여되었으나 근대 이후에는 한 쪽에 우위가 부여되지 않았다. 19세기 말 자연주의문학에서 전면적으로 구체화된 이른바 '추의 미학'은 추를 강조하는 것이 아니었다. 악을 강조하는 것이 아니었다. 그동안 억눌렸던 추와 악이 전경화되면서 추와 악이 강조되는 것처럼 보였을 뿐이다.

영혼(혹은 정신)과 육체의 이항대립에 대해서도 다르게 말할 수 있다. 영혼과 육체를 나누고 영혼에 우위를 부여하는 것은 근대 이전과 근대 이후가, 혹은 데카르트 이전과 이후가, 마찬가지였다. 19세기 말 니체 이후에 다른 국면이 전개되었다.

> 바람과 비와 나무,
> 하얀 뼈와 소화기계통 순환기계통만 작동한다.
> 오만한 영혼에 의해 여태 보이지 않던 것,
> 천대받던 것들.
> 두 팔과 두 다리는 나를 골짜기 밑으로 안내하였다.
>
> 영혼은 육체에서 완전히 떨어져나갔다.
> 영혼은 영혼의 집으로 육체는 육체의 집이 있었다.
>
> 훨씬 가벼워진 몸의 무게,
> 온전히 감당해야할 무게가 나를 데리고
> 이 세상을 돌아다닐 것이다.
> 하늘에는 흰 구름이 떠가고 땅에는 노랑꽃이 피니
> 난 항상 배가 고플 것이다.
>
> — 박찬일, 「아, 연하천이여」 전문

이 시 아래에는 다음과 같은 각주가 있었다.

> 1995년 여름, 호우주의보가 내린 어느 날, 지리산 연하천 산장을 지난 뒤 길을 잃었으나 육체의 도움으로 살아온 사람이 있었다.

지리산에서 길을 잃었을 때의 심경이 피력된 체험시라고 할 수 있다. 육체가 전면적으로 긍정되고 있다. 니체적으로 말하면 대지가 전면적으로 긍정되고 있다. 그동안 영혼／육체에서 영혼이 우대 받았고 육체가 홀대 받았으나 이 시에서는 거꾸로 육체가 우대 받고 영혼이 홀대 받고 있다. "바람과 비와 나무"들은 육체와 인접의 관계에 있는 '바람과 비와 나무'들이었으며, "하얀 뼈와 소화기 계통 순환기 계통" 역시 육체와 인접의 관계에 있는 '하얀 뼈와 소화기 계통 순환기 계통'이었다. 뒤쪽의 "흰구름"과 "노랑꽃"도 육체와 인접의 관계에 있는 '흰구름, 노랑꽃'이었다. 맨 끝의 "배가 고플 것이다"라고 한 것도 육체의 중요성을 강조한 것이다. 육체의 중요성은 무엇보다도 "두 팔과 두 다리는 나를 골짜기 밑으로 안내하였다"고 했을 때 최고도로 강조되었다. 육체 때문에 살았다고 한 것이다. 골짜기 위는 죽음의 세계였고 골짜기 아래는 삶의 세계였다. 죽음의 세계를 헤맬 때 영혼은 쓸모없는 것이었다. 두 팔과 두 다리가 쓸모 있는 것이었다. '사망의 음침한 골짜기'를 헤맬 때 나를 구한 것은 신적 가호가 아니라, 인간적 노력이라고 한 것으로 볼 수 있다. 신 / 인간에서 인간을 강조한 것으로 볼 수 있다.

　이항대립의 관한 한 기형도의 시편들과 진은영의 시편들도 주목된다. 둘 다 세계내적 존재와 세계외적 존재를 설정하고 있다. 인간과 신을 설정하고 있다.

　　나의 죽은 귓속에서 푸른 귀뚜라미가 울고 있었다

－진은영, 「메피스토 왈츠」 부분

　　하늘은 푸른 색 칸막이이다
　　좀더 위쪽의 신비를 가려놓은

－진은영, 「소멸」 부분

　진은영에게 '푸른 색'은 죽음의 푸른 색으로 보인다. 더 정확히 말하면 죽은 세계는 푸른 색의 세계로 보인다. "죽은 귓속에서 푸른 귀뚜라미"가운다고 하였다. 죽으면 "푸른 색 칸막이"를 통과하여 푸른 색 세계로 나가는 것이다. 세계 바깥을 "신비"라고 한 것이 문제다. 신비와 동경은 인접의 관계에 있다. 노발리스가 동경한 것이 푸른 꽃의 푸른 색의 세계였다. '여기'의 세계가 아니라, '거기'의 세계였다.

> 어떤 날은 두꺼운 공중의 종잇장 위에
> 노랗고 딱딱한 태양이 걸릴 때까지

— 기형도, 「안개」 부분

> 낮은 지붕들 사이에 끼인
> 하늘은 딱딱한 널빤지처럼 떠 있다

— 기형도, 「白夜」 부분

기형도에게도 '거기'가 동경의 대상으로 보인다. '여기'는 "노랗고 딱딱한 태양"이 있는 곳, "두꺼운 공중의 종잇장" 안의 세계이기 때문이다. 노랗고 딱딱한 태양을 마음에 드는 태양이라고 볼 수 없다. 여기에서 보는 "하늘"은 "딱딱한 널빤지"처럼 보이지만 저기 세계 바깥에서 보는 하늘은 그렇지 않을지도 모른다. 말랑말랑한 솜사탕처럼 보일지도 모른다. 문제는 마음이다. 마음이 딱딱한 널빤지처럼 보이게도 하고 말랑말랑한 솜사탕처럼 보이게도 한다.

이항대립체계의 해체에 기여한 것은 이저, 야우스 등의 수용미학("모든 사람은 다르게 읽는다")에 이어 데리다의 해체주의 사상이었다. 해체주의는 이항대립체계 또한 해체시켰다. 열쇠어는 '차연'이었다. 공간적 차이와 시간적 연기에 의해 텍스트는 무한한 수로 존재하고, 무한히 연기된다. 텍스트는 확정되지 않는다. 확정된 의미는 존재하지 않는다. 이를테면 확정된 남자, 확정된 여자는 존재하지 않는다. 텍스트 해체의 결과는 또한 '확정적 저자'의 죽음이었다. '독서자들'에 의한(수용미학), 혹은 독서자에 의한(해체주의) 확정되지 않은 '수많은' 텍스트가 존재할 뿐이다. 이항대립체계의 해체에 기여한 것으로 데리다 이전의 소쉬르의 '기표 기의 체계'를 말할 수 있다. 촘스키와 달리 소쉬르는 의미[기의]는 기표의 차이에 의해 파생되는 것으로 보았다. 본질적 의미는 애초부터 존재하지 않는 것이었다.

김춘수의 「처용단장 2부」의 한 구절을 보자.

 살려다오.
 북 치는 어린 곰을 살려다오.
 북을 살려다오.
 오늘 하루만이라도 살려다오.
 눈이 멎을 때까지라도 살려다오.

'북치는 어린 곰'과 '북'을 얘기하고 있다. '오늘 하루만'과 '눈이 멎을 때까지'를 얘기하고 있다. '두 개의 항'을 얘기하고 있다. 문제는 어느 한 쪽 항에도 우위를 두지 않는 것이다. "북 치는 어린 곰을 살려다오"라고 했다가 "북을 살려다오"라고 하고 있다. "오늘 하루만이라도 살려다오"라고 했다가 "눈이 멎을 때까지라도 살려다오"라고 하고 있다. 더 중요한 문제는 의미의 확정이 계속 지연되고 있다는 점이다. 의미가 확정되려고 하면 또 다른 의미의 항을 넣어 앞의 의미를 부인시키고 있다. 의미의 지연이 무의미이다. 무의미와 차연은 인접의 관계에 있다.

두 개의 항만 있는 것이 아니다. 무한한 항을 설정해 계속 의미의 확정을 지연시킬 수 있다.

 구름 발바닥을 보여다오.
 풀 발바닥을 보여다오.

그대가 바람이라면
보여다오.
별 겨드랑이를 보여다오.

역시 「처용단장 제2부」 부분이다. "구름 발바닥을 보여"달라고 했다가 "풀 발바닥을 보여"달라고 하고 있다. 구름과 풀만 있는 것이 아니다. 별 겨드랑이도 있다. "별 겨드랑이"도 "보여"달라고 하고 있다. 문제는 이항이 아닌 '세 개의 항', 혹은 '세 개의 항 이상'에 있는 것만이 아니다. '구름'과 '풀'과 '별 겨드랑이' 상호간에 아무런 관계가 없는 것이다. 이항만 붕괴시킨 것이 아니라 대립체계도 붕괴시킨 것이다. 의미의 확정을 계속 지연시킨 것은 마찬가지이다.

이승훈의 다음 시에서도 이항대립의 붕괴, 의미의 붕괴를 말할 수 있다. 차연을 말할 수 있다.

서울에 오는 눈이 춘천에도 오고
춘천에 오는 눈 속엔 누가 있나
춘천에 오는 눈 속엔 춘천이 있
고 서울에 오는 눈 속엔 서울이
있네 서울에 오는 눈이 진주에도
오고 부산에도 오고 수원에도 오
네 오늘 하루종일 내리는 눈발
속에 하루가 내리고 오늘 오는
눈은 어제 오던 눈 이 눈 속에
눈 속에 내가 있네 눈은 내리고
눈발 속에 내가 사라지네 눈발이
나를 덮네 간절함도 애절함도 눈
발에 파묻히는 불빛일 뿐

—「서울에 오는 눈」 전문

"서울에 오는 눈"이 있고 "춘천에 오는 눈"이 있다. "진주에 […] 오"는 눈이 있고 "부산에 […] 오"는 눈이 있다. "수원에 […] 오"는 눈이 있다. 이들 눈은 물론 대립하지 않고, 또한 한 쪽이 다른 한 쪽에 대해 우위에 있지도 않다. "오늘 오는 눈"이 있고 "어제 오던 눈"이 있다. 물론 '그저께 오던 눈'도 있을 것이다. 물론 '내일 오는 눈'도 있을 것이다. 이들 관계도 대립의 관계에 있지 않고, 또한 한 쪽이 다른 한 쪽에 대해 우위의 관계에 있지도 않다. 김춘수의 경우와 마찬가지로 이항대립체계의 붕괴를 말할 수 있고, 의미의 붕괴를 말할 수 있다. 의미가 확정되려고 하면 다른 의미를 넣어 앞의 의미를 소멸시키는 것이다. '다른 의미' 또한 또 다른 의미에 의해 소멸되고. 의미가 계속 지연되고 있다는 점에서 무의미를 말할 수 있다.

물론 차연을 말할 수 있다. 서울에 오는 눈, 춘천에 오는 눈, 진주에 오는 눈, 부산에 오는 눈들은 차이로서 존재하는 눈들이다. 오늘 오는 눈, 어제 오던 눈, 그저께 오던 눈, 내일 오는 눈들은 연기로서 존재하는 눈들이다. 계속 연기되므로, 계속 확정되지 않으므로, '존재하지 않는 눈'이라고 할 수 있다.

「서울에 오는 눈」에서 또한 중요한 것은 주체의 부정이다. 동일자의 부정이다. 눈이 만약 '나'[주체]라면 나는 '차이의 나'이고 '연기의 나'다. 확정되지 않는 나이다. 동일자의 부정은 근대 이후의 이항대립체계의 가장 확실한 부정이다.

눈발 속에 내가 사라지네 눈발이
나를 덮네 간절함도 애절함도 눈
발에 파묻히는 불빛일 뿐

"눈발이 / 나를 덮"고, 눈발이 나를 "사라지"게 한다고 명시적으로 밝히고 있다. "간절함도 애절함도 눈 / 발에 파묻"혔다고 하고 있다.

2.

근대의 이항대립들을 플라톤의 형이상학(현상 / 본질) 및 플라톤의 형이상학의 기독교적 해석이라고 할 수 있는 '현세 / 내세'의 연속선상에서, 혹은 그것들의 그림자라는 차원에서, 이해·수용할 수 있다.

근대의 이항대립들 또한 이성 / 감성, 영혼 / 육체, 남자 / 여자, 인간 / 자연, 서양인 / 비서양인 등만 열거할 수 있는 것도 아니다. 플라톤의 형이상학 및 기독교의 이항대립, 그리고 근대의 이항대립들은 같은 연속선상에서 이해할 수 있는, 혹은 그것들의 그림자라는 차원에서 이해·수용할 수 있는 수많은 이항대립의 쌍들을 파생시켰다.

서양적 사유의 기본 틀이 이항대립체계라고 할 때 동양적 사유의 기본 틀 중의 하나로 불이사상을 언급할 수 있다. 이를테면 불이사상의 세계는 조오현의 경우에서 모범적으로 제시되었다. 그러나 조오현의 경우에도 유보조항이라고 할 수 있는 것이 있었다. 조오현의 정신세계는 성과 속의 길항이었다. 요컨대 불가의 세계와 시인의 세계의 길항이었다.

정완영과 이근배의 시세계는 넓게 보아 서양 이상주의의 이항대립, 혹은 '이항보완'의 틀에서 분석할 수 있었다. 이상주의는 고전주의와 낭만주의로 구분되는데 정완영의 경우는 조화 화해 절제 균형의 고전주의 정신에 근접해 있었고, 이근배의 경우는 호방한 낭만주의적 상상력에 근접해 있었다. 낭만주의 정신과 고전주의 정신은 '지금 여기'에 대한 부정, '제2의 세계'에 대한 갈망이라는 점에서 공통점을 갖는다. 시조시인 장지상의 경우도 흥미로웠다. '해탈의 세계에서 목가의 세계로'가 장지상의 시적 도정이라고 할 수 있다. 해탈과 목가는 둘 다 이상주의의 '제2의 세계'와 인접의 관계에 있었다.

이항대립을 물과 불의 관계에서 접근할 수 있다. 물과 불의 세계를 각각 구심력의 세계와 원심력의 세계라고 할 수 있다. 물의 세계는 상선약수라는 말에서도 나타나듯이 규범 규율의 준수와 관계있고, 불의 세계는 '위'를 지향한다는 점에서, 현실을 벗어나려고 한다는 점에서, 규범 규율의 위반과 관계있다. 안수환, 문정희, 목필균의 시 세계에서 구심력과 원심력의 길항이 모범적으로 제시되었다. 이 책에서는 안수환의 시 세계를 '높은 곳과 낮은 곳의 변증', 문정희의 시 세계를 '현실원칙과 이상 원칙의 변증', 목필균의 시 세계를 '원심력과 구심력의 변증'이라는 관점에서 각각 분석하였다.

이형기와 함동선의 시들에서도 이항대립을 말할 수 있다. '몰락'과 '악덕'은 인접의 관계에 있기도 하고 대립의 관계에 있기도 하다. 몰락하는 자는 구원의 손길에 대해 생각하고, 악덕을 즐기고 있는 자는 구원의 손길을 거부한다. 물론 기꺼이 몰락하는 자를 말할 수 있다. 이형기의 경우는 사실 후자의 경우에 가깝다. 함동선의 시들에서 볼 수 있는 '분열'과 '통합'도 마찬가지이다. 상호 인접의 관계에 있기도 하고 대립의 관계에 있기도 하다. 분열과 통합에서도 분열의 우위를 말할 수 있고, 통합의 우위를 말할 수 있다.

이항대립을 근대에서 탈근대의 영역으로 확대하여 관찰할 수 있다. 이승훈의 시 세계에서 주체 긍정과 주체 부정의 이항대립이 확인되었다. 최근 시 세계에서는 주체 분열과 주체 부정의 이항대립이 확인되었다. 주체 분열과 주체 부정을 대립의 관계가 아닌 인접의 관계로 물론 볼 수 있다. 여기에서도 그러나 한쪽 우위의 원칙을 말할 수 있다. 물론 주체 부정의 우위이다. 세계를 보는 중요한 관점들 중의 하나인 새관점과 개구리관점의 이항대립을 말할 수 있다. 헤겔이 철학[새관점]의 우위를 얘기했지만 19세기는 철학의 역사라기보다 문학의 역사였다. 개구리관점의 역사였다. 새관점과 개구리관점의 변증은 김석준의 경우에서 확인되었다.

'다양한 목소리의 시'들도 이항대립과 무관하다고 볼 수 없다. 이항대립이 있다면 다항대립이 있는 것이다. '바흐찐'적 의미에서의 다양한 목소리의 시들은 오세영, 최동호, 기형도, 이낙봉, 그리고 박유라의 경우에서 확인되었다. 문제는 다양한 목소리의 시들에서 한 쪽 목소리의 우위를 말할 수 없다는 것이다. 말 그대로 '다양한 증후'가 문제된다는 점이다. 박유라와 이낙봉의 경우가 이채로운 것은 '형식에서의 다양한 목소리' 때문이다. 탈근대적 다항대립이라고 할 수 있다.

역락출판사에 감사드린다. 역락출판사에 행운이 함께 하기를 빈다.

2007년 10월
산본에서 박찬일 씀

차 례

제 1 부
이항대립

시조의 경우

시조의 古典主義

정완영론—시조 전집 『노래는 아직 남아』에 부쳐

　정완영 선생은 고전주의를 떠올리게 한다. 정확히 말하면 정완영 선생의 시조는 고전주의 정신을 떠올리게 한다. 빙켈만은 고전주의 정신을 일찍이 "고귀한 단순과 고요한 위대"라고 요약했었다. 조화 화해 절제 균형들을 '고귀한 단순과 고요한 위대'의 하위 개념들이라고 할 수 있다. 고통을 표현할 때도 절제가 개입한다. 절제의 고통을 보여준다. 이의 유명한 예로 빙켈만은 그리스의 「라오콘 상」을 들었다. 라오콘은 트로이의 신관이었는데 그리스 목마의 비밀을 트로이에게 누설한 죄로 신의 노여움을 사 두 아들과 함께 큰 뱀에 감겨 죽는다. 「라오콘 상」은 죽으면서 약간 입을 벌려 약간의 고통만을 표현하는 라오콘을 보여주고 있다. 빙켈만은 베르길리우스가 시 「아에네이스」에서 "[라오콘이] 별에까지 들리도록 무서운 부르짖음을 울렸다"라고 했는데 이것은 '고전주의적'이 아니라고 하였다.[1]

고전주의와 시조의 친연성은 무엇보다도 '율격과 시어의 상호보완성'이다. 고전주의자들은 형식미를 중시했으며 작품을 산문이 아닌 운문으로 썼다. 만해가 「님의 침묵」에서 "제 곡조를 못 이기는 사랑의 노래"라고 읊었을 때 여기에서 '곡조'가 바로 형식이라고 할 수 있다. 형식에 갇혀 있는 사랑의 노래는 고전주의적이다. '고전주의적'은 격정과 거리가 있다.

정완영 선생의 시조를 물론 형식의 시조, 가락의 시조로 한정시켜 말할 수 없다. 박재삼이 옳게 지적했듯이 정완영 선생은 형식의 시조와 내용의 시조를 겸비함으로써 '시조의 고전주의'의 가장 모범적 예에 도달하였다. 고전주의의 형식미, 고전주의의 조화 화해 균형 절제의 최고봉에 도달하였다.[2]

다음, 「돌아온 뻐꾸기가」(『유심』, 2006 가을)는 정완영 선생의 가장 최근작이다.

지난해 짓다가 만 집을 올해도 다 못 짓고
아까운 꽃 시절도 낙화시절도 보낸 채로
늘어진 여름 한 철을 또 맞고야 말았구나.

돌아온 뻐꾸기가 저도 보기 민망했던지
후박나무 이파리 같은 푸른 날의 목소리를

---

1) 나중에 레싱은 그의 『라오콘―시와 회화의 경계에 대하여』(1766)에서 미술과 문학을 구분하여 미술은 '시간이 아닌 공간의 예술'(정지된 예술)이므로 고통의 절정을 나타내서는 안 되지만 문학은 '공간이 아닌 시간의 예술'(움직이는 예술)이므로 고통의 절정을 나타낼 수 있다고 하였다.

2) 다음은 박재삼의 말이다. "詩가 있는 時調, 가락이 있는 시조를 그 분은 추구했다. 이 사실은 시조에서 가장 중요한 내용과 형식을 한데 어울려서 갖는다는 것이었다. 이 사실은 말이 쉽지 누구나 다 되는 그런 것이 아니었다." 박재삼, 「白水 그 인간과 문학」, 정완영 시조 전집 『노래는 아직 남아』, 土房, 797면. '내용과 형식을 한데 어울려서 갖는 것'은 다른 말로 하면 '내용과 형식의 일치'이다. 고전주의에서 내용과 형식은 가장 첨예하게 일치된다. 이를테면 '형식미의 존중'과 조화 화해 균형 절제의 일치이다.

우리 집의 용마루 위에 업어다가 자꾸 보탠다.

─「돌아온 뻐꾸기가」 전문

　집을 다 지으면 죽음이 온다?(Wenn das Haus fertig ist, so kommt der Tod?) 터키 속담으로 기억된다. 죽음은 '격정 중의 격정'을 불러일으킨다. 정완영 선생에게 죽음이 불러일으키는 격정은 계속 유보되고 있다고 말할 수 있다. "지난해 짓다가 만 집을 올해도 다 못" 지었다고 했기 때문이다. 내년에도 집을 다 못 지을 확률이 높다. "늘어진 여름 한 철을 또 맞"았다고 고백했기 때문이다. '또'라고 한 것은 집을 완성하는 일이 계속 유보되었다고 한 것이다.

　집을 짓는 일을 하나의 알레고리로 보려는 것이다. 혹은 '집'이 상징하는 것에 주목하려는 것이다. 우선, 집이 조화 화해 균형 절제들을 표상하는 것이라고 할 수 있다. 그러면, 집이 조화 화해 균형 절제들을 표상하는 것이라면, '미완성 집'은 그 반대 영토에 있는 것들을 표상하는 것인가, 부조화 다툼 불균형 방종들을 표상하는 것인가? 그것은 아니다. 정완영 선생의 시 세계에는 고전주의 정신이 깊게 드리워져 있다. 고전주의 정신의 금과옥조들은 조화 화해 균형 절제들이다.

　완성과 결핍은 인접의 관계에 있다. 완성에 도달하면 인간은 새로운 결핍에 붙들려 새로운 것을 욕망하게 된다. 완성은 또 다른 완성에 대한 욕망을 낳는다. 결핍은 고전주의의 금과옥조들인 조화 화해 균형 절제들과 거리가 멀다. 정완영 선생은 '완성이 내포한 결핍'을 알고 있었다. 집을 계속 완성시키지 않는 것도 이 때문이라고 할 수 있다. 정완영 선생은 집을 계속 완성시키지 못하고 있는 것이 아니라, 집을 계속 완성시키지 않고 있다. 의도적으로 집을 완성시키지 않고 있다.

　문제는 집을 지으려고 하는 자세이다. 혹은 집을 지으려고 하는 자세의 변함없음이다. '변함없음'이 고전주의와 무관하지 않다. '변함없음'과 조화 화해 균형 절제는 인접의 관계에 있다. 집은 도달해야 할 조화 화해 균형 절제의 표상이고.

집을 지으려고 하는 자세는 괴테가『파우스트』2부 끝에서 파우스트로 하여금 다음과 같이 말하게 하는 것을 상기시킨다.

> 자유나 삶은 매일 그것을 쟁취하려고
> 노력하는 사람만이 누릴 수 있는 것이다.
> 그리고 여기서는 아이고 어른이고 노인이고 간에
> 위험을 안고 성실하게 세월을 보내고자 한다

이를테면, 문제는 "자유"가 아니라, 자유를 "'쟁취하려고 / 노력하는" 자세'이다. "위험"조차 감수하는 "성실"한 자세이다. '노력하는 자세'는 다른 말로 하면 '행동'이다. '실천적 행위'이다. 삶의 진정한 의미는 '삶의 의미의 인식'에 있지 않고 실천적 행위에 있다고 한 것으로 또한 이해된다.

「돌아온 뻐꾸기가」에서 압권은 "뻐꾸기가 저도 보기 민망했던지 / 후박나무 이파리 같은 푸른 날의 목소리를 […] 집"에 "자꾸 보탠다"고 한 것이다. 시인은 '미완성'에 직접적으로 마음을 개입시키지 않았다. 다시 말해 미완성에 대해 직접적으로 낙망을 토로하지 않고, 직접적으로 탄식을 토로하지 않았다. 고통에도 ─ 앞에서 「라오콘 상」을 예로 들었듯이 ─ 절제가 필요하다. 시적 주체는 뻐꾸기의 '민망함'으로 시적 주체의 낙망과 탄식을 대신하게 하고 있는 것으로 보인다. 민망함은 부정적 감정 중에서도 가장 낮게 가라앉아 있는 감정이다. 분노·절망 등이 여과되면 민망함이 되리라.

정완영 선생은 시조가 갖추어야 할 조건으로 流(흐름), 曲(굽이), 節(마디), 解(풀림) 등 4가지를 꼽고 있다.3) 뻐꾸기(혹은 뻐꾸기의 행위)가 또 하나의 '굽이'이면서, 동시에 '풀림'이라고 할 수 있다. 풀림이라고 할 수 있는 것은 뻐꾸기를 통해 시가 해소되었기 때문이다. 노래를 하나 더 들어보자.

> 옛날엔 칼보다 더 푸른 난을 내가 심었더니
> 이제는 깨워도 잠 깊은 너 돌이나 만져본다
> 천지간 어여쁜 물소리 새소리를 만져본다.

-「水石 3題」 중의 「蘭보다 푸른 돌」 전문

"칼보다 더 푸른 난"이 "잠 깊은 […] 돌"로 구비쳤고, 계속해서 "어여쁜 물소리 새소리"로 구비쳤다? 혹은 "칼보다 더 푸른 난"이 "잠 깊은 […] 돌"로 구비치다가 "어여쁜 물소리 새소리"로 '풀려났다고 할 수 있다'[해소되었다고 할 수 있다]. 혹은 '칼보다 더 푸른 난'이 正이고, '잠 깊은 […] 돌'이 反이고, '어여쁜 물소리 새소리'가 合이라고 할 수 있다. 서양의 合과 다른 것은 또 다른 모순이 이어지지 않는다는 것이다. '어여쁜 물소리 새소리'가 '최종적'이라는 것이다. '칼보다 더 푸른 난'보다, '잠 깊은 […] 돌'보다 중요한 것은 삶 그 자체이다. '어여쁜 물소리 새소리'가 삶 그 자체를 표상한다.

> 나는 범 좇는 壯漢 횃불 들고 산을 건너고
> 너는 溫柔의 女神 일월에나 기름 부며
> 한백년 꿈을 누리어 청산에나 살 걸 그랬다.

-「說話調」 부분

"범 좇는 壯漢"만 노래하는 것이 아니라 용맹, 욕심들만 노래하는 것

---

3) 流(흐름), 曲(굽이), 節(마디), 解(풀림)를 각각 흘림새, 엮음새, 추임새, 풀림새로 명명하기도 한다. 정완영, 「모국어의 純度」, 정완영 시조 전집 『노래는 아직 남아』, 土房, 807~808, 816면 참조 ; 流(흐름), 曲(굽이), 節(마디), 解(풀림)의 앙상블이 시조라면 이 또한 조화 화해 균형 절제의 고전주의 정신과 무관하다고 볼 수 없다.

이 아니라, "溫柔의 女神" 또한 노래하는 것도 고전주의적이다. 고전주의의 주요 덕목 중의 하나가 균형이다. 혹은 조화이다. "한백년 꿈을 누리어 청산에나 살 걸 그랬다"도 悔恨의 표현이지만 여느 悔恨의 표현과 다르다. 절제된 悔恨이다. 절제가 격정을 제압하고 있다.

> 산이 좋아 눈을 감으신 부처님 그 무량감
> 머리에 서리를 헤며 귀로 외는 풍악 소리여
> 어스름 앉는 황혼도 허전한 정 좋아라.
>
> 친구여, 우리 손 들어 작별하는 이 하루도
> 천지가 짓는 일들의 풀잎만한 몸짓 아닌가
> 다음날 雪晴의 銀嶺을 다시 뵈려 또 옴세나.
>
> ―「산이 나를 따라와서」 부분

"허전"은 절망과(혹은 고통과) 인접의 관계에 있지 않다. 오히려 시인은 '허전의 정'을 얘기하고 있다. 허전이 정을 낳는다고 한 것이다. 이것은 "황혼" 없는, 혹은 "어스름" 없는 하루를 부정하는 것과 같다. 황혼(혹은 어스름)이 없다면 어찌 하루가 있겠는가. "작별"이 없다면 어찌 만남이 있겠는가. 무한긍정의 자세! '무한긍정의 자세' 또한 정완영 선생의 시세계를 이해하는 열쇠어이다. 고전주의 정신과 무한긍정이 양립하지 못할 리 없다. 고전주의는 否定이 아닌 긍정의 노래이다. 긍정함으로써 '不正'을 환기시키는 노래이다. 긍정해야 할 본보기가 있다. 바로 자연이다. 칸트는 『판단력 비판』에서 다음과 같이 말했다.

> 아름다운 예술은 우리가 그것을 예술로 의식하고 있을지라도 자연으로 간주될 수 있어야 한다.[4]

예술이 "자연으로 간주될 수 있어야 한다"는 것은 예술이 유기체가 되어야 한다는 것이다. 자연이 '유기체의 자연'이었다. 유기체는 조화 화해 균형 절제들과 인접의 관계에 있다. 칸트가 예술이 자연이 되어야 한다고 한 것은 그러므로 예술에 조화 화해 균형 절제들을 요청한 것이다. 조화 화해 균형 절제의 예술을 요청한 것이다. 칸트의 유기체 예술론은 나중에 루카치가 그대로 받아들였다. 루카치는 조화 화해 균형 절제의 고전주의 예술을 높이 평가하였다. 루카치에게 중요한 것은 不正 그 자체가 아니라 不正이 지양된 '긍정적 모습'이었다. 이것은 물론 나중에 프롤레타리아 혁명에 대한 기대로 변주된다. 프롤레타리아 세계를 不正이 지양된 긍정적, 궁극적 모습으로 본 것이다.

정완영 선생이 「산이 나를 따라와서」에서 "친구여, 우리 손 들어 / 작별하는 이 하루도 // 천지가 짓는 일들의 풀잎만한 몸짓 아닌가"라고 읊은 것도 유기체로서의 자연을 인정한 것이다. 인생은 그 자연을 배워야 하고, 예술 또한 그 자연을 닮아야 한다고 한 것이다.

> 설사 진흙 바닥에 뿌리박고 산다 해도
> 우리들 얻은 백발도 연잎이라 생각하여
> 바람에 인경 소리를 실어 봄즉 하잖은가.
>
> ―「蓮과 바람」 부분

무한긍정이 존재론적 무한긍정으로 심화되었다. 특히 "백발도 연잎이라 생각하"자고 한 것이 압권이다. 백발을 연잎으로 생각하면 생각 못할 것이 없다. 긍정하지 못할 것이 없다. 죽음을 긍정하면 긍정 못 할 것이 없다(백발은 죽음과 인접의 관계에 있다). "진흙 바닥"도 인정된다. 모든 악덕도

---

4) I. Kant, Kritik der Urteilskraft, in : ders, Werke in 10 Bänden, hrsg. v. W. Weischedel, Darmstadt 1968, Bd. 8, 405면.

삶의 한 부분으로서 인정된다. "바람에 인경 소리를 실어 봄즉 하"는 것도 인정된다. "진흙 바닥"이 소외와 관련 있다면 '바람에 인경 소리를 싣는 것'은 화해와 관계있다. 무한 긍정에는 소외도 있고 화해도 있다. 소외도 화해도 삶의 일부이다.

정완영 선생 시 중에 유난히 봄에 대한 시가 많은 것도 이해가 된다. 조화 화해 균형 절제와 계절 중 가장 친한 관계에 있는 것이 봄이기 때문이다. 겨울이 계절들을 끌고 가는 것이 아니라 봄이 계절들을 끌고 간다. 봄이 여름을 만들고 가을을 만들고 겨울을 만든다. 요컨대 봄이 '유기체 자연'의 源泉이다. 조화 화해 균형 절제의 源泉이다.

> 세상일 한 치 앞도 내다볼 수 없다지만
> 그래도 오는 봄을 막을 수야 없잖은가
> 찬바람 붕대를 푸는 꽃가지를 보더라도.
>
> —「그래도 봄은 오네」 부분

"한 치 앞"을 "내다볼 수 없"는 "세상"과 "봄"을 대조시키고 있다. 대조이므로 '봄'은 투명한, 멀리까지 내다보이는 세상을 표상한다. 투명한 세상 또한 조화 화해 균형 절제들과 인접의 관계에 있다.

> 내가 사는 艸艸 詩庵은 감나무가 일곱 그루
> 여릿여릿 피는 속잎이 청이 속눈물이라면
> 햇살은 공양미 삼백 석 지천으로 쏟아진다.
>
> 옷고름 풀어놓은 강물 열두 대문 열고 선 산
> 세월은 뺑덕어미라 날 속이고 달아나고
> 심봉사 지팡이 더듬듯 더듬더듬 봄이 또 온다.
>
> —「詩庵의 봄」 전문

주목되는 것은 봄이 "감나무가 일곱 그루", "공양미 삼백 석같은 햇살", "열두 대문 열고 선 산" 등으로 표상되고 있다는 점이다. "감나무 일곱 그루"의 '일곱'은 기독교의 하나님이 여섯 날 동안의 창조의 업을 마치고 쉬었다는 그 일곱 째 날의 일곱을 떠올리게 한다. 일곱은 또한 불교에서 말하는 七大를 떠올리게 한다. 경전에 의하면 우주는 '물질 요소'인 흙 물 불 바람 등 四大와 '정신 요소'인 感覺, 識精, 생각 등 三大를 합한 七大로 구성되어 있다. 요컨대 일곱은 완전수이다. '공양미 삼백 석같은 햇살'의 '삼' 또한 완전수이다. 삼위일체의 기독교에서도 완전수이지만 삼천대계의 불교에서도 완전수이다. 불교에서 천상계는 또한 欲界, 色界, 無色界 등 삼계로 나누어진다. "열두 대문 열고 선 산"의 '열 둘' 또한 완전수이다. 열두 대문으로 겹겹이 쌓인 집은 '완전한 집의 상징'이다.

정완영 선생에게 '봄'은 지향해야 할 '완전'의 표상이다. 지향해야 할 완전이라고 한 것은 '벌써 도달된 완전'과 구별하기 위함이다. 정완영 선생은 도달된 완전을 노래하고 있는 것이 아니라, 지향해야 할 완전을 노래한다. 도달된 완전은 앞에서 말한 '도달된 완성'과 마찬가지로 '불완전하다'[불안정하다]. 완전 또한 또 다른 결핍을 낳기 때문이다. 정완영 선생은 물론 '도달해야 할 완전'으로 '불완전'(혹은 불완전한 현실)을 비판하고 있다. 불완전한 현실을 직접적으로 비판하고 있지 않다. 직접적 비판이 아닌 간접적 비판이므로 절제된 비판이라고 할 수 있다. '도달해야 할 완전'으로 불완전을 비판하는 것이 간접적 비판이다.

「봄이 찾아왔다는데」도 주목할 만하다.

경부선 고속열차 미역줄기 같은 바람
바람도 봄바람엔 철로길이 휜다는데
황악산 안 갈 수 있나 진초록이 핀다는데.

－「봄이 찾아왔다는데」 부분

특히 "미역줄기 같은 바람／바람엔 봄바람엔 철로길이 휜다는데"가 주목할 만하다. "미역줄기 같은 [봄]바람"과 "철로길"이 대비되고 있다. 철로길이 미역줄기 바람을 맞고 "휜다"고 하였다. 간단히 '문명의 직선'과 '자연의 곡선'의 대비를 말할 수 있다. 물론 문명의 직선이 자연의 곡선에 무릎을 꿇는다고 한 것이다. 여기에서도 고전주의를 말할 수 있다. 곡선은 고전주의의 조화 화해 균형 절제의 정신들과 인접의 관계에 있다. 고전주의적 정신으로 현재의 직선의 문명, 사각형의 문명을 비판하였다고 할 수 있다.[5]

문명비판과 생태주의 또한 인접의 관계에 있다. 생태주의란 생명을 생명 전체에서 보는 관점이다. 간단히 '생태계'를 보는 관점이라고 말할 수 있다.

> 서울의 버들가지는 몸 풀기가 그리 힘든다
> 목숨도 짐짝 같은 중량교 넘엇길에
> 상기도 어두운 가지를 드리우고 섰는 버들.
>
> —「서울의 버들가지」 부분

생태주의는 따라서 인간중심주의에 적대적이다. 인간중심주의는 말 그대로 생명을 생명 전체에서 보는 관점이 아닌, 인간 중심에서 보는 관점이기 때문이다. "버들"이 "상기도 어두운 가지를 드리우고" 서 있는 것이 인간중심주의 때문이다. 정확히 말하면 인간중심주의에 의한 환경오염[대기오염] 때문이다. 버들의 어두운 가지는 영국의 유명한 '흑화나방'을 떠올리게 한다. 검은 버들가지에 앉는 새들도 언젠가 검은 색으로 변할지 모른다. 생태주의가 생명을 생명 전체에서 보는 것이라면 이 또한 고전주의와

---

5) 여기에서도 절제된 비판을 말할 수 있다. 간접적 비판이 절제된 비판이다.

무관하지 않다. 고전주의의 조화 화해 균형 절제의 정신과 무관하지 않다.

'시조의 고전주의'를 시대정신과 무관하다고 할 수 없다.6) 다양성과 복합성이 특징인 시대정신과 조화 화해 균형 절제들은 상호 무관함으로써 관련을 맺는다. '무관의 관련'이라고 할 수 있다. 우선, 조화 화해 균형 절제들을—다양성과 복합성에 대한 외면이므로—다양성과 복합성에 대한 비판이라고 할 수 있다.7) 나아가 조화 화해 균형 절제들을 시대정신의 한 항목으로 볼 수 있다. 다양성과 복합성의 목록에 항목 하나가 더 추가된 것으로 보는 것이다. 다양성과 복합성에 대한 기여라고 할 수 있다. 요컨대 조화 화해 균형 절제들은 첫째, 다양성과 복합성에 대한 기여, 둘째, 다양성과 복합성에 대한 비판으로서 시대정신과 관련을 맺는다.

다양성과 복합성에 대한 비판과 다양성과 복합성에 대한 기여를 동시에 '수행'하고 있는 현대 시조의 한 복판에 정완영 선생의 시조가 있다. '시조의 고전주의'가 있다.

---

6) '시조와 시대정신의 관계'에 대한 문제 제기는 유성호, 「우리 시대 현대시조의 미학」, 『서정과 현실』, 2005 하반기, 35~36면 참조.

7) 이러한 태도, 즉 부조화의 세계에 조화의 세계로 응전하는 것은 '미메시스의 변증법' 에 反하는 것이다. 미메시스의 변증법은 부조화를 부조화로 표명하여 부조화에 항의하는 것이다. 부조화를 조화로 표명하면 부조화를 호도하는 것이다. 그러나 이것은 관점의 차이 뿐일 수 있다. 부조화를 부조화를 가지고 비판할 수 있고 부조화를 조화를 가지고 비판할 수 있다. 후자는 부조화에게 조화를 보여줌으로써 부조화를 反省하게 하는 것이다.

불이사상의 구체화·불이사상의 변주

조오현론—『伽陀集』을 중심으로

1. 들어가며

둘보다는 셋이 좋고, 셋보다는 넷이 좋다. 넷보다는 다섯이 좋다. 다섯보다는 여섯이 좋다. 다다익선, Je mehr, desto besser이다.

이와 다른 인식이 있다. 둘이 둘이 아니고, 셋이 셋이 아니고, 넷이 넷이 아니고, 다섯이 다섯이 아니라는 것이다. 여섯이 여섯이 아니라는 것이다. 不二思想이고, 不三思想이고, 不四思想이고, 不五思想이다. 不六思想이다. 하나와 하나를 분별하지 않는 것이요, 하나와 하나와 또 하나를 분별하지 않는 것이요, 하나와 하나와 또 하나와, 그리고 또 하나를 분별하지 않는 것이다. 다른 항목이 이어져도 앞의 것과 분별하지 않는 것이다.

하나에 충실한 것이다. 하나와 하나가 있으면 하나와 하나에 충실한 것이다. 하나와 하나와 또 하나가 있으면 하나와 하나와 또 하나에 충실한 것이다. 하나와 하나와 또 하나, 그리고 또 하나가 있으면 하나와 하나와 또 하나, 그리고 또 하나에 충실한 것이다. 다른 항목이 이어져도 앞의 것과 다르게 하지 않는 것이다. '똑같이 충실한 것'이다.

분별하지 않는 것, 똑같이 충실한 것, '불이사상'이다.

2. 동양의 不二

智拳印은 비로자나 불상에서 주로 발견된다. 왼손 집게손가락을 오른손 손바닥으로 감싸안고 있다. 지권인은 '중생과 부처가 둘이 아니다', '번뇌가 바로 깨달음이다'라는 의미이다. 지권인은 그러므로 '불이사상'의 가시적 모습이다. 가시적 모습이 중요하다. 가시적 모습이 없으면 삶은 없다. 가상의 세계에 '있는' 것이다. '살고 있는' 것이 아니라. 예를 들어 '서양의 19세기 말'은 '유미주의'의 시대였다. 유미주의의 가시화가 '청춘양식'이었다. '청춘양식의 물건들'이었다.

중생과 부처가 둘이 아니라니? 중생의 번뇌와 부처의 깨달음이 둘이 아니라니? 중생의 번뇌 역시 삶의 일부분으로서 받아들여야한다고 한 것이다. 광명은 중생의 번뇌에도 비추고 부처의 깨달음에도 비추는 것이라고 한 것이다.

지권인이 주로 발견되는 비로자나 불상의 '비로자나'가 '광명이 두루 비춘다'는 光明遍照의 뜻이다. 『화엄경』 제11권이 광명편조를 설명하고 있다. 『화엄경』의 주요 항목이 불이사상이다. 『화엄경』은 이것과 저것이 서로 융합하여 '서로 갖추어 준다(互具)'라고 하고 있다.

지눌의 頓悟漸修도 불이사상의 가시적 모습이다. 불이사상의 구체화이다. 반야심경의 '色卽是空 空卽是色'도 불이사상의 구체화이다. 수행과 깨달음으로 중생도 부처의 반열에 들 수 있다고 하는 것이 돈오점수의 결론이기 때문이다. 색과 공이 따로 존재하는 것이 아니라. 색 안에 공이 있고, 공 안에 색이 있으므로 '색과 공을 구별하지 말라고 하는 것'(혹은 색과 공은 구별되지 않는다는 것)이 '색즉시공 공즉시색'의 결론이기 때문이다.

3. 서양의 이항대립

불이사상은 서양의 '이항대립'와 비견된다. 이항대립은 이항을 분별하지 않는 것이 아니라, 이항을 설정하고 그것을 분별하는 것이다.

불이사상에 의하면 남/여, 인간/자연들은 서로 다른 '두 항목'들이 아니다. 불이사상은 두 항목들을 분별하지 않는다. 두 항목들을 분별하지 않는 것은 두 항목들을 설정하지 않는 것과 같다.

'서양의 근대성'은 이에 반해 남과 여를 분별하고 있고, 인간과 자연을 분별하고 있다. 분별을 넘어 '남과 여' 중 남에게, '인간과 자연' 중 인간에게, 우위를 부여하였다. 남이 여를 지배하도록 하고, 인간이 자연을 지배하도록 하였다.

서양의 근대성은 플라톤 이후의 형이상학, 혹은 기독교의 '연장'에 놓여 있다. 형이상학은 현상과 본질을 나누고 본질에 우위를 부여하였으며, 기독교 역시 차안과 피안, 현세와 내세를 나누고 피안과 내세에 우위를 부여하였다.

서양의 근대성의 주요 세목이 서양인 중심주의, 남자 중심주의, 인간 중심주의였다면 서양의 형이상학 및 기독교의 주요 세목은 본질 중심주의, 내세 중심주의(혹은 신 중심주의)였다. 두 개를 분별하고, 그리고 두 개 중 하나에게 우위를 부여하였다는 점에서, 중심을 설정하였다는 점에서, 차이가 없다.

중심과 배제는 동전의 앞뒷면이다. 중심을 설정하였다면 또한 배제를 설정한 것이다.

서양의 형이상학, 기독교 사상, 그리고 서양의 근대적 사유들의 핵심이 중심과 배제라면, 동양 불교의 화엄사상의 핵심은 중심과 배제를 두지 않는, 나아가 두 개를 분별하지 않는, 불이사상이다.

4. 『가타집』 : 불이사상의 구체화

오현의 불이는 원효의 '화쟁 사상'으로 거슬러 올라간다. 화쟁 사상의 형이상학적 관점에서도 그렇고, 화쟁 사상의 언어철학적 관점에서도 그렇고, 화쟁 사상의 윤리적·실용적 관점에서도 그렇다.

- **형이상학적 관점** : 모든 사물들은 대립이 아니라 평등으로 존재한다. 무지를 깨달으면, 본각을 깨달으면, 성과 속, 부처와 중생, 번뇌와 깨달음 간의 대립은 존재하지 않는다.
- **언어철학적 관점** : 이를테면 '산은 산이요, 물은 물이요'라고 하는 것은 산과 물을 분별하지 않는 태도이다. 산에 가면 '山的'으로 살고 물에 가면 '물的'으로 산다고 한 것이다. 불이의 구체화이다. '산은 산이요 물은 물이요'라고 한 것은 언어구조적으로도 산과 물을 구별하지 않는 것이다. '산은 산이요'와 '물은 물이요'를 대등하게 연결시키고 있기 때문이다.
- **윤리적, 실용적 관점** : '내 것은 맞고 네 것은 틀리다'가 아니다. '내 것도 맞고 네 것도 맞다'고 하는 것, 혹은 '내 것과 네 것을 구별하지 않는 것'이다.

『伽陀集』[1])에 나타난 불이사상을 몇 가지로 나누어 고찰할 수 있다. 첫째, 「일색변」 연작에 주로 나타난 것으로서 '聖의 수용·俗의 수용'이다. 성과 속을 분별하지 않는 것이다. 둘째, '삶의 수용·몰락의 수용'이다. 삶

---

1) 『伽陀集』의 원래 제목은 『萬嶽 伽陀集』이다. 2002년 '만악문도회'가 펴낸 것으로 되어 있다. 만악은 오현의 법호이다.

과 몰락을 분별하지 않는 것이다. 혹은 삶도 없고 몰락(혹은 죽음)도 없다고 하는 것이다.

(1) 聖의 수용·俗의 수용

오현은 「일색변(一色邊)」 연작에서 聖을 예찬하기도 하고 俗을 예찬하기도 한다. 이를테면

취모검(吹毛劍) 날 끝에서
그 몇 번은 죽어야

그 물론 손발톱 눈썹도
짓물러 다 빠져야

—「일색변·6」 부분

라고 읊었을 때 이것은 '수행'을 강조한 것이다. 수행은 聖과 인접의 관계에 있다. 부처와 인접의 관계에 있다. 이를테면

사내라고 다 장부 아니여
장부소리 들을라면

몸은 들지 못해도
마음 하나는 다 놓았다 다 들어올려야

—「일색변·3」 부분

라고 한 것도 수행을 강조한 것이다. '마음 다스리기'는 수행의 가장 중요한 목적이기 때문이다.[2) 이에 반해

---

2) 선불가에서 '땅에 엎어진 자는 다시 땅을 짚어야만 일어날 수 있다'고 하는 것은 마음

　　　　그 물론 담장 밖으로
　　　　내놓을 말도 좀 있어야

－「일색변·2」 부분

라고 읊었을 때 이것은 범박한 삶을 강조한 것이다. 범박한 삶은 俗과 인접의 관계에 있다. 범부와 인접의 관계에 있다.

　　聖을 예찬하기도 하고 俗을 예찬하기도 하는 것은 聖과 俗을 분별하지 않은 것이다. 불이사상의 구체화라고 할 수 있다. 한 편의 시에 聖과 俗이 양립하고 있기도 하다.

　　① 무심한 한 덩이 바위도
　　　　바위소리 들을라면 […]

　　　　그 물론 검버섯 같은 것이
　　　　거뭇거뭇 피어나야

－「일색변·1」 부분

　　② 한 그루 늙은 나무도
　　　　고목소리 들을라면 […]

　　　　그 물론 굽은 등걸에
　　　　장독(杖毒)들도 남아 있어야

－「일색변·2」 부분

　　①의 "한 덩이 바위"와 ②의 "한 그루 늙은 […] 고목"들이 聖을 표상하고 ①의 "검버섯같은 것"과 ②의 "굽은 등걸"의 "장독(杖毒)"들은 '俗과

의 중요성을 강조한 것이다. 모든 것이 마음에서 비롯된다는 것이다.

의 싸움', 혹은 俗 그 자체를 표상한다. 문제는 시적 화자가 聖의 편도 들지 않고, 俗의 편도 들고 있지 않고 있다는 점이다. 「일색변」 연작시들의 맨 끝 연이 전부 "그 물론"으로 시작하고 있다는 점에서, 다시 말해 맨 끝 연이 강조되고 있다는 점에서, 시적 화자는 오히려 俗의 편을 들고 있다는 인상을 준다.

(2) 삶의 수용·몰락의 수용

「불이문(不二門)」에 불이사상이 나타나있다. 삶을 수용하고 몰락을 수용하는 불이사상이 나타나 있다.

> 산 너머 놀 너머에
> 일월마저 겨운 저녁
>
> 머물던 하나 소망
> 그나마도 다 사위고
>
> 긴 여운 남기는 바람
> 열어놓은 내 가슴

–「불이문(不二門)」 전문

제목이 「불이문」이므로 불이문으로 시작하고 있다고 할 수 있다.

불이문으로 시작해서 "열어놓은 내 가슴"으로 '끝나고 있다'(혹은 끝내고 있다). 불이문을 위해(혹은 불이를 위해) 가슴을 열어놓았다고 한 것으로 볼 수 있다. 불이를 받아들이겠다고 명시적으로 밝힌 것이다.

이 시에서 '이(二)'는 '삶과 몰락'을 표상하고 있는 것으로 보인다. "일월"과 "소망"이 '삶의 일월'과 '삶의 소망'이라면 "저녁"과 소망의 "사"윔은 '몰락의 저녁'과 몰락의 '소망의 사윔'이다. 삶과 몰락이 두 개가 아니

라는 것은 삶이 곧 몰락이요, 몰락이 곧 삶이라는 것이 아니다. 삶과 몰락
을 분별하지 않겠다는 것, 즉 삶은 삶이고 몰락은 몰락, 이를테면 '산은 산
이요, 물은 물이다'라고 하는 것이다.

> 삶이란 바깥바람
> 죽음은 강어귀 굽이
>
> ―「개사입욕(開士入浴)」 부분

서양식 認識에 따르면 "삶"은 "강어귀 굽이", "죽음"은 "바깥바람"이
라고 했을 것이다. 이를테면 브레히트는

> 낮은 門 안에 있고
> 그대는 벌써 밤바람 소리를 듣는다.
>
> ―「유혹 받지 말 것」 부분

라고 읊었다. "밤바람 소리"가 죽음을 표상한다. 오현이 삶과 죽음의 자리
를, '바깥바람'과 '강어귀 굽이'의 자리를 바꾼 것은 삶과 죽음을 분별하지
않기 때문이다. 현세와 내세, 차안과 피안을 분별하지 않기 때문이다. 불이
사상에 의한 빼어난 존재론적 성찰이 아닐 수 없다.

'삶도 없고 죽음도 없다'고 하는 것도 '불이사상이라는 인식론'의 연장
선에 있는 것이다. 삶도 없고 죽음도 없다고 하는 것 역시 삶과 죽음을 분
별하지 않는 것이기 때문이다.

> 까마귀밥나무 또는 나무귀신같은 부처여
> 그냥은 앉을 횃대도 죽을 목숨도 없구나
>
> ―「만인고칙(萬人古則)·2」 부분

"까마귀밥나무 또는 나무귀신같은 부처"들이 "앉을 횃대"도 없고 "죽을 목숨도 없"다고 한 것은 삶도 없고 죽음도 없다고 한 것이다.[3]

오현의 불이사상을 니체의 '몰락의 사상'과 비견할 수 있다. 니체의 '차라투스트라 사상'을 한 문장으로 요약하면 '나는 기꺼이 몰락해주겠다' 이기 때문이다.

오현과 니체가 다른 것은 니체는 허무주의의 자각의 결과 몰락을 기꺼이 받아들이겠다고 한 것이고, 오현은 삶과 몰락을 분별하지 않은 결과 몰락을 자연스럽게 받아들이게 된 것이다.

5. 『가타집』: 불이사상의 변주 1

삶은 삶이고 몰락(혹은 죽음)은 몰락이라는 것은, 삶은 삶대로 받아들이고 죽음은 죽음대로 받아들이는 것이다. 삶과 죽음을 똑같이 받아들인다는 점에서 삶과 죽음은 차이가 없다. 삶과 죽음은 구별되지 않는다.

죽음을 죽음으로 받아들일지는 알 수 없으나, 죽음을 죽음으로 받아들이는 경험을 할지는 알 수 없으나, 삶을 삶으로 받아들이는지는 알 수 있다. 삶을 삶대로 받아들이는 경험을 하는지는 알 수 있다. 삶을 보면 알 수 있고, 삶의 반영인 '문학'을 보면 알 수 있다.

삶은 이를테면 五慾七情의 삶이다. 오현은 오욕칠정의 삶을 받아들이고 있다. 적어도 오욕칠정을 받아들이는 '문학을 하고' 있다.

얼마나 무겁던가
자리하여 않은 마음

―「직지산 기행초」의 「3. 좌불(座佛)」 부분

---

3) 오현의 불이사상의 백미는 그러나 삶과 죽음의 부정에 있는 것이 아니라, 삶과 죽음의 긍정에 있다. 특히 삶의 긍정에 있다. 이어지는 '『가타집』: 불이사상의 변주' 참조.

외로시면 날빛 한 자락
즐겨시면 달 하늘을

—「직지산 기행초」의 「4. 청학(靑鶴)―영허선사―」부분

　"좌불(座佛)"에게서 "무"거움의 "마음"을 읽고 있고, "영허선사"에게서 "외로"움과 "즐"거움을 읽고 있다. 중생에게서나 읽을 수 있을 무거운 마음, 외로움, 즐거움들을 똑같이 부처에게서, 그리고 선사에게서 읽고 있다. 중생과 부처(혹은 선사)를 분별하지 않는다는 점에서 불이사상의 구체화이다. 부처(혹은 선사)의 무거운 마음, 외로움, 즐거움들이 아니라, 시적 화자의 무거운 마음, 외로움, 즐거움이라고 해도 마찬가지이다. 무거운 마음의 삶, 외로운 삶, 즐거운 삶을 거부하지 않고 받아들이는 자세는 분별하지 않는 자세이다. 거부하는 자세가 분별하는 자세이다. 「직지사 기행초」의 「5. 석등(石燈)」에서는 "타는 숨결"의 인생을 받아들이고 있고, 「7. 심월(心月)」에서는 "사무"침의 인생을 받아들이고 있다. 「무설설·6」과 「무설설·5」에서는 각각 "끝없"이 "목마"른 삶, 기다림의 삶("목을 꼬고 있"는 "황새")을 받아들이고 있다. 이점에서 중요한 시가 「무설설·2」이다.

동해안 대포
한 늙은 어부는

바다로 가면 바다
절에 가면 절이 되고

그 삶이 어디로 가나
파도라 해요

—「무설설·2」전문

"바다로 가면 바다"가 되고 "절에 가면 절이" 된다고 하는 것은 바다와 절을 분별하지 않는다고 한 것이다. 俗과 聖을 분별하지 않는다고 한 것이다. 중생과 부처를 분별하지 않는다고 한 것이다. 바다에서의 삶과 절에서의 삶이 다르지 않다고 한 것이다. 이점에서 중요한 것이 "그 삶이 어디로 가나 / 파도라 해요"라고 한 부분이다.

聖의 삶에도 파도가 있고 俗의 삶에도 파도가 있다고 한 것이므로 불이사상의 구체화이다. 문제는 '파도'이다. 파도는 오욕칠정의 파도라고 할 수 있다. 오현은 삶을 '오욕칠정의 삶'으로 인식하고 있는 것이다. 그리고 그 오욕칠정을 거부하지 않고 있는 것이다.

'삶의 복합성과 다면성'에 주목하고 있다고 말할 수 있다. '삶의 한가운데'에 주목하고 있다고 할 수 있다. 원효가 해골바가지에 있는 물을 마시고 돌아간 곳은 삶 그 자체였다. 관념의 삶이 아니라, 이를테면 "옹장이"(「무설설·1」)가 있고 "늙은 어부"(「무설설·2」)가 드나드는 시장의 삶이었다. "달마가 서쪽에서 온 뜻"(「무설설·5」)보다 더 중요한 '삶' 말이다.

6. 『가타집』: 불이사상의 변주 2

『가타집』의 장시 「무산심우도(霧山尋牛圖)」도 이렇게 읽을 수 있다. '삶 속으로, 시장 속으로!'로. 앞부분의 「2. 견적(見跡)」에서

> 명의(名醫) 진맥으로도 끝내 알 수 없는 도심(盜心)
> 그 무슨 인감도 없이 하늘까지 팔고 갔나
> 낭자히 흩어진 자국 음담(淫談) 속으로 음담 속으로

라고 읊었기 때문이다. "하늘"을 "팔고 […] 음담(淫談) 속으로 음담 속으

로"라고 농했기 때문이다. '하늘'은 절대적 세계를 표상하고 '음담'은 속세를 대표적으로 표상한다. 불교적으로 말하면 하늘은 空을 표상하고 음담은 色을 표상한다.

그리고 「무산심우도」 맨 끝 「10. 입전수수」에서

생선비린내가 좋아 견대(肩帶) 차고 나온 저자
장가들어 본처는 버리고 소실을 얻어 살아볼까

라고 읊었기 때문이다. "생선 비린내가 좋아 견대(肩帶) 차고 […] 저자"에 살자고 했고, "장가들어 본처는 버리고 소실을 얻어 살아볼까"라고 농했기 때문이다. '생선비린내', '저자', '장가', '소실'들은 속세를 표상하는 것.

물론 俗만 일방적으로 강조되었다고 할 수 없다. 「무산심우도」에도 '불이사상'의 구체화가 있다. 「무산심우도」의 마지막 행, 즉 「10. 입전수수」의 마지막 행은 다음과 같이 끝나고 있다.

해 돋는 보리밭 머리 밥 먹으러 가는 문둥이여, 진문둥이여

"해 돋는 보리밭 머리"(혹은 "해")와 "문둥이"(혹은 "진문둥이")의 양립은 하늘과 음담의 양립처럼 聖과 俗의 양립으로 볼 수 있다. 그러나 여기서의 양립은 둘의 공존을 의미하는 것이 아니라, 해의 세계가 문둥이의 세계가 될 수 있고 문둥이의 세계가 해의 세계가 될 수 있다고 하는 것이다. 하이젠베르크의 '불확정성의 원리'와 무관하지 않다. 電子는 위치가 확정되지 않는 존재이다. 그러므로 고정된 실체가 아닌, 흔적으로서 존재할 뿐이다. 그렇다고 전자의 실체를 부인하지 못한다. 고정된 실체가 아닐 뿐이다. 오현은 '해의 세계'인 것 같지만 어느새 '문둥이의 세계'이고, 문둥이의 세계

인 것 같지만 어느새 '해의 세계'라고 말하고 있다. 그러나 하이젠베르크의 전자와 마찬가지로 실체가 부인되는 것은 아니다. 해의 세계도 실체이고 문둥이의 세계도 실체이다. 다만 확정지을 수 없을 뿐이다. 다음은 「무산십우도」의 「8. 인우구망(人牛俱忘)」 전문이다.

> 히히히 호호호호 으히히히 으허허허
> 하하하 으하하하 으이이이 이 <u>호호호</u>
> 껄껄걸 으아으아이 우후후후 후이이
>
> 약 없는 마른버짐이 온몸에 번진 거다
> 손으로 짚는 육갑 명씨 박힌 전생의 눈이다
> 한 생각 한 방망이로 부서버린 삼천대계여.

'문둥이의 세계'[삶의 세계]도 확정되지 않기는 마찬가지이다. "히히히"가 "호호호호"로 이동하고, "호호호호"가 "으히히히"로 이동한다. "으히히히"가 "으허허허"로 이동한다. 존재는(혹은 삶은) 끝없이 延期된다. 그렇다고 "히히히"의 삶을 부인할 수 없고, "호호호호"의 삶을 부인할 수 없고, "으히히히"의 삶을 부인할 수 없고, "으허허허"의 삶을 부인할 수 없다. "삼천대계"의 한 界 한 界의 삶을 부인할 수 없다. 오현은 한 界 한 界의 삶을 인정하고, 또한 하늘을 인정한다. 삶과 하늘을 인정한다는 점에서, 삶과 하늘을 분별하지 않는다는 점에서 역시 '불이'이다.

7. 『가타집』: 불이사상의 변주 3

'하늘'의 무게와 '삶'의 무게를 따로 잰다면 어느 쪽 무게가 더 나갈 것인가. '기본적으로' 둘을 분별하지 않고 있지만 말이다.

바로 위에서 인용한 「무산십우도」의 「8. 인우구망」이 답을 줄지 모른다. 맨 끝의 "한 생각 한 방망이로 부셔버린 삼천대계여"라고 한 것을 주목해서 읽는 것이다. "한 생각"을 "삼천대계"가 이겼다고["부"수었다고] 한 것으로 이해하는 것이다. '한 생각'은 물론 空의 세계이고, 삼천대계는 色의 세계이다. 하늘의 무게보다 삶의 무게를 더 많이 느끼고 있다는 증거는 많다. 『가타집』에 많다.

'생활'에 대해 직접적으로 언급한 시가 있다. 구체적으로 말하면 '생활의 힘'에 대해서이다. 생활의 위대한 힘에 대해 다시금 성찰하게 하고 있다.

막아도 매일 막아도
터지는 생활의 둑.
[…]
끝끝내 막지 못했네.
찾아내지 못했네.

―「1970년 방문(8)」 부분

"생활"의 위대한 힘에 저항할 길 없다고 하고 있다. 생활에 저항할 수 없다고 한 것은 이를테면 '밥'에 저항할 수 없다고 한 것과 같다. 장좌불와, 일중일식, 용맹정진들을 행해도 '생활의 힘'을 물리칠 방법이 없다는 것이다. "찾아내지 못했"다고 한 것은 '그 방법'을 찾아내지 못했다는 것이다.

아래 시도 삶의 힘, 생활의 힘을 강조한 것이다.

오뉴월 염천 아래
소금절이까지 하여

몽달귀 제물이 되어도
굴비는 후회가 없다

-「1970년 방문(8)」 부분

"굴비"에 대한 시이다. 굴비는 "소금절이까지 하여 // 몽당귀 제물이 되어도 […] 후회"하지 않는다고 하고 있다. 굴비의 삶이 본시 그런 것이기 때문이다. 소금절이 되어 몽달귀 제물이 되는 운명이기 때문이다. 니체가 '운명애'를 말한 것처럼 오현도 운명애를 말하고 있다. 죽을 수밖에 없는 운명을 포함한 삶에 대한 운명, 그 '운명에 대한 사랑'을 토로하고 있다.

8. 『가타집』: 간화선?

삶의 여러 세목들, 생활의 여러 세목들을 수용하는 자세가 오현의 수증론(닦는 것과 깨닫는 것)의 요체이다. 오현의 수증론에는 看話禪의 항목이 없는 것으로 보인다. 화두에 대한 몰두로 다른 생각들이 끼어들 여지가 없게 하는 것이 간화선의 목표이다. 오현에게는 '다른 생각들'이 중요하기 때문이다. 다른 생각들은 삶의 다른 생각들, 생활의 다른 생각들이다.

국어 사전에도 없는
뚝 떨어진 과일의 언어

그 하나 남 먼저 주워
목숨 되게 다듬었다면

무명한 내 이름에도
무슨 인세 붙었을까.

-「1970년 방문(11)」 전문

"과일의 언어"를 '화두'로 볼 수 있다. 화두는 대부분 "국어 사전에 […] 없"기 쉬운 것들이다. "목숨 되게 다듬"는다는 것은 화두 하나를 붙잡고 용맹정진하는 것을 일컫는 것으로 볼 수 있다. 용맹정진하는 것은 목숨을 걸고 용맹정진하는 것이다. 문제는 이러한 간화선의 자세에 대한, '화두 하나'[과일의 언어]를 붙잡고 용맹정진하는 것에 대한, 회의이다. 그렇게 했다면, 화두 하나 "주워" 용맹정진했다면, "무명한 내 이름에도 / 무슨 인세 붙었을까"라고 한 것은 회의하는 자세이다. 간화선에 대해 회의하는 자세이다. 삶의 세목들을 긍정하는 자, 생활을 발견한 자는, '간화선할' 시간이 없다. '화두할' 시간이 없다. 물론 수증론이 완전히 부정되는 것은 아니다. 이를테면 「일색변·6」에서 다음과 같이 일갈하고 있기 때문이다.

놈이라고 다 중놈이냐
중놈소리 들을라면

취모검(吹毛劍) 날 끝에서
그 몇 번은 죽어야

그 물론 손발톱 눈썹도
짓물러 다 빠져야

-「일색변·6」 전문

"취모검(吹毛劍) 날 끝에" 서보아야 한다는 것, "손발톱 눈썹도 / 짓물러 다 빠져"보아야 한다는 것은 간화선을 강조한 것이다. 화두 하나 붙들고 용맹정진하는 것을 강조한 것이다. 화두 하나 붙들고 용맹정진해야 "중놈소리 들"을 수 있다고 하였다.

'큰 정신들'은 자주 모순되는 태도를 취한다. '모순'은 위대한 정신의 속성이다. 삶이 '모순의 삶'이기 때문이다. 그리고 위대한 정신들은 삶이 '모순의 삶'이라는 것을 알고 있기 때문이다.

9. 나가며

불이사상은 현상과 본질을 구분하고 본질에 우위를 부여하는 서양 형이상학과 다르고, 현세와 내세를 구분하고 내세에 우위를 부여하는 서양 기독교와도 다르다. 남자와 여자, 인간과 자연들을 구분하고 남자, 인간들에 우위를 부여하는 서양의 근대적 사유와도 다르다.

불이사상의 관점에서 『가타집』을 고찰할 때 가장 압권은 『가타집』의 맨 끝에 있는 다음과 같은 구절이다.

> 매맞은 팽이는 빙판 위에서 돌고
> 그 물론 빙판 밑으로 물은 흘러가더라
>
> — 「1980년 방문(4)」 부분

"매맞은 팽이"는 삶 그 자체를 표상하는 것. 삶은 매맞는 팽이처럼 나날이 돌아간다. 아침과 저녁이 매일 매일 되풀이되는 것과 같다. 삶을 긍정하는 자세라고 하지 않을 수 없다. "매맞은 팽이"의 '매맞은'을 강조해서 읽으면 '고통의 삶'도 긍정하는 자세라고 하지 않을 수 없다. 삶만 긍정되는 것이 아니다. 삶 밑에는 죽음이 깔려 있다. 도저한 죽음이 삶을 끌고 가고 있다. "빙판 밑으로 물은 흘러가더라"라고 한 것이 그것이다. 삶은 죽음과 함께 있다. 삶과 죽음은 두 개가 아니다. 삶은 죽음과 함께, 죽음은 삶과 함께.

그러나 『가타집』에서 가장 주목되는 것은 죽음과 삶의 분별하지 않음

이 아니라, 혹은 聖과 俗의 분별하지 않음이 아니라, '불이사상의 변주'로
서 삶(혹은 속)의 전면적 수용이었다. 삶(혹은 속)의 여러 세목들의 승인이었
다. '히히히히'의 승인, '호호호호'의 승인, '으히히히'의 승인, '으허허허'
의 승인이었다.

오현의 불이사상은 원효의 무애사상으로 거슬러 올라간다. 거칠 것이
없는 사상, 경계를 두지 않는 사상 말이다. 원효와 다른 것은 '거칠 것이
없는 사상의 분별'에 대한 인식이다. '경계를 두지 않는 사상의 분별'에 대
한 인식이다.

그렇다. 문제는 '거칠 것이 없는 사상의 분별'이다. '경계를 두지 않는
사상의 분별'이다. 사상은 분별의 결과로서 필연적으로 分派를 낳는다.
'해체'가 해체주의를 낳은 것과 같다.

분파를 낳으면 어떤가. '분파를 낳는 것'도 세상의 한 부분이 아니던가.
분별을 낳는 것도 세상의 한 부분이 아니던가. 분파의 세상, 분별의 세상
을 긍정할 수 있다. '분별하지 않는 분별'을 긍정할 수 있다. '삶과 죽음을
포함한 대지'를 긍정하는 것은 분별하지 않는 분별을 긍정하는 것이다. 분
별을 긍정하는 것이 마지막으로 긍정하는 것이다. 분별을 긍정하면 긍정
못할 것이 없다.

'큰 정신'에서는 자주 모순이 발견된다. 이를테면 '삶은 삶이요, 죽음
은 죽음이요'라고 했을 때 이것은 두 가지 뜻을 갖는다. 하나는 삶과 죽음
을 분별하지 않는 태도이고, 하나는 삶과 죽음을 분별하는 태도이다. 삶과
죽음은 전혀 다른 것이라고 할 수 있는 것이다. 삶이 더 좋다고 할 수 있
는 것이다. 모순 없는 죽음보다 모순 있는 삶이 더 좋다고 할 수 있는 것
이다. '산은 산이요, 물은 물이다'가 산과 물을 분별하지 않는 태도이면서
산과 물을 분별하는 태도인 것과 같다.

호방한 상상력 · 낭만주의적 상상력

이근배론

1. 우주 경영의 시

이근배 시인의 시조선집 『달은 해를 물고』('우리 시대 현대 시조 100인선', 태학사, 2006)의 서시이면서 표제시인 「달은 해를 물고」를 읽으면서 '우주 경영의 시', '우주 경영의 (시)집'을 떠올렸다. 시의 끝에 있는 다음과 같은 구절 때문이다.

산이거나 나무거나
꽃이거나 뭇 짐승이거나

세상에 좋고 이쁜 것
다 불러 살아가는

높고 먼 우주경영의
새 하늘이 뜨고 있다

"산"을 불러들이고 "나무"를 불러들이고, "꽃"과 "뭇 짐승"을 불러들이고, "좋고 이쁜 것 / 다 불러"들여, 세계를 새롭게 구성하려고 한다. 세계를 새롭게 명명하려고 한다. "우주 경영의 / 새 하늘" 밑에서 모든 생명들은 다시 태어난다. '새 하늘'의 '새'에 주목한 것이다.

대여가 "내가 그의 이름을 불러주었을 때 / 그는 나에게로 와서 / 꽃이 되었다"고 읊었듯이 이근배 시인 또한 산을 호명해 산을 만들려고 하고, 나무를 호명해 나무를 만들려고 하고, 꽃을 호명해·꽃을 만들려고 하고 있다. 모든 물상들을 재창조하려고 하고 있다. 시인에 의한 '제2의 창조'라고 간단히 말할 수 있다. 재창조[제2의 창조]는 창조자에 대한 반역이다. 이근배 시인은 조물주에게 반역하고 있다.

서시는 벼루에 관한 시이다. 부제가 '벼루 읽기'이다. 중반부는 다음과 같다.

하늘이 내린 솜씨
천지창조가 여기 있구나

아무렴 저 역성혁명 때
우리네 살림도 담아야지

"하늘이 내린 솜씨"라며 벼루를 예찬하고 있다.

천지창조에 의해 벼루가 만들어졌지만 벼루가 다시 창조를 꾀한다고 하고 있다. "역성혁명"을 꾀한다고 하고 있다. 역성혁명의 내용은 물론 모든 물상들을 호명하여 벼루에 담고 붓에 담는 것이다. 화선지에 담는 것이다. 시에 담는 것이다. 우주를 재창조하여 우주를 경영하는 것이다.

'우주경영'이라는 말은 사실 쉽게 쓸 수 있는 말이 아니다. 호방한 상상력, 말 그대로의 우주적 상상력이 우주경영이라는 말을 자연스럽게 듣게 한다. 이근배 시인의 시세계를 호방한 상상력의 구체화, 혹은 우주적 상상력의 구체화라고 할 수 있다. "달은 해를 물고"라고 한 것부터가 호방하다. 우주적이다. 호방한 상상력·우주적 상상력들은 낭만주의적 상상력과 인접의 관계에 있다. 또한 격정(Pathos)과 인접의 관계에 있다.

2. 호방한 상상력

호방한 상상력·남성적 상상력은 시집 곳곳에서 빛을 발한다.

> 달빛은 웬 바다를
> 자꾸 밀어 넣나?
>
> 해일(海溢)도 꺽지 못하는
> 외로움은 섬처럼 크고
>
> −「황진이」 부분

"달빛"에서 "바다"를 보고, "외로움"에서 "섬"을 보는 것이 호방하다. 특히 "외로움은 섬처럼 크"다고 한 것이 호방하다. '외로움은 섬처럼 크다'고 아무나 읊을 수 있는 것은 아니다. 자칫 과장(誇張)이거나 감상(感傷)으로 들릴 수 있기 때문이다. 이근배 시인이 외로움을 섬보다 크다고 했을 때 섬보다 큰 외로움이 정말 있을 것으로 보인다. 섬처럼 큰 외로움에 대해서 놀라고, 섬처럼 큰 외로움에 대해 생각하게 된다.

> 산과 물을 다 흔들어 봐
> 나만큼만 사랑 있나
> […]

죽어서나 갖는 거
살아서는 못 갖는 거
살아서도 죽어서도
불이 되어 만나고 있어
한 세상 태우고 남을
해보다 큰 사랑으로

―「지귀(志鬼)」 부분

라고 한 것은 어떤가. 선덕(善德)에 대한 지귀(志鬼)의 사랑을 노래하면서 "살아서" 한 사랑이 "죽어서도" 계속되고 있다고 하고 있다. 혹은 살아서 못 이룬 사랑을 죽어서 이룬다고 하고 있다. '생사의 사랑'이 있다면 바로 이런 것이리라. 시적 화자는 생사의 사랑을 "산과 물"보다 큰 사랑이고, "해보다 큰 사랑"이라고 하고 있다. '산과 물보다 큰 사랑', '해보다 큰 사랑'이라고 읊기가 역시 쉽지 않다. 통속적 비유가 탈통속적 비유로 느껴지는 것은[4] 이근배 시인 특유의 '호방함' 때문이다.

이근배 시인의 '시의 집'을 '해의 집'으로 명명할 수 있다. 여기서도 역시 호방한 상상력을 말하지 않을 수 없다.

배 한 척 해를 싣고 와 집을 새로 짓는다.

―「애일당지(愛日堂址)」 부분

"배"와 "집"은 시집(詩集)과 인접의 관계에 있다. 보통 시집을 '집 한 채'로 비유하곤 한다. 배가 "해"를 담을 수 있을 정도로 크다고 했으니, 해로 "집을 […] 짓는다"고 했으니, 얼마나 큰 배이고 큰 집인가. 시집으로

---

4) 이상옥도 이근배의 시조선집 『달은 해를 물고』의 해설에서 범속성, 통속성, 세속성들을 넘어서는 절대성에 대해서 언급하였다. 이상옥, 「외로운 섬, 날지 못하는…―이근배 시인론」, 『달은 해를 물고』, 태학사, 2006, 114면 참조.

말하면 얼마나 큰 시집인가. 해가 들어가는 시집이니 얼마나 큰 시집인가.

3. 낭만주의적 상상력 · 낭만적 아이러니

호방한 상상력과 낭만주의적 상상력은 인접의 관계에 있다. 이근배 시인의 시세계에서 중요한 열쇠어를 '낭만주의'라고 할 수 있다. 혹은 '낭만적 아이러니'라고 할 수 있다. 사랑의 시들을 보자. 사랑의 시들은 격정적이기도 했지만 무엇보다도 낭만주의적이었다. '낭만주의적'은 우선, '지금 여기'를 외면하고 '그때 거기'를 보는 것이다. 지금 여기에 대한 외면은 다른 말로 하면 지금 여기에 대한 비판이다. 낭만주의의 주요 범주 중의 하나가 지금 여기에 대한 비판이다. 낭만주의의 또 하나의 주요 범주가 무한성이다. 낭만적 아이러니에 의한 무한성이다.

다음에 인용하는 「산」은 '격정적' 사랑의 시이면서 '낭만주의적' 사랑의 시이다.

떠나서 산으로 간
아니 영원으로 간

그 끝없는 슬픔의
아아 눈 시린 사랑

산이여
나는 건널 수가 없다
나는 다 헤일 수가 없다.

-「산」 부분

사랑도 영원과 인접의 관계에 있고, 이별도 영원과 인접의 관계에 있다. '영원한 사랑'과 '영원한 이별'을 말할 수 있다. 사랑이 낭만주의와 관계있다면 바로 이 영원 때문이다. 영원의 다른 말은 무한성이다. 낭만주의의 주요 범주 중의 하나인 무한성이다. "끝없는 슬픔"이 '무한한' 슬픔이다. "건널 수가 없다"고 한 것, "헤일 수가 없다"고 한 것들도 무한성과 관계있다. 정완영 시인이 완전성을 중시하는 고전주의와 관계있다면[5] 이근배 시인은 무한성을 중시하는 낭만주의와 관계있다. 고전주의와 낭만주의의 뿌리는 같다. 고전주의와 낭만주의는 '이상주의 시대의 고전주의와 낭만주의'였다. 완전성과 무한성은 이상주의가 추구하는 영원성의 서로 다른 이름이었다.

무엇보다도 '산' 그 자체가 무한성을 표상한다. 「내가 왜 산을 노래하는가에 대하여」를 보자. 부분이다.

산, 너는 죽어서 사는
너무도 큰 목숨이다.

그 황토흙 무덤을 파고
슬픔을 매장하고 싶다

다시는 울지 않게
천의 현(絃)을 다 울리고 싶다

풀 나무 그것들에게도
울음일랑 앗고 싶다.

"산"을 "[무한한] 슬픔"을 매장할 수 있을 정도로 "큰 목숨"이라고 하고 있다. "천의 현(絃)"을 가지고 있다고 하고 있다. '천' 또한 무한성의 표

상이다. 천의 현은 물론 "풀 나무"들일 것이다. 무한성은 내용적 무한성이 있고 형식적 무한성이 있다. 산 그 자체가 무한성의 표상이라고 한 것은 내용이 그렇다는 것이다. 산이 무한한 내용을 품을 수 있다는 것이다. '형식적 무한성'은 앞에서 말한 것을 부정하는 것을, 부정한 것을 다시 부정하는 것을, 일컫는다. '무한히' 부정하는 것을 일컫는다. 부정의 연속은 무한한 내용을 품을 수 있다는 점에서 내용적 무한성과 무관하지 않다.

> 어느 비바람이 와서
> 또 너를 흔드는가
>
> 뿌리치려 해도
> 누더기처럼 덮어오는 세월
>
> 깊은 잠 가위 눌린 듯이
> 산은 외치지도 못한다.

「내가 왜 산을 노래하는가에 대하여」 끝 부분이다. 산을 "흔"들리는 산이라고 하였다. "세월"이 "누더기처럼 덮"는 산이라고 하였다. "외치지도 못"하는 산이라고 하였다. 긍정적[무한한] 산이 부정적[유한한] 산으로 변주되었다. 긍정적 산이 부정적 산으로 변주되었다고 해서 테마가 '부정적 산'이 되는 것은 아니다. 긍정적 산과 부정적 산 모두가 테마이다. 부정적 산이 다시 부정된다고 해도 마찬가지이다. 모두가 테마이다. 형식의 무한성은 즉자(卽自)가 대자(對自)를 낳고, 대자가 새로운 통일을 낳는 변증법과 무관하지 않다. 무엇보다도 '낭만적 아이러니'와 관계있다. 무한성을 추구하는 낭만주의의 도구가 낭만적 아이러니이다.

낭만주의 문학만이 자유롭고 낭만주의 문학만이 무한하다. 그리고 낭

만주의 문학은 어떤 법칙도 시인의 자의(恣意) 위에 두지 않는 것을 첫
번째 법칙으로 승인하고 있다.

—「아테네움 단장」 116

낭만주의 이론을 정립한 쉴레겔(F. Schlegel)의 말이다. "시인의 자의(恣
意)"가 낭만주의의 "첫 번째 법칙"이라고 한 것이다. '시인의 자의'의 구체
화가 바로 낭만적 아이러니이다. 낭만적 아이러니는 부정(혹은 파괴)의 무한
한 되풀이이다. 시에서 '다양한 목소리'를 인정하는 것이다.

"나 보기가 역겨워 / 가실 때에는 / 말없이 고이 보내드리오리다." 김소
월의 말이다. 사실은 결코 보내지 않겠다는 아이러니[반어(反語)]였다. 이런
해석을 가능하게 한 것은 "나 보기가 역겨워 / 가실 때에는 / 죽어도 아니
눈물 흘리오리다"라고 또한 읊었기 때문이다. 강한 부정이 긍정으로 읽혀
졌기 때문이다. 화자는 눈물을 흘리지 않는 것이 아니라, 눈물을 펑펑 쏟
고 있는 것으로 보인다.

> 저무는 창에 서면
> 떠오르는 아픈 영상(影像)
>
> 역겨워 눈감아도
> 활화(活火)같은 기념비여.
>
> 그 불길
> 백팔번뇌로
> 한 세상을 타는구나.

—「혼곡(昏曲)」 부분

사랑의 시이다. '아픔', '역겨움', '활화(活火)', '백팔번뇌', '활화'로 이

어지고 있다. 낭만적 아이러니가 아닐 수 없다. 아픔은 역겨움으로 부정되고, 역겨움은 다시 활화로 부정되고, 활화는 다시 백팔번뇌로 부정되고, 백팔번뇌는 다시 활화("한 세상을 타는구나")로 부정되고 있기 때문이다. 앞에서 말했듯이 낭만주의와 고전주의는 인접의 관계에 있다. 낭만주의는 무한성의 표상이고, 고전주의는 완전성의 표상이다. 부정의 연쇄라고 해도 '중심의 부정'(혹은 중심이 되는 부정)이 있다. '완전성'을 표상하는 부정이다. "활화(活火)같은 기념비"가 중심이 되는 부정이라고 할 수 있다. "역겨워 눈감아도 / 활화(活火)같은 기념비"를 어찌 부정할 수 있겠는가. 있었다는 것을 어찌 없었다고 할 수 있겠는가.

사랑은 회상으로 완성되는 것이라고 고전주의적으로 말할 수 있다. 역겨움은 회상의 일부일 뿐이다. 백팔 개 회상의 일부일 뿐이다. 백팔 개가 또한 고전주의적이다. 제한적·완성적이라는 점에서 고전주의적이다.

「성(城)」에서의 "꿈속의 영원표절(永遠剽竊)" 또한 백미였다. 영원을 지향하지만 영원에 도달하지는 못한다. 무한한 '표절'[반복]만 있을 뿐이다. 역시 낭만적 아이러니라고 하지 않을 수 없다.

죽음 또한 죽음의 연쇄로 극복된다.

먹물 같은 역사 속에
네가 울린 목숨의 소지(燒紙)
재로 댕겨진 불, 이 저 가슴에 일고
네가 간 그 빛길 사이로 가는 행렬이 보인다.

－「소지(燒紙)」 부분

누가 스스로를 불태운 모양이다. 소신공양에 대한 조사(弔辭)로 읽을 수 있다. 문제는 "네가 간 그 빛길 사이로 가는 행렬이 보인다"라고 한 것이다. 네가 간 곳으로 다른 이들이 행렬로 뒤따라간다고 한 것이다. 중요한 것은 그럼으로써 '죽음'을 극복해내는 것이다. 죽음 앞에서의 슬픔을 극복해내는 것이다. 죽음의 행렬이 죽음의 연쇄이다. 죽음의 연쇄와 무한성은 역시 인접의 관계에 있다. '소신공양'을 금방 잊혀지는 일회적 죽음이 아니라, 영원히 기억되는, 영원히 반추되는, 영원한 죽음이라고 한 것으로 볼 수 있다.

4. 사랑의 시≈격정의 시

사랑의 시는 격정의 시이기 쉽다. 사랑과 격정은 인접의 관계에 있다.

사랑의 시 중에서 가장 감명 깊게 읽은 시가 「적일(寂日)」이다. 말로서 사랑을 다시 오게 할 수 있다면 다시 오게 하는 말[시]이다. '적일'이라는 제목이 이미 사랑의 시를 예감하게 하였다. 적일에는 누군가 생각나기 마련이고, 그 사람은 사랑했던 사람이기 쉽기 때문이다. 혹은 적일에는 '삶의 한가운데'를 떠올리거나, 삶의 한가운데에 같이 있었던 사람을 떠올리기 쉽기 때문이다. 삶의 한가운데와 사랑은 인접의 관계에 있다.

내게는 이런 날이 무심찮이 꽃이 피고
피는 꽃 바라보는 내 눈엔 흐린 눈비
몇몇 해 종소식(終消息)의 너를 생각다가 지는 하루.

이 무언가 뉘우침만 남는 막막한 나날
가는 바람소리에도 끓어오르는 목숨의 숨결
먼 땅에 적요(寂寥)를 새길 네 슬픔에 잠기는 나.

— 「적일(寂日)」 전문

'적일(寂日)'과 대화의 관계에 있는 말들이 많다. "무심", "종소식", "지는 하루", "뉘우침", "막막", "가는 바람소리", "목숨의 숨결", "적요", "잠기[다]" 등이다. 이것들로 인해 '적일'이 완성되었다고 할 수 있다.

무엇보다 주목되는 것은 '적일(寂日)'과 '적요(寂蔘)'의 호응이다. 적일은 시적 화자의 적일이고, 적요는 시적 대상(혹은 시적 화자가 사랑했던 자)의 적요이다. "먼 땅"에 있는 "네"도 "슬픔"으로 "적요(寂蔘)를 새"기고 있다고 하였다. 그 슬픔은 다시 시적 화자에게 이입되어 시적 화자 "나" 또한 슬픔에 잠기게 되었다고 하였다. 둘째 연 종장의 '슬픔'은 그러므로 시적 화자의 슬픔이기도 하고 시적 대상의 슬픔이기도 하다. "네 슬픔에 잠기는 나"가 절묘한 표현이었다. '슬픔에 잠기는 너'와 '슬픔에 잠기는 나'를 동시에 나타내고 있다. 이근배 시인의 재기가 유감없이 발휘된 부분이라고 하지 않을 수 없다.

'적일(寂日)'이라고 해서 격정의 시가 안 되는 것은 아니다. 다시 강조하지만 사랑의 시와 격정은 인접의 관계에 있다. "뉘우침"이 격정과 관계있고 "끓어오르는 목숨의 숨결"이 격정과 관계있다. 큰 시인들은 자주 모순되는 입장을 취한다. 중요한 것은 그때그때마다의 삶 그 자체이기 때문이다. 삶은 매번 모양을 달리하기 때문이다.

「가을의 서(書)」는 처음부터 끝까지 격정적이다. 격정을 토로하고 있다.

살을 불지르며
아픈 정을 문지르며

돌 하나 피가 돌듯
울음으로 감싸안은

긴 밤의
풀피리 소리
천지간의 내 소리.
[…]

애련의
빈 벌판 속에
님은 홀로 섰는가.

"살을 불지르며"가 격정이고, "아픈 정을 문지르며"가 격정이고, "울음으로 감싸안은"이 격정이고, "천지간의 내 소리"가 격정이다.

연민은 인류애와 인접의 관계에 있다. 인류애가 예수로 하여금 가장 낮은 마구간에서 태어나게 하였고 십자가형에 처하게 하였다. 석가로 하여금 왕궁을 버리게 하였고 6년간 고행하게 하였다. 다름 아닌 "애련"에 주목하는 것이다. 애련을 한자로 병기해서 쓰면 애련(哀戀), 혹은 애련(哀憐)이 될 것이다. 후자는 '가없고 애처롭게 여김'을 뜻하고 전자는 '이루지 못한 사랑'을 뜻한다.

사랑이 연민(憐憫)까지 가면 다 가는 것이다. 사랑이 연민까지 가면 더 갈 곳이 없는 것이다. 예수의 사랑이 연민에 도달하였었고, 석가의 사랑이 연민에 도달하였었다. 연민이 십자가형을 감수하게 하였고, 연민이 6년간의 고행을 감수하게 하였다. 연민은 '격정 중의 격정'이다.

격정의 시로 「노을의 성(城)」을 얘기하지 않을 수 없다. 표현주의적 격정이 시 전편을 관류하고 있다.

내 꿈이 키운 별을 금은(金銀)같이 묻어두고
밤이면 밤바다를 울어 쌓던 이 가슴을
난 몰라 꽃 지는 날에 꽃 지는 거, 난 몰라.

슬픔과 또 그렇게 길게 늘인 귀밑머리
누가 영원을 달래, 누가 사랑을 달래?
가지 마 그 불타는 바다 불길 속은 가지 마.

> 모두 다 떠나버린 노을의 성 빈터에서
> 뒷모습 쓸쓸히 걸어가는 그대의 빛
> 달 같아 아, 눈물로 뜨는 눈물 어린 달 같아.

―「노을의 성(城)」 전문

"꽃 지는 거, 난 몰라"라고 한 것이 격정의 소산이다. 꽃 지는 것을 모른 체 할 수 있는 것은 마음속에 더 큰 무엇이 도사리고 있기 때문이다. "불길 속은 가지 마"라고 한 것도 마찬가지이다. 마음속에 불길보다 더 한 것을 담고 있기 때문이라고 할 수 있다. "눈물 어린 달"도 격정과 관계있다. 도대체 어떤 마음이길래 달에서 눈물을 보았는가. 격정에 도달한 자는 격정을 숨길 줄도 안다. 이 시에서 압권은 '눈물 어린 달'이다. "입안 가득 고여오는/ 마지막 섹스의 추억"(최영미)처럼 고혹적인 느낌을 불러일으킨다. '눈물 어린 달'은 사랑하는 사람을 표상한다.

5. 비극적 세계 인식

이근배 시인의 시 세계에서 또 하나 주목되는 것은 비극적 세계인식이다. "목련"에서 "웃음"이 아닌 "눈물"을 보는 것이 이를테면 비극적 세계인식의 소산이다.

> 누이야
> 네 명주빛 웃음이
> 눈물처럼 피었다

―「목련」 부분

중요한 것은 비극적 세계인식이 개인적 실존을 넘어 역사적 실존을 향해 있다는 점이다. 여기서도 호방함을 말할 수 있다. '호방한' 비극적 세계 인식이라고 할 수 있다.

> 검은 먹빛 속에 피가 스밀 때가 있다
> 백성의 타는 뜻일랑 붉은 먹으로 쓴다.
>
> —「주묵화(朱墨畵)」 부분

"붉은 먹"은 "백성의 타는 뜻"의 은유이다. 이근배 시의 또 하나의 특징이 여기에서 구체화되었다. 역사적 상상력이 구체화되었다. 시인들이 조국·민족·세계시민들을 외면할 때에 이근배는 조국·민족·세계시민들을 노래하였다. 그들의 궁핍을 노래하였고, 그들의 핍박과 저항을 노래하였다. 역사적 상상력과 격정 또한 인접의 관계에 있다. 조국·민족·세계시민들은 격정을 불러일으킨다.

백성을 패랭이에 비유하여 쓴 시가 있다.

> 헐벗음, 아픔, 슬픔
> 이를 물고 견디며
>
> 얼굴엔
> 늘 웃음 한 점
> 잃지 않은 패랭이 꽃.
>
> —「패랭이 산조(散調)」 부분

"헐벗음, 아픔, 슬픔"은 백성들의 헐벗음, 아픔, 슬픔이다. 백성들이 헐벗음, 아픔, 슬픔을 견딜 수 있는 것은 희망이 있기 때문이다. "웃음 한 점 / 잃지 않"는다는 것은 희망을 잃지 않는다는 것이다. "역사는 금이 갈수록 / 값을 더 받는다"(「골동가산책(骨董街散策)」)에서 '금'도 '헐벗음, 아픔, 슬픔'

을 표상하는 것이었다. 헐벗음, 아픔, 슬픔들이 "값을 더 받는" 것은 물론 여기에서 희망이 비롯되기 때문이었다.

'가장 민족적인 것이 가장 세계적인 것이다.' 이 명제를 충실히 따르는 예술가들로 영화의 임권택과 시의 이근배를 꼽을 수 있다. 임권택의 「씨받이」, 「서편제」, 「취화선」, 「태백산맥」들은 '가장 민족적인 것'을 소재로 하여 세계 영화계의 주목을 받았다. 불란서, 독일들의 영화전문 채널에 '임권택 영화 주간'이라는 것이 있다. 일주일 동안 프라임 시간대에 임권택 영화를 내보낸다.

이근배 시인에게 민족적인 것은 '한국전쟁'으로 표상된다. 임권택에게 「태백산맥」이 있다면 이근배 시인에게는 「묘비명(墓碑銘)」이 있다. 경향신문 신춘문예 당선작이기도 한 이 작품에서 이근배 시인은 전쟁의 아픔·민족의 아픔을 노래하였다.

문제는 전쟁의 아픔·민족의 아픔이지만 좌에서부터 온 아픔, 우에서부터 온 아픔이 아니라는 것이다. 민족적 공동체에 기반하는 아픔이라는 것이다.

> 숨 닳는 전쟁 속에
> 떨어져 묻힌 꽃잎
>
> 하늘을 돌아 앉은
> 신화의 무덤 앞에
>
> 눈 멀어
> 지켜 선 돌의
> 가슴에 쓴 모국어여!
>
> —「묘비명(墓碑銘)」부분

"모국어"는 북한의 모국어이고 남한의 모국어이다. 자본주의자들의 모국어이고 주체사상파들의 모국어이다. "눈 멀어 / 지켜 선 돌의 / 가슴에 쓴 모국어여!" 모국어는 돌의 가슴에 새겨져 있고 또한 이근배 시인의 가슴에 새겨져 있다. 둘은 '같은 모국어'이다. 이근배 시인이 모국어의 한 경지에 올라가있다고 한다면 바로 이 지점에서 비롯된다. 모국어에 대한 사랑이 모국어의 한 경지에 올라서게 하였다. 간단히 민족을 위한, 혹은 모국어를 위한 시라고 단언할 수 없는 것은 「묘비명(墓碑銘)」 끝에서

> 발자국 잘못 찍힌
> 연대(年代)의 길목에서
>
> 오가는 세월에게
> 묻고 있는 그 이유는
>
> 응시한 벽의 의민가.
> 풀꽃들의 이야긴가.

라고 했기 때문이다. "발자국 잘못 찍"었다고 한 것이 주목된다. 자본주의에 발자국을 찍을 수 있었고 공산주의에 발자국을 찍을 수 있었다. 하필이면 그 "연대(年代)"에 태어나 그 연대에 발자국을 찍었다고 한 것으로 볼 수 있다. 하여튼 발자국을 잘못 찍은 동시대의 수많은 영혼들이 돌아올 수 없는 곳으로 갔다고 한 것이다. 다른 "연대"에 태어났더라면 이 수많은 영혼들이 희생되지 않았을 것이라고 한 것이다. 어떤 이데올로기보다 생명이 우선이라고 한 것과 같다. "풀꽃들"을 등장시킨 것이 또한 주목된다. 인생은 풀꽃들처럼 허망한 존재라고 하는 것이다. 풀꽃들은 '풀잎 위에 맺힌 이슬'을 상기시킨다. 풀잎 위에 맺힌 이슬같은 존재들에게 이데올로기는 '저주의 굿판'이었다.

해탈의 세계에서 목가의 세계로
장지성론

시간과 시간 사이에는 아무 것도 없는 것일까. 연속적 시간의 흐름만 있는 것일까. 시간의 흐름에 불연속적 부분은 없는 것일까. 이를테면 시간과 시간 사이에서 잠깐 쉬게 하는 '쉼표'같은 것은 없는 것일까. 이에 대한 성찰을 담은 시가 「자정(子正)을 지나며」이다.

어느 날 먼 길 갔다 밤늦게 귀가하니
내 집이 성곽처럼 어둠에 잠겼구나.
적막 속 자정을 여는 시계추를 흔들며

이제 막 오늘이 잦고 내일로 가는 길목
문득 이 세상에 홀로이 남은 듯이
가오는 시점(時點)에 서서 문고리를 당겨본다.

또 하루 가는 길에 가교(架橋)도 있을 거야
미지의 문을 열면 꿈들도 사랑도 있을
일순간 전등(電燈)을 켜니 내가 나를 맞는구나

―「자정(子正)을 지나며」 전문

"오늘이 잦고 내일로 가는 길목"인 "자정(子正)"에 "가교(架橋)"가 "있을 거"라고 하고 있다. 가교(架橋)로 들어가는 "문고리"가 있을 것이라고 하고 있다. 문고리가 있는 방에 들어가면 "꿈들과 사랑도 있을" 것이라고 하고 있다. 눈에 보이는 세상이 아닌, 눈에 보이지 않는 세상의 틈(혹은 시간의 틈)에 대해서 얘기하고 있다고 할 수 있다. '시간의 틈'에서 우리는 진정한 본래적 자아를 만나게 될지 모른다. 고정된 주체, 확정된 주체를 만나게 될지 모른다. 시의 끝에서 장지성 시인은 "내가 나를 맞는구나"라고 하였다. '이때의 나'를 확정된 주체라고 할 수 있다.

'시간의 틈'에 대한 발상이 놀랍다. 여태까지 누구 시간의 틈에 대한 인식을 펼쳐보였던가. 누가 불연속적 시간에 대해 언급하였던가. 기껏해야 프랑스의 바따이유가 인간과 인간 사이의 불연속성에 대해 언급했을 뿐이다. 장지성의 시조들에는 낯익은 구석이 없다. 독서자를 낯선, 새로운 세계로 인도한다. 장지성의 시들을 '새로운 세계, 낯선 세계에 대한 발견'이라고 간단히 정의할 수 있다.

월하문학상 수상작인 「법주사」도 이점에서 주목된다.

탑돌이 후광 속에 기척 없이 오신 대불
오리숲 한 나절에 되려 눈이 감아지네
적막도 시방 피는가 쇠북 소리, 그 파장……

빗장 핀 대웅전은 죄업들도 시름인 양

추켜 올린 하늘 한 점 기왓장에 골을 치고
그림자 밟히지 않는 인간 꿈은 어디인가.

―「법주사」 부분

그중에서 주목되는 부분은 종장 "그림자 밟히지 않는 인간 꿈은 어디인가"이다. 그림자 밟히지 않는 인간 꿈에 대해 얘기하고 있다. '그림자가 있다'는 것은 세상의 법칙, 현실의 원칙이 작동하고 있다는 것이다. 이와 반대로 그림자가 없다는 것은 세상의 법칙, 현실의 원칙에서 벗어나 있다는 것이다. 세상의 법칙, 현실의 원칙에서 벗어나 있는 세계를 꿈꾸는 장지성 시인, 희로애락의 세계, 오욕칠정의 세계에서 벗어나 있는 세계를 꿈꾸는 장지성 시인!

'그림자 없는 인간'은 희로애락의 세계, 오욕칠정의 세계에서 벗어나 있는 '다른 세계'에 대한 절묘한 은유였다. 이점에서 조윤아 교수가 장지성의 시세계를 '부처를 꿈꾸는 시인의 인생에 대한 통찰'이라고 명명한 것은 타당하다. 그림자 없는 인간의 세계는 열반에 도달한 부처의 세계였다. 그림자 없는 인간의 세계가 열반에 도달한 부처의 세계라고 할 수 있는 근거를 다시 「법주사」에서 찾을 수 있다. 장지성은 둘째 연 첫 행에서 다음과 같이 읊고 있다.

탑돌이 후광 속에 기척 없이 오신 대불

"기적 없이 오신 대불"의 은총으로 그림자 없는 세계, 희로애락, 오욕칠정에서 벗어난 세계를 꿈꿀 수 있다고 한 것이다.

그림자 없는 세계로 가는 것은, 희로애락, 오욕칠정에서 벗어나는 것은 물론 쉬운 일이 아니다. 장지성 시인도 이를 알고 있었다. 장지성 시인은 「겨울 가로수」 첫째 수 종장을 다음과 같이 끝내고 있다.

긴 유랑
끝 간 데 몰라
서성이고 있는가

"가로수"를 "서성이고 있는" 것으로 본 것이 특이하다. 더구나 '겨울
가로수'를. 가로수에 자신의 처지를 투영시킨 것이라고 보지 않을 수 없다.
"유랑"에 끝이 없을 수 있다는 것이다. 수도(修道)에, 용맹정진에 끝이 보이
지 않을 수 있다는 것이다.
장지성은 「꽃 진 자리」에서도 새로운 인식을 펼쳐 보이고 있다.

한 송이 꽃핌에도
내홍이 없었으랴
그 다툼, 시샘들은
지천으로 풀어 놓고
아 진정
꽃들이 아름다운 것은
낙화가 있기 때문이다.

—「꽃 진 자리」 부분

우선, "꽃핌에도 / 내홍"이 있었으리라는 인식이다. '모래 한 알에 우주
가 담겨있다'(블레이크)는 것은 코스모스[질서]로서의 우주가 담겨있다는 것
이다. 우주의 다른 말이 코스모스이다. '한 송이 꽃'도 이러한 우주, 이러
한 코스모스의 반영이라고 할 수 있다. 질서의 법칙이 꽃 한 송이를 피우
게 한 것이라고 할 수 있다. 장지성이 특별한 것은 '꽃핌'을 질서의 반영
이 아닌 '내홍'의 반영이라고 한 것이다. 내홍은 내적 "다툼", 내적 분규,
내적 "시샘"의 다른 말이다. 꽃 한 송이를 무수한 내적 다툼, 무수한 내적
분규, 무수한 내적 시샘의 결과라고 한 것과 같다. 우주가 코스모스의 우

주가 아니라 카오스의 우주라고 한 것과 같다.

"한 송이의 국화꽃"을 위해 "천둥"과 "먹구름" 등이 필요하다고 한 미당의 「국화 옆에서」처럼 아름다운 꽃 한 송이가 거저 얻어지는 것이 아니라는 인식이 또한 담겨 있는 것으로 볼 수 있다. 「국화 옆에서」와 다른 것은 '꽃 한 송이'가 외부적 시련의 산물이 아니라, 내부적 시련의 산물이라고 한 것이다. 독창적 인식이라고 하지 않을 수 없다.

둘째, 이 시의 새로움은 "꽃들"의 "아름다"움을 "낙화"에서 본 것이다. 낙화가 없는 꽃들에서 무슨 아름다움을 느낄 수 있겠는가. 아름다움은 '아름답지 않은 것'에 의해 인식된다고 한 것이다.

「꽃 진 자리」는 다음과 같이 끝난다.

환생(幻生)은 어디이고
불멸이란 무엇인가.
죽어도 다시 사는
섭리를 깨치면서
어느덧
꽃 진 자리에
도도록한 열매 하나

꽃들과 낙화의 관계는 삶과 죽음의 관계가 아니었다. 꽃들은 죽어서 다시 사는 것이었다. 왜냐하면 '꽃 진 자리'에 "도도록한 열매 하나"가 열리고 있기 때문이다. 장지성 시인은 「꽃 진 자리」에서 "죽어도 다시 사는" 진경을 연출해보이고 있다. '죽으면 산다'는 역설을 입증해보이고 있다.

완전성에 대한 갈망은 이영도 시조문학상 수상작인 「아지랑이」에서도 극명하게 드러난다.

우리 이별 없을 때
다시 만날 수 있다면
이 세상 저 밖으로
이름 없이 사라져 간들
그 시절 눈물이 되어
떠 흐르는 것이냐

-「아지랑이」 부분

회자정리(會者定離)는 세상의 이치이고, "이별 없"는 곳은 극락정토, 다름 아닌 "이 세상 저 밖"의 이치이다. 이별 없는 극락정토에서 "다시 만날" 때 흘리는 "눈물"은 기쁨의 눈물이다. 눈물을 "아지랑이"로 은유한 것이 이채롭다. '휘발성의 눈물'과 아지랑이는 상호 인접의 관계에 있다.

희로애락, 오욕칠정에서 벗어난 완전한 세계에 대한 갈망은 「길을 가다가」, 「천수만 시초(詩抄)」, 「가을 과수원」, 「우리집 마당에는」, 「바둑 두기」 등에서도 나타난다. 다음은 「길을 가다가」 전문이다.

어느 날 길을 가다 눈에 띤 볼트 한 개
기름때 절고 절어 흙고물을 묻히고서
신작로 한 귀퉁이에 나뒹굴고 있구나.

얼마쯤 지나치다 되돌아 주워드는
그 무슨 연유도 없을 마모된 물체 앞에
조이고 풀리는 이치를 다시 짚어 보누나.

처음엔 이 부품도 없어선 아니 됐을
한 틈새 오차 없이 제 영역을 다스렸을
아득히 펼쳐진 세월, 먼 회귀(回歸)를 열어본다.

시인의 주요 덕목 중의 하나는 미하고 세한 세계에 대한 발견이다. 그리고 이 미세한 세계에 대한 새로운 의미 부여, 혹은 새로운 철학성 부여이다. "볼트 한 개"를 발견하고 거기에서 "조이고 풀리는" 세상의 "이치"를 찾아낸 것으로 보인다.

그러나 자연에 볼트가 있었겠는가, 볼트가 끼워져야 완전해진다면 그것이 어찌 '자연'이겠는가. "처음엔 이 부품도 없어선 아니 됐을"이라고 한 것은 아이러니로 보인다. 자연은 그 자체로 완전한 자연이었을 것이라는 것에 대한 아이러니로 보인다. 자연은 "한 틈새 오차 없이" 완전했다는 것에 대한 아이러니로 보인다.

특별한 것은 공간이라는 자연의 완전성에 시간이라는 자연의 완전성까지 염두에 둔 것이다. "한 틈새 오차 없이 제 영역을 다스렸을 / 아득히 펼쳐진 세월"이라고 한 것이 그것이다. 앞의 「자정을 지나며」에서 보여주었던 시간의 불연속성에 대한 고찰을 일견 부인하고 있는 것으로 보인다. 그러나 큰 정신은 자주 모순된 태도를 보이는 법이라고 간단히 다시 부인할 수 있다. 고정된 정신세계가 아닌, 열려 있는 정신세계가 큰 정신이다.

「천수만 시초(詩抄)」, 「가을 과수원」, 「우리집 마당에는」에서는 완전성에 대한 갈망에 덧붙여 조화의 세계에 대한 갈망을 보여주고 있다.

> ① 적요도 알을 품는 해미천 갈대숲은
> 일층엔 뿔논병아리 이층엔 개개비들
> 삼층엔 덤불해오라기가 층을 이뤄 살더라.
>
> —「천수만 시초(詩抄)」 부분

> ② 늦가을 사과밭은 만조 이룬 바다이다
> 과물(果物)의 속살 깊이 아우르는 햇살들이
> 알알이 색상이 되어 마음마저 밝히는가.

얼마쯤 떠 흘러야 꿈결처럼 부침되나
울타리를 타고 넘는 함묵의 저 바람결
받침목 무게를 실어 바리 되어 오는가.
밤이면 불을 혀는 집어등(集魚燈) 부신 둘레
일렁여 살 부비는 해조음 수초들이
달빛도 찌가 되어서 시절마저 낚는가.

―「가을 과수원」 전문

③ 박꽃이 환히 피는 초저녁 여름밤에
별들도 편이 있어 바둑을 두나보다
어둠 속
화점(花點)을 찾아
돌을 놓네. 하나 둘……

서로가 집 지려고 부수고 에워싸고
어느새 초(秒) 읽기에 쫓기어 저리 바쁜
저것 봐
하늘은 온통
꿈밭인가 등(燈)인가.

―「바둑 두기」 부분

① 「천수만 시초(詩抄)」에서는 "해미천 갈대숲"을 뿔논병아리, 개개비들, 덤불해오라기들이 나누어 "일층엔 뿔논병아리 이층엔 개개비들 / 삼층엔 덤불해오라기"가 층을 이뤄 산다고 하였다.

② 「가을 과수원」에서는 과수원을 "바다"로 비유하여 "햇살", "바람", "달빛" 등 자연의 주요 요소들이 한마당 어우러지는 과수원의 완벽한 조화의 세계를 보여주고 있다.

③ 「바둑 두기」에서는 "별들"의 세계를 "바둑 […] 두"는 것에 비유하

여 역시 한마당 어우러지는 시골 "하늘"의 완벽한 조화의 세계를 보여주고 있다.

　문제는 인간이다. 인간이 빠져 있는 조화 완전에 대한 세계는 부족한 세계일 수밖에 없다. 이점에서 브레히트의 다음 시는 시사하는 바가 많다.

　　호숫가 나무 아래 작은 집
　　지붕에서 연기가 올라간다
　　만약 연기가 없다면
　　집과 나무와 호수는
　　얼마나 쓸쓸할까.

－브레히트, 「연기」 전문

　조화 완전의 세계는 또한 목가적인 세계이다. 자연과 인간이 함께 어우러져 있는 세계, 이상과 현실이 맞아 떨어진 세계가 목가적인 세계이다. 특히 목가에서는 자연과 인간의 함께 어우러져 있는 세계를 강조한다. "집"과 "나무", "호수"는 "연기"가 없다면 죽은 집, 죽은 나무, 죽은 호수라고 할 수 있다. 물론 연기가 표상하는 것은 인간이다. 브레히트는 연기를 통하여 인간과 집과 나무와 호수가 함께 어우러져 살고 있는 목가적 세계를 보여주고 있다.

　장지성은 이러한 목가적 세계를 그의 「외암리(外岩里)에서－송화댁」에서 보여주고 있다.

　　정원수
　　감도는 물
　　시원(始原)을 찾아보다
　　어디서
　　부름 소리

바람결의
두.런.거.림……
또 다시
－이리 오너라
대문
여
니

오! 가을.

"가을"이 표상하는 것이 "송화댁"인 것이 분명한 것은 "정원수/감도
는 물"을 '가을' 그 자체가 가져다 줄 수 없기 때문이다. 송화댁이라는 인
물을 장지성 시인은 마치 화룡점정의 마지작 점으로 제시하면서 조화 완
성의 세계를 마무리 짓고 있는 것으로 보인다. 장지성 시인은 물론 「천수
만 시초(詩抄)」의 앞부분에서도 인간을 포함한 자연의 여러 요소들의 합일
적 세계를 보여주었다.

마음이 울적하면 하던 일 다 멈추고
천수만 모래섬과 젖 물린 해미천을
망원경 하나 챙기고 혼자라도 가 볼일이다.

"울적"한 세계를 해소시켜 주는 것이 자연의 세계라는 것을 분명히 하
였다는 점에서 역시 목가라고 할 수 있다. 목가는 조화 완전의 세계와 인
접의 관계에 있다. 조화 완전에 대한 갈망은 백수 정완영 선생 시세계의
특장이기도 하였다(이에 대해서는 이 책 맨 앞의 글 「시조의 古典主義」 참조).

높은 곳과 낮은 곳의 변증

안수환론―시집 『하강시편』을 중심으로

1. 들어가며

(1)

『하강시편』을 처음 읽으면서 나는 어리둥절했다. 두 번째 읽으면서 나는 긴장했다. 세 번째 읽으면서 나는 '큰 정신'과 대면하고 있음을 알았다. 삶의 다면성과 복합성을 알고 있는 '위대한 모순'과 대면하고 있음을 알았다. 위대한 모순은 위대한 시인을 낳을 것이다. 새로운 것에만 급급하다 보면 놓친다. '시적 자의식'에만 맴돌다 보면 놓친다. 삶의 위대한 모순을 놓친다. '바로 앞에' 도저하게 흐르는 인생, 사회, 우주들을 놓친다. 인생, 사회, 우주들을 직시하는 것만으로도 시간은 모자라다. 위대한 시인은 만드는 것이 아니라, 되는 것이라면.

(2)

"하강"의 주요 항목은 낮은 곳으로의 하강이다. 혹은 하강한 낮은 곳이다. '낮은 곳으로 임하소서'라고 할 때 그 낮은 곳이다. 두 가지로 나눌 수 있다. 하나는 무심이 지배하는 세계이다. 고담준론이 쓸데없는 세계이다. 또 하나는 무심의 반대로서 유심이 지배하는 세계이다. 말 그대로 '날 것'의 세계이다. '삶의 한가운데'로서 희로애락의 세계이다. '작은' 모순의 세계이다. 무심과 유심은 서로 모순되므로 낮은 곳은 '큰' 모순이 지배하는 세계이다. 무심과 유심이 변증하는 세계이다. 낮은 곳으로 내려가는 것은 쉬운 일이 아니다. 낮은 곳으로 내려가는 것과 낮은 곳에 도달하는 것은 별개의 문제이다. 낮은 곳에 도달하려면 수업료를 내야한다. 마구간에서 태어난 예수는 40일 동안 수업료를 냈지만 왕궁에서 태어난 석가는 훨씬 더 오랜 동안 수업료를 냈다.

"하강"의 또 하나의 주요 항목은 죽음으로의 하강, 혹은 죽음의 세계로서 '낮은 곳'이다. 많은 '하강시편'들이 '죽음의 세계'의 연쇄이다. 죽음의 세계를 계속 다르게 표현했으므로 '환유의 연쇄'라고 할 수 있다. 단순하지 않은 것은 '삶'이 개입하여[1] 삶과 죽음이 변증하고 있기 때문이다. 삶과 죽음의 변증은 모순의 극대화이다.[2] 삶은 '상승'이므로 '낮은 곳'은 상승을 포함하는 낮은 곳이라고 할 수 있다.

『하강시편』에서 '가장 큰' 모순은 높은 것과 낮은 것의 갈등이다. 시인에 의하면 높은 곳에서도 꿈자리가 뒤숭숭하고(「1」), 낮은 곳에서도 꿈자리가 뒤숭숭하다(「164」). 낮은 곳을 부정할 수 없듯이 높은 곳도 부정할 수 없는 것이다. 높은 곳에 대한 '본능적' 지향도 부정할 수 없는 것이다. 시인은 "경건과 물질"(「77」)이 대립한다고 하였다.

---

1) 삶에 대한 의욕이 죽음을 가만 놔두지 않고 있다.
2) '삶'이 삶과 죽음의 변증이라면 삶의 극대화이다.

2. 낮은 곳 : 무심과 유심의 변증

'새관점'과 '개구리관점'이 있다. 새관점은 위에서 아래로 내려다보는 관점이다. 개구리관점은 아래에서 위로 올려다보는 관점이다. 혹은 아래에서 아래를 보는 관점이다. 새관점은 멀리, 넓게 볼 수 있지만 책상 아래는 볼 수 없다. 개구리관점은 멀리, 넓게 볼 수 없지만 책상 아래를 볼 수 있다. 새관점은 삶에서 유리된 관점이고 개구리관점은 삶에 동참하는 관점이다. 안수환 시인은 개구리관점을 지향한다.[3]

> 나는 언덕 위에 집을 짓지 않겠다
> 남보다도 먼저 구름을 쳐다보고
> 먼 들판에 서있는 물을 굽어보는 오만이
> 밤마다 내 몸을 핥고 다니며
> 꿈자리를 뒤숭숭하게 만들 테니까
>
> —「1」 전문

"언덕 위에"서 "먼 들판에 서있는 물을 굽어보는" 것은 새관점이다.[4] 시인은 새관점을 거부하고 있다. 낮은 곳에서 살면서 낮은 곳을 보겠다고 하고 있다. "오만"의 반대는 겸손이므로 낮은 곳에서 낮은 곳을 보며 겸손하게 살겠다고 하고 있다. "언덕 위에 집을 짓지 않겠다"고 한 것은 달리 말하면 초월적 삶을 살지 않겠다는 것이다. 형이상학적 삶을 살지 않겠다는 것이다. 형이상학적 삶은 현상을 현상 그대로 인정하지 않는 삶이다. 차안을 차안 그대로 인정하지 않는 삶이다. 현상 너머를 궁리하고 차안 너

---

3) 대부분 시인들의 관점이 개구리관점이다. 시인들은 '삶의 한가운데'에 있기를 원하기 때문이다. 평론가들의 관점이 새관점이다. 시인들은 평론가들이 그들의 시를 새관점으로 읽어주기를 바란다. 새관점과 개구리관점은 다르게 말하면 거시적 관점과 미시적 관점이다. 이 책의 「새관점과 개구리관점의 변증—김석준론」 참조.
4) 상식적으로 새관점이라고 하는 것이다. "구름을 쳐다보"는 것은 물론 새관점이 아니다.

머를 궁리한다.

시인은 물상 속에 섞여 살기를 원하고 있다. 여태까지는 물상들 위에 있었으나 이제부터 물상들 속으로 들어가겠다고 하고 있다. 내려가야겠다고 하고 있다. "빗방울"처럼, "폭포"처럼.

> 빗방울은
> 제 몸에 붙은 오만(傲慢)을 찢어발기며
> 떨어졌다

—「39」부분

> 폭포여, 그대 내 집을 찾아오려거든
> 단숨에 마음을 쏟아 버린 후
> 저 잔잔한 물가의 미풍 앞으로 오라
> 풀잠자리의 외출을 본뜨고 있는
> 또 다른 절벽 앞으로 오라

—「3」전문

「39」에서 "빗방울"을 "제 몸에 붙은 오만을 찢어발기며 / 떨어"지는 빗방울이라고 하였다. 역시 '새관점'에 대한 거부이다. 초월적 삶에 대한 거부이다. 「3」의 "폭포" 또한 끝없이 낮아지고 있는 폭포이다. 떨어지면 또 떨어져야 한다. 떨어지면 "또 다른 절벽 앞으로" 와야 한다.

낮은 곳은 두 가지 의미의 낮은 곳이다. 하나는 "잔잔한 물가의 미풍"이란 말에서 암시된 것처럼 '무심'이 지배하는 세계이다. 하나는 "또 다른 절벽 앞으로"라는 말에서 암시된 것처럼 '유심'이 지배하는 세계이다. 삶은 매번 절벽 앞에서 펼쳐지는 드라마이다.

풀씨들은 땅에 떨어져
코를 골며 자고 있다
어찌 알았는지
들까치 남매가 이 곳으로 내려와
풀씨들을 쪼아먹고 있다

깨달음을 목표로 삼은 나를
본체만체하고

―「38」전문

우리 할머니는
읍내에서 시집 오신 후
십릿길을 벗어나지 않고
만으로 꼭 백수(白壽)를 사셨다

―「36」부분

"땅에 떨어"진 "풀씨들"의 삶, 땅에 "내려"온 "들까치 남매"의 삶, 그리고 "할머니"의 삶이 낮은 곳의 삶이다. 낮은 곳의 삶들은 "깨달음을 목표로" 하지 않는다. 고담준론을 논하지 않는다. 무심하게 산다. 할머니가 "만으로 꼭 백수를" 살았다고 한 것은 백수를 예찬한 것이 아니라, 무심한 삶을 예찬한 것이다.

무심한 삶은 가벼운 삶이다. 시인이 "나비"와 "물방울"이 이 세계의 주인이라고 선포하는 것은 가벼운 삶을 예찬한 것이다.

보느냐. 천궁(天弓)은 너무 굽어 다 소멸되었다
나비야 물방울아 이제부터는 너희가 천궁(天弓)이다

―「5」부분

"천궁은" (무거움 때문에) "굽어 […] 소멸되었다"고 하고 있다. 그 자리를 "나비"와 "물방울"이 차지하게 하고 있다. 나비와 물방울은 가벼움을 표상한다. 가벼운 삶을 표상한다.

주문진 앞바다로 나가서 배 타고
주문진 쪽 바라보았다
[…]
이 세상의 주인은 유생(儒生)이 아니라
어떤 과장도 없는 물거품이다

─「93」 부분

이 세상의 주인은 고담준론을 논하는 "유생"이 아니라, "어떤 과장도 없는" 있는 그대로의 세계, "물거품"의 세계라고 명시적으로 밝히고 있다.

하강한 곳, 즉 '물상들의 세계'는 무엇보다도 무심의 반대로서 '유심'이 지배하는 세계이다. 시인은 유심의 세계 또한 동경하고 있다.

나무를 보더라도 우듬지 내버리고 뿌리를 보며
바람을 보더라도 그 바람 다 지나간 뒤쪽을 보며

이웃이여 내 이웃들이여

─「91」 부분

잠적이 아니다 낮은 곳을 돌아보는
순례가 아니다 식구들의 허기를 때우기 위해
쌀을 씻는 손, 새들의 비상(飛翔)을 훔치는
잡역부처럼

수치(羞恥)도 없이

아무런 변명도 없이

-「 4 」전문

어둠이 없는 꿈길이거나
아픔이 없는 대낮이거나
슬픔이 없는 일몰일 때

이 유역(流域)에서는 강아지풀도 자라지 않는다

-「 6 」전문

하강한 곳은 "이웃들"이 있는 곳이다. "식구들의 허기를 때우기 위해 / 살을 씻는 손"(「91」)이 있는 곳이다. "수치"라는 말이 없고 "변명"(「4」)이라는 말이 없는 곳이다. "어둠", "아픔", "슬픔"(「6」)이 있는 곳이다. 다름 아닌 희로애락의 삶, 유심의 삶이다.

악덕 또한 유심의 세계에 속한다. 시인은 "타락 이후, / 아무도 밑바닥에 붙어 있지 않았다"(「59」)라고 하였다. 아담과 이브의 타락 이후 타락은 더 전진(?)했다고 하는 것이다. 시인에게 '낮은 곳', "칠뜨기"의 세상은 "약속을 지키면 더 좋"지만 "깨버려도 무방"(「15」)한 세상, 심지어 "패덕(悖德)을 못본 체"(「18」)할 수 있는 세상이다. 시인은 "낯선 것은 아무것도 없다 […] 다 귀여운 처제들"이라고 하고 있다. 예수를 팔아먹은 "유다"를 "읽다만 신문은 물론 책상 위에 놓아둔 / 자장면 그릇"만큼 "낯"설지 않다고 하고 있다(「22」). 시인은 악덕을 '낮은 곳'의 한 범주로서 용인하고 있는 것으로 보인다. "사랑"과 마찬가지로 "허욕", "증오"(「164」) 또한 삶의 일부인 것처럼.

3. 낮은 곳 : 죽음과 삶의 변증

왜 하강하는가. 시인은 또한 "불안과 결핍"이 하강하게 하는 것이라고 말하고 있다(「11」 참조). 불안과 결핍은 위로 가지 않는다. 밑으로 간다. '물방울'과 '폭포'가 밑으로 가듯이. 예를 들면 삼각형의 밑변으로 가려고 한다. 불안과 결핍의 꼭짓점으로부터 양변을 타고 안정적인 밑변으로 가려고 한다. 가장 안정적인 곳은 물론 견고한 죽음의 세계이다. 죽음이 하강의 마지막 단계이다.

미당이 가셨다 죽음이 미당을 받아준 것이다

그렇다면, 그렇다면, 항상 저쪽을 보아야 할 것이다.

-「75」 부분

미당이 간 "저쪽"은 미당이 있었던 이쪽만큼 구체적인 세계이다. 현실적인 세계이다. 그 구체적인 세계, 현실적인 세계에 관심이 간다고 한 것이다.

주목되는 시가 「16」이다.

"어딜 가시나?"
"물구렁."
"물구렁이라니?"
"산골짝 폭포 말입네다."
"무엇하러?"
"놀러가지요."
"멀미나실 텐데?"
"천만에. 그 쪽은 넘치거나 마른 적이 한 번도 없는 곳이거든."

-「16」 부분

"넘치거나 마른 적이 한 번도 없는" "물구렁"의 세계, "산골짝 폭포"
의 세계를 '삶의 세계'에 대한 은유로 볼 수 있고 '죽음의 세계'에 대한 은
유로 볼 수 있다. 죽음의 세계에 대한 은유로 볼 수 있는 것은 죽음의 세
계는 죽음으로[혹은 주검으로] 정말 마를 날이 없는 곳이기 때문이다. 그
렇다고 죽음(혹은 주검)이 넘쳐나는 곳도 아니기 때문이다. 죽음(혹은 주검)의
자리는 항상 남아나기 때문이다.

> 꽃잎이 떨어지지 않는다면 얼마나 끔찍하랴
> 좋다, 떨어지는 꽃잎이여
> 내 몸의 일부는 할례의 몫이었다
>
> −「144」 부분

떨어지지 않는 꽃잎은 꽃잎이 아니라 '떨어지지 않는 꽃잎'이다. "떨어
지는 꽃잎"을 긍정하고 있다. 이른바 '소멸시편'으로 명명할 수 있는 것은
이외에도 많다. 소멸시편은 「150」에서 절정을 이룬다.

> 살아 있다는 것은 썩어간다는 것이다
> […]
> 죽어서도 썩지 않고
> 본 모양 그대로 남아 있는 송장을
> 미이라라고 부른다
>
> 미이라로 나부끼는 세상이 올 것같다

"미이라로 나부끼는 세상"은 얼마나 끔찍한 세상인가. 썩자, 썩어주자,
라고 말하고 있다. "어둡지 않은 어둠이 가장 큰 어둠이다"(「80」). "별들의
바탕은 어둠이 마땅하다"(정진규, 「별」). 별들은 다시 어둠으로 돌아가야 한

다. "믿을만한 것은 부패뿐이다"(「34」).

'모순'은 죽음과 삶의 변증에서 극대화된다. 죽음이 인정되고 삶이 인정되고 있다. 내세가 인정되고 현세가 인정되고 있다. 절창 「131」을 보자.

> 안간힘을 쓰는 것은 죽음만이 아니다
> 눈발은 안간힘을 쓰며 날다가 날다가
> 땅으로 내려앉았다 오거리로 육거리로 벋은
> 내 감각도 내려앉았다 언 땅은 미끄러웠다
>
> 미끄러지다가 붙잡은 너의 옷소매

—「131」 전문

"눈발은 안간힘을 쓰며 날다가 날다가 / 땅으로 내려앉았다"라고 한 것은 죽음을 자청했다고 한 것이다. 기꺼이 죽어주었다고 한 것이다. 그런데, "미끄러지다가 […] 너의 옷소매"를 "붙잡"았다고 하였다. 기꺼이 죽어주는 것이 의지작용이라면 미끄러지다가 붙잡는 것은 본능작용이다. 본능은 의지에 앞선다. 실존이 본질에 앞서는 것처럼. 「132」는 더욱 의미심장하다. '모순 긍정'의 극치이다.

> 나는 나를 이등분했다 아래쪽은 땅에 묻고
> 위쪽은 하늘에 묻었다 지긋지긋한 직선이
> 끊어졌다 지긋지긋한 단면이 사라졌다
> 물가에 서있던 포플러가 나를 흉내냈다
> 죽음이 온다고, 더 이상 농간을 부릴 수가 없지 않은가
> 상단과 하단이 맞물린 평화를 더 이상은
> 감출 수 없지 않은가, 새로 돋은 싹이어라

—「132」 전문

"아래쪽은 땅에 묻고 / 위쪽은 하늘에 묻었다"고 진솔하게 고백하고 있다. 아래쪽은 삶의 세계[현세]를 표상하고 위쪽은 삶 이후의 세계, 그러므로 죽음의 세계[내세]를 표상한다. 삶의 세계와 죽음의 세계는 서로 모순된다. 현세를 긍정하는 것은 내세를 부정하는 것이기 때문이다. 내세를 긍정하는 것은 현세를 부정하는 것이기 때문이다. 시인은 두 개의 세계를 다 갖고 싶은 것이다. 죽음이 온다고 삶을 외면할 수 없다는 것이다. 삶을 외면하는 것은 "농간을 부"리는 것이라고 함으로써 삶의 세계에 대한 의지를 강력하게 천명하고 있다. 그렇다고 삶의 세계만을 고집할 수 없는 일, 삶 이후에도 대처해야 하지 않는가. 삶 이후에 천국과 지옥이 있다면 천국과 지옥에도 대처해야 하지 않는가. 하늘에 한쪽 발을 담그고 있어야 천국에 갈 수 있지 않겠는가. "공물供物을 바쳐야"(「138」) 다음 세계에 갈 수 있지 않겠는가.

삶의 긍정은 육체의 긍정이기도 하다. 가령 예수가 잠자고 있을 때에도 "담즙"은 잠자지 않고 있다.

담즙(膽汁)이 하는 일은
목구멍으로 음식이 내려갈 때
몸에 묻은 해독물을 씻고
굳기름을 분해하는 역할을 한다

그 분이 오수(午睡)에 빠진 뒤에도

—「70」 전문

"그 분"을 예수라고 해도 상관없고 석가라고 해도 상관없다. 위대한 인물이면 된다. 위대한 인물도 화장실에 간다고 하는 것이다. 예수도, 석가도, 화장실에 갔다고 하는 것이다.

4. 결론을 대신하여 : 높은 곳과 낮은 곳의 변증

『하강시편』 전체를 '높은 곳과 낮은 곳의 변증'으로 볼 수 있다. 이것을 강령적으로 표출한 것이 서시 「1」의 연장선에 있는 종시 「164」이다.

> 나는 언덕 위에 집을 짓지 않겠다
> 남보다도 먼저 구름을 쳐다보고
> 먼 들판에 서있는 물을 굽어보는 오만이
> 밤마다 내 몸을 핥고 다니며
> 꿈자리를 뒤숭숭하게 만들 테니까

―「1」 부분

> 여전히 내 꿈자리는 뒤숭숭했다
> 오만을 놓아주지 못했고
> 사랑을, 허욕을, 증오를 놓아주지 못했다
> 수도꼭지를 틀면 상쾌한 물줄기가 쏟아졌건만
>
> 담배를 입에 물고, 담배 연기를 또 피워 올리고
>
> (번뇌를 입에 물고, 번뇌를 피워 올리고)

―「164」 전문

「164」의 "오만"은 서시 「1」을 참조하면 '높은 곳'에서 바라보는 오만이다. "오만을 놓아주지 못했"다고 한 것은 '새관점'의 세계를 포기하지 못했다고 한 것이다. 새관점에 대한 심정적 거부가 구체적 실천까지 이어지지 못했다는 것이다. 주목되는 것은 「164」에서 "사랑을 허욕을 증오를 놓아주지 못했다"고 한 것이다. '개구리관점' 또한 극복의 대상으로 간주하고 있다. 물론 극복하지 못한 것은 마찬가지이다.

개구리관점을 극복의 대상으로 간주한 것은 새관점과 마찬가지로 꿈자리를 뒤숭숭하게 하기 때문이다. '낮은 곳' 역시 꿈자리를 뒤숭숭하게 하기는 마찬가지였다. '하강'은 "수도꼭지를 틀면 […] 쏟아"지는 "물줄기"처럼 "상쾌"했지만 그 상쾌함은 사랑, 허욕, 증오들을 동반하는 것이었다.

우리는 이 지점에서 저자의 생산미학적 의도에 주목하지 않을 수 없다. 제목 '하강시편'과 달리 시집의 주제를 '높은 것과 낮은 것의 변증'으로 보는 것이다. '높은 것과 낮은 것의 변증'은 높은 곳이 낮은 곳을 지향하고 낮은 곳은 높은 곳을 지향한다는 의미이다. 높은 곳의 모순이 낮은 곳을 지향하게 하고 낮은 곳의 모순이 높은 곳을 지향하게 한다("선한 것도 극단이며 악한 것도 / 극단이다", 「64」 부분). 변하지 않는 것은 모순이다. 이렇게 보면 하강은 모순의 하강이었다. 모순의 전면적 긍정이 하강이었다.

이점에서 주목되는 시가 또한 「77」이다.

> 경건과 물질은 혼인할 수 없다
> 서로 상반된 모순을 끌어안는
> 사랑밖에는
>
> —「77」 부분

"경건"은 높은 곳에 대한 알레고리이고 "물질"은 낮은 곳에 대한 알레고리이다. 시인은 "모순"의 현실, "경건과 물질"이 공존하는 현실을 긍정할 수밖에 없다고 하고 있다. 그 모순의 현실을 "사랑"으로 "끌어안"겠다고 하고 있다.

모순의 현실을 끌어안겠다고 한 것은 '무심과 유심의 변증'에도 적용되고 '죽음과 삶의 변증'에도 적용된다. 무심도 끌어안겠다고 한 것이고 유심도 끌어안겠다고 한 것이고 죽음도 끌어안겠다고 한 것이고 삶도 끌어안겠다고 한 것이다. 경건을 무심과 죽음의 알레고리라고 할 수 있고 물질을 유심과 삶의 알레고리라고 할 수 있다.

다 끌어안을 수 있는 것은 중심이 따로 없기 때문이다. 본인이 이 세계의 중심이기 때문이다.

> 알맹이가 없으면 껍질이 없다
> 껍질이 없으면 알맹이도 없다
> 무한공간은 얇은 껍질이 없다
> 시간을 뜯어 내도 껍질을 벗길 수 없다
> 들새들은 그래서 가볍게 날아오르고
> 나는 작은 숟가락을 새로 장만했다

―「145」전문

"무한공간"은 중심이 없고 주변이 없으므로 시적 화자는 자신이 있는 곳이 중심이라고 생각한다.[5] 그래서 "작은 숟가락을 새로 장만했다"고 한다. 희망도 현실[모순]의 몫이다. 희망도 현실[모순]의 일부분이다.

다르게 볼 수 있다. 새관점도 꿈자리를 뒤숭숭하게 한다고 하고, 개구리관점도 꿈자리를 뒤숭숭하게 한다고 한 것에 주목하는 것이다. 이래도 꿈자리는 뒤숭숭하고 저래도 꿈자리는 뒤숭숭하다고 한 것이다. 어차피 꿈자리는 뒤숭숭하다고 한 것이다. 삶은 뒤숭숭하다고 한 것이다. '뒤숭숭'의 구체화가 종시「164」의 "담배"이다. 담배가 상징하는 "번뇌"이다. 번뇌만 '있다'는 것이다.

---

5) 여기서 중심이란 절대 주체의 중심이 아닌, 원근법주의Perspektivismus의 중심이다. 원근법주의는 무수한 주체를 인정한다. 무수한 주체는 각각 절대 주체이다. 단순한 상대주의가 아니다.

5. 보론

'높은 것과 낮은 것의 변증'은 이상주의와 현실주의의 변증, 유신론과 무신론의 변증으로 변주되어 나타난다.

> 먼 산 소나무를 바라보며 생각했다
> 오지 않는 자를 기다려야 하리라
> 저 소나무처럼.
> 나보다도 더 늙은 저 소나무처럼,
> 소나무처럼
>
> 깊이 잠든 자를 더 깊이 재워야 하리라

이상주의와 현실주의가 변증하고 있다. "기다려야 하리라"라고 하는 것은 현실을 부정하는 것이므로 이상주의이다. 그러나 "깊이 잠든 자를 더 깊이 재워야 하리라"라고 하는 것을 현실주의이다. '깊이 잠든 자'를 이상(理想)의 알레고리로 보면 이상을 부정하고 현실을 긍정하는 것이기 때문이다. '깊이 잠든 자'를 '메시아'의 알레고리로 보면 유신론과 무신론의 변증이다. "깊이 잠든 자를 더 깊이 재워야 하리라"라고 한 것이 무신론이고 "기다려야 하리라"라고 한 것이 유신론이다.

"길을 걷는 동안 / 적어도 나는 맹물이 아니었다"(「122」)라고 시인은 고백하고 있다. 길은 '삶의 한가운데'의 길, 모순의 길이다. 무심과 유심이 변증하는 길이다. 죽음과 삶이 변증하는 길이다. 시인은 "적과의 동침을 피하지 않"았다고 하였다.

그는 언제까지 모순의 한 가운데, 삶의 한 가운데 있을 것인가. "적과" 계속 "동침"(「124」)할 것인가. 낮은 곳에 있을 것인가. 신을[예수를] 다시 찾을 것인가.

다름 아닌, 종말론적 역사 인식 또한 나타나기 때문이다. 지금은 "눈꽃"의 시대이고 눈꽃의 시대 다음에 "재앙"이 온다고 했기 때문이다.

> 창밖에는 눈꽃이 피어 있었다
> 빨간 샐비어 샐비어
> 샐비어 꽃잎이던 말들이 낙화일로였다
>
> 재앙이 돌기 전 눈꽃이 먼저 피어 있었지만

— 「129」 부분

그리고 다음과 같이 읊고 있기 때문이다.

> 눈물이 핑 돌 때가 있다
> 놋쇠도 쨍 깨질 때가 있다
> 그 분은 느닷없이 내방하실 것이다
> 인과(因果)의 고리를 끊지 못한 과학자들에게도

— 「130」 전문

"그 분"이 메시아라는 것은 두 말할 것도 없다. "눈물이 핑" 도는 것처럼 갑자기, "놋쇠가 쨍 깨"(「130」)지는 것처럼 요란하게 메시아가 올 것이라고 하고 있다.

시인은 메시아를 기다리고 있다. 그리고 메시아는 우리의 메시아이어야 한다. "이스라엘 가시붕어"가 아닌, "우리 나라 참붕어 […] 우리 나라 은붕어"(「128」)를 기다리고 있다고 하였기 때문이다. 아니면 시인 안수환에게 오실 메시아를 기다리고 있다고 한 것일까. 인간은 모두 신 앞에서 단독자이기 때문이다. 보이지 않는 힘을 믿는 것도 메시아 사상과 관계없다고 할 수 없다.

3살 때 혹은 9살 때
검은 물굽이에 휩쓸리지 않도록 할머니는 나를 건네주셨다
할머니는 뉘시오? 묻지 않았다
검은 물굽이에 휩쓸리지 않도록 할머니는 나를 건네주신다
할머니는 뉘시오? 아직도 묻지 않는다

―「147」전문

    종교에 대한 그의 양면감정병존을 지적하지 않을 수 없다. 한편으로
메시아(메시아는 종교적 메시아다)를 기다리고 있으면서 한편으로 종교를 비
판하고 있기 때문이다.

세례 요한이 메뚜기와 석청을 먹고
광야에서 외치는 소리를 들어 보아라
소멸하라 소멸하라
소멸만이 정결의 미덕이니라
요단강으로 오라 요단으로 와서
요단의 물, 요단의 물 속으로
이놈들아, 풍덩 몸을 던져 들어가라

―「151」전문

어떤 경우로든 목숨을 걸고
내 운명을 지켜주겠다던 약속이
방금 취소되었다
잘된 일이다
요한계시록 22장 22절
(요한 계시록은 22장 21절에서 끝이 남)

―「84」부분

기독교는 인생은 '잠깐 있다가 사라지는 안개와 같은 것'이라고 가르

치고 있다. 소멸을 강조하고 있다. 소멸을 강조해야 내세가 강조되기 때문이다. 내세 종교가 강조되기 때문이다. 「151」에서 시인은 기독교의 이러한 소멸에 대한 강조를 비판적으로 풍자하고 있는 것으로 보인다. 내세 강조는 필연적으로 현세 경시로 이어지게 되어 있다. 현실 외면으로 이어지게 되어 있다. 「84」에서는 요한계시록을 부정하고 있다. 요한계시록을 부정하는 것은 기독교를 부정하는 것이다.

현실원칙에서 이상원칙으로

문정희론

<blockquote>
흐르는 것이 어디 강물뿐이랴
피도 흘러서 하늘로 가고
가랑잎도 흘러서 하늘로 간다
—문정희, 「새떼」 부분
</blockquote>

1. 들어가며

나는 문정희의 시적 행로를 '현실원칙에서 이상원칙으로'라고 명명해야겠다. 예를 들어 '현실'은 유한한 현실에 대해 애통해한다는 의미에서의 현실이고, '이상'은 유한한 현실에 대해 애통해하지 않고 오히려 적극적으로 수용한다는 의미에서의 이상이다. '죽음이 예고된' 삶을 애통해하는 것이 현실이고 죽음이 예고된 삶을 즐기는 것이 理想(的)이라고 하는 것이다. 애통과 즐김의 차이이다. 이상이 현실화될 때 이상은 더 이상 이상이 아니다. '이상적 현실'이다. '현실원칙에서 이상원칙으로'를 '힘이 약한 자에서 힘이 강한 자로'라고 할 수 있다. 니체 용어를 빌면 '노예도덕에서 군주도덕으로'라고 할 수 있다.[1] 바흐찐식으로 말하면 '공식언어에서 비공식언어로', 혹은 '遵守에서 違反으로'라고 할 수 있다. 이러한 인식은 문정희의 비교적 최근의 시들을 읽으면서 얻어졌다. 최근의 시들에서 '이상원칙'이 관철되었다. '이전의 시들'에서 현실원칙들이 확인되었다. 과거가 현실원칙이고 현재가 이상원칙이지만 편의상 여기에서는 시간을 거슬러 오르는 방식으로, 즉 '이상원칙'의 시들을 먼저 고찰하고, '현실원칙'의 시들을 그 다음 고찰하는 순서로 논의를 전개하려고 한다.

이상원칙의 시편들은 비교적 최근의 잡지에 실린 시편들, 그리고 시집 『오라, 거짓 사랑아』(2001, 이하 『거짓』), 『남자를 위하여』(1996, 이하 『남자』)에서 집중적으로 확인할 수 있었다. 현실원칙의 시편들은 『하늘보다 먼 곳에 매인 그네』(1988, 이하 『그네』), 『찔레』(1987), 『혼자 무너지는 종소리』(1984, 이하 『종소리』), 『새떼』(1975), 『문정희시집』(1973)들에서 확인할 수 있었다. 이외 필자가 참조한 것은 시선집 『어린 사랑에게』(1991), 그리고 장시집 『아우내의 새』(1986)이다.

2. 긍정 / 반항의 시인

뫼르소는 "모친 사망"이라는 전보를 받고 "이건 아무런 의미가 없다"라고 말한다. 양로원으로 가는 버스 안에서도 잠을 자고 고인(故人)과 마지막 밤을 보내면서도 잠을 잔다. 장례식 다음 날 해수욕을 하러 가고, 거기서 옛 동료 마리와 우연히 만나 같이 영화 구경을 가고, 같이 잠잔다. 뫼르

---

1) 이러한 도식Schema은 강은교의 시적 행보를 떠올리게 한다. 이에 대해서는 졸고 「소극적 허무주의에서 적극적 허무주의로─강은교론」, 『해석은 발명이다』, 푸른사상, 2003 참조 ; 김정란은 문정희의 초기시집들에 나타난 주제와 이미지들이 강은교의 것과 유사한 것을 "상호텍스트성의 문제", 혹은 "여성정체성의 문제"로 설명하고 있다. 김정란, 「흐르고 싶은 감자, 감자, 감자들……─문정희, 또는 연속성 앞에서 푸드득대는 비연속성」, 1997년도 소월시문학상 수상작품집, 문학사상사, 1977, 181면 참조.

소는 죽음 앞에서 '너스레'를 떠는 것과 죽음 앞에서 너스레를 떨지 않는
것이 크게 다르지 않다는 것을 알고 있었다. 너스레를 떨어도 소용없고 너
스레를 떨지 않아도 '소용없다'는 것을 알고 있었다. 중요한 것은 그러므
로 '앞에 없는 것'이 아니라, '앞에 있는 것'이다. 눈앞에 있든 눈앞에 없
든 죽음 앞에서는 다 똑같다면 눈앞에 있는 것이 간발의 차이로 우세한 것
이다. 죽은 어머니보다 커피가 우세하고 죽은 어머니보다 살아 있는 마리
가 우세한 것이다. 커피를 마시고 마리와 동침하는 것이다.

> 아무도 울지 않았다
> 어머니는 80세까지 장수했으니까
> 우는 척만 했다
> 오랜 병석에 있었으니까
> 하지만 어머니가 죽었다
> 내 엄마, 그 눈물이
> 그 사람이 죽었다
> 저녁이 되자 더 기막힌 일이 일어났다
> 내가 배가 고파지는 것이었다
> 어머니가 죽었는데
> 내 위장이 밥을 부르고 있었다

―「조등이 있는 풍경」 부분(『시안』, 2003 겨울)

'눈물은 아래로 흐르고 밥술은 위로 올라간다.' 문정희 시인은 눈앞의
현재가 우세하다는 것을 알고 있는 시인이다. 배고픈 것이 우세하다는 것
을 알고 있는 시인이다. 배고픈 것이 슬픔보다 간발의 차이로 우세하다는
것을 알고 있는 시인이다. 혹은 '간발의 차이'를 긍정할 수밖에 없다고 생
각하는 시인이다. 어머니가 살아 돌아오지 않으므로 현재가 중요하다고 생
각하는 시인이다. 별리(別離)와 '먹는 것'을 별개로 생각하는 시인이다. 그

러므로 별리를 상상하면서 "다른 때보다도 더 맛있게 나물을 무"칠 수 있는 시인이다(「나물을 무치면서」, 『남자』).

문제는 현재긍정과 현실원칙이 모순된다는 것이다. 현실원칙은 밥이 아니라 눈물을 요구하고 있기 때문이다.[2] 현실원칙은 관습이다.

> 당신이 이 여름의 햇살이며
> 서늘한 가을의 어느 날이라고
> 지금이 가장 아름다운 순간
> 여기가 가장 완벽한 구도라고
> (그리고 그것은
> 이제 곧 사라질 거라고)

– 「정물화 속에서」 부분(『거짓』)

"이 여름의 햇살", "서늘한 가을의 어느 날", "지금"을 "가장 아름다운 순간"이라고 하고 있다. '현재'를 무한히 긍정하고 있다. 그러나 긍정에는 소멸에 대한 긍정도 포함되어 있다. "사라"짐도 담담하게 긍정되고 있다. 삶을 긍정하는 것은 죽음도 긍정하는 것이다.

긍정하는 시인은 그리고 반항하는 시인이다. 눈물보다 밥술이 먼저라는 것을 알면서도 '눈물'을 강제(?)하는 세간의 관습에, 눈물보다 밥술이 먼저라는 것을 알면서도 '밥술'을 뜨지 못하는 세간의 비겁(卑怯)에, 반항하는 시인이다.

---

2) 뫼르소에게 요구된 것도 눈물이었다. 그러나 뫼르소는 계속 현실원칙을 외면하였고 결국 재판을 받게 된다.

3. 군주근성의 시인

삶을 긍정하는 시인은, 죽음을 긍정하는 시인은, 용감한 시인이다. 반항하는 시인은 용감한 시인이다. 노예근성의 시인이 아니라, 군주근성의 시인이다.

> […]
> 나의 우리에서 호랑이 한 마리가 뛰어나왔다
> 불덩이 같은 눈으로
> 길길이 거짓 평화를 거부했다
> 날카로운 이빨들은 정확하게 던져주는
> 식은 먹이에 분개했다
> 사방의 담이 무너지고 꽃들이 으깨어지고
> 귀가 천 개의 구멍으로 솨아 열렸다
> 살아있는 살코기를 물어뜯고 싶어
> […]
> 저 야성의 발톱

—「호랑이에게 물린 날」 부분(『시와정신』, 2002 가을)

문정희가 갖고 싶은 것은 "야성의 발톱"이다. 하고 싶은 것은 "살아 있는 살코기를 물어뜯"는 것이다. 죽어 있는 살코기와 살아 있는 살코기 두 종류가 있다. 죽어 있는 살코기를 먹으라고 한다, 관습은. 고이 살라고 한다, 관습은, 관습을 지키면서.

고이 살고 싶은 마음이 있으면, 고이 살고 싶지 않은 마음도 있다. 살아 있는 살코기를 먹고 싶은 마음도 있다. 살아 있는 살코기를 먹고 싶은 마음은 관습과 제도의 마음이 아니다. 관습과 제도를 뛰어넘고 싶은 마음이다. 구심력의 마음이 아닌 원심력의 마음이다.

고이 살고 싶은 것이 노예근성이다. 고이 살고 싶지 않은 것이 군주근

성이다. "식은 먹이"가 아니라, "살아있는 살코기를 물어뜯고 싶"은 것이
군주근성이다.

"고승을 만나러 / 높은 산에 가지 마라 / 절에도 가지 마라"(「버들강아지」
부분, 『거짓』)라고 말하는 것도 군주근성이다. "고승"과 "산"과 "절"들은 현실
로부터의 도피이기 때문이다. 혹은 죽음으로부터의 도피이기 때문이다. 현실
로부터의 도피, 죽음으로부터의 도피는 노예들이 하는 짓이기 때문이다.

> 고구려의 해 속에 살던 세 발 달린 새
> 아침 해와 함께 떠오르고
> 저녁 해와 함께 지다가
> 죽으면 무덤까지 따라갔다는
> 고구려 사람들의 꿈, 아름다운 까마귀여
> 너로 하여 무덤들은 대낮처럼 밝아
> 고구려엔 슬프고 어두운 죽음 하나도 없었지
>
> 오늘 다시 사뿐히 이 땅으로 날아오너라
> 산다는 것은 원래 웅혼한 것이라고
> 이렇게 작고 치졸한 것이 아니라고

－「그리운 까마귀」 부분(『거짓』)

시적 주체가 "이 땅으로 날아오"라고 하는 것은 "三足烏"이다. 삼족오
는 태양을 상징한다. 고구려의 여러 벽화들에서 태양 안에 삼족오가 그려
져 있는 모습을 볼 수 있다. 세 발 까마귀가 태양을 동에서 서로 나르며,
그리고 "무덤까지 따라"온다고 생각했다. 무덤은 "대낮처럼 밝"았고, 그러
므로 "죽음"은 '"슬"픈 죽음'이 아니었다. 밝음에서 밝음으로의 이동이므
로3) 슬픈 죽음이 아니었다. '슬프지 않은 죽음'을 사는 삶은 "웅혼한" 삶

---

3) "낙엽"을 죽음이 아니라 "색깔이 바뀌는"(「새와 기숙사」, 『거짓』) 것으로 인식하는 것도

이다. 두려울 것이 없는 삶이므로 웅혼한 삶이다. "작고 치졸한" 노예의 삶이 아니다. 사실 태양 아래에서 삶과 죽음의 구분이 무슨 의미가 있겠는가. 태양 아래에서 새로운 삶 없고 새로운 죽음 없듯이 태양 아래에서 삶과 죽음의 구분 또한 무의미하다.

4. 파국을 기다리는 시인

문정희는 삶을 긍정하는 것을 넘어, 죽음을 긍정하는 것을 넘어, 죽음보고 어서 오라고 하는 시인이다.

다른 말로 하면 문정희는 현상의 유지가 아닌 대단원[파국]을 원하는 자이다. 대단원은 반드시 오기 때문이다. 그렇다면 대단원을 기다리기보다 대단원을 오라고 하는 편이 낫지 않은가. 다음과 같이 노래하지 않겠는가.

> 나를 가지고 놀아 줘
> 허공에 붕붕 띄워 줘
> 좀 더 좀 더 입으로 불어 줘
> 뜨거운 바람 넣어 줘
> 부드럽고 탱탱한 살결
> 주물러 터뜨려 줘
> 아니, 살살 만져 줘
> 그만 터져 버릴 것만 같아
> 내 전신은 미끄러운 빙판
> 생 전체가 위험에 노출되어 있어
> 날카로운 시간의 활촉이 나를 노리고 있어
> 열쇠는 필요 없어
> 바람의 순간을 즐겨 줘

'밝음에서 밝음으로의 이동'으로 인식하는 것이다.

　아니, 신나게 죽여 줘

ㅡ「풍선 노래」 전문(『시와정신』, 2002 가을)

　"위험에 노출되어 있"는 인생이다. "시간의 활촉이" 호시탐탐 "노리고 있"는 인생이다. "죽여" 달라고 하는 편이 낫지 않겠는가. 그리고 그개[죽음이] 오는 동안 "즐"기는 편이 낫지 않겠는가. 그동안만이라도. "뜨거운 바람" 맛보며. "부드럽고 탱탱한 살결" / "주물"리며. 평생 가슴 졸이며 사는 것보다는. 죽음을 '느끼며' 사는 사람은 즐길 수밖에 없다. 즐기는 것 말고 할 게 없다.

　죽음을 받아들이는 자세는 절창 「잘 가거라 나비야」(『어린 사랑에게』)에서 아름답게 표출되었다. 죽음은 '아름다운 죽음'이었다. 해탈의 죽음과 관조의 죽음보다 아름다운 죽음이었다.

　　아파트 그늘 아래
　　떨어져 누운 나비를 본다

　　아름다운 나비
　　노란 날개로 푸른 하늘을
　　가득히 끌어안으려고 했던 꿈
　　죄 하나 없이 썩어가는 것을 본다

　　얼마나 발버둥쳤던가
　　행여 금빛 날개가 썩을까봐
　　너와 나의 사랑이 썩을까봐
　　얼마나 괴로워 했던가

　　그러나 사랑하는 나비야
　　썩는다는 것은 참으로 아름다운 일이다

> 잘 썩어 흙이 된다는 것은 눈부신 일이다
>
> 저 차거운 비닐조각처럼
> 슬프고 섬뜩한 플라스틱처럼
> 영원히 썩지 않는 마술에 걸려
> 독 묻은 폐기물로 지상을 나뒹구는 것
> 너무도 두려운 일이 아니냐

-「잘 가거라 나비야」 부분

"죄" 없어도 "썩"는[죽는] 것을 보는 것은 얼마나 큰 고통인가. 고통을 예찬으로 바꾸기까지 얼마나 많은 불면의 밤이 필요했을 것인가.

썩음을 예찬하고 있다. 이별을 예찬하고 있다. 이 시가 더욱 아름다운 것은 순환하는 생명을 예찬하고 있는 점이다. "잘 썩어 흙이" 되는 "나비"를 칭찬하고 "영원히 썩지 않는 마술에 걸"린 "비닐조각", "플라스틱"들을 "두려"워하고 있기 때문이다. 상투적인 생태시라고 볼 수 없는 것은 생태적 상상력이 존재론적 상상력과 만났기 때문이다. 생태주의의 한 범주라고 할 수 있는 순환론적 생명인식은 존재론적 생명인식이기도 하다.

5. 악덕 예찬의 시인

썩음 예찬, 이별 예찬은 악덕 예찬이다. 현실 예찬은 필연적으로 악덕 예찬과 만나지 않을 수 없다. 현재는 '악덕의 현재'이기 때문이다. "고립"(「한계령을 위한 연가」, 『남자』)을 예찬하고,[4] "방화범과 광녀와 불효 자식"(「바퀴벌레 한 마리도 똑같은 길을 가지 않는다」, 『거짓』)을 예찬한다. "이 세상

---

[4] 문정희가 악덕 예찬을 명시적으로 밝힌 곳은 『남자』 후기에서이다. "나의 언어는 포르노나 음흉한 악녀를 꿈꾸며 낯설고 버르장머리 없는 무법자가 되어 언제나 불새처럼 날고 싶다."

모든 사랑은 무죄!"(「오늘밤 나는 쓸 수 있다」, 『거짓』)라며 '모든 종류'의 사랑을 예찬한다.5) 레즈비언을 소개하며 "시를 쓴다는 것은 / 자연과 맞서 싸우는 것인지도 모르지"라고 하고 있다(「레즈비언 테레사」, 『거짓』). 여기에서의 '자연'은 제도와 법규로서의 자연이다.6)

> 오늘은 술병 속에 살고 있는 광마를 타고
> 악마의 노래를 훔치러 간다
> [⋯]
> 어디를 돌아봐도 혼자뿐인 날
> 절벽 앞에 술잔을 놓고
> 나는 악마의 입술에다 내 입술을 댄다
> <u>으흐흐</u>! 세상이 이토록 쉬울 줄이야
>
> — 「술」 부분(『거짓』)

주먹은 가깝고 법은 멀다. 악은 가깝고 선은 멀다. 악은 현재이고 선은 비현실재이다. '현재 긍정'의 문정희가 "악마"와 "입"맞춤을 하고 "악마의 노래"를 부르는 것은 당연하다. 물이 아래로 흐르는 것만큼 자연스러운 일이다. 그녀의 말을 빌면 "쉬"운 일이다.

「목을 위한 광시곡」(『시현실』, 2002, 가을)에서 사랑하는 사람의 목을 물어뜯고 싶다고 할 때 악덕 예찬은 절정을 이룬다.7) 악덕 예찬을 넘어 악덕

---

5) 「신라의 무명 시인 지귀」(『남자』)에서도 비슷하게 "세상에 못 맺을 사랑이란 없다"고 하였다.

6) 「목련꽃 그늘 아래서」(『거짓』)에서는 '남녀 결혼'이라는 제도를 냉소하고 있다. 결혼하는 여자들보고 "몸무게 다 버리는 여자들"이라고 하고 있다.

7) 악덕 예찬을 억압된 욕망의 분출로 설명할 수 있다. 예를 들어 1984년 『종소리』에 실린 「바다 앞에서」에서 "욕망"은 "잊"어야 할 것이었다. "몸과 함께 땅에 묻"어야 할 것이었다. 법, 규범, 혹은 정의가 강조되는 시대, 다름 아닌 상징계가 힘을 쓰는 시대였기 때문이라고 할 수 있다. 악덕 예찬을 옥타비오 빠스 식으로 읽을 수 있다. 다음은 문정희가 시작노트에 기록한 빠스의 말이다. "시인은 욕망하는 자이다. 결과적으로 시

을 수행하려고 한다.

　　그대 목에 방아쇠를 겨누고싶네
　　고성에 사는 드라큘라처럼
　　뜨거운 이빨을 거기 박고
　　숨소리를 우뢰처럼 흡입하고 싶네
　　오직 그대의 목 하나를 소유하고 싶네

—「목을 위한 광시곡」 부분

　　위악적인 느낌을 주지 않는 것은 문정희의 기교적이지 않은 시작(詩作) 태도에 있을 것이다. 남성적 기의의 언어, 명사 위주의 언어들에 있을 것이다. 악덕 예찬과 기교는 서로 맞지 않는다. 내용과 형식이 서로 맞지 않는 것과 같다.

6. 현실원칙의 시들

　　현실원칙의 시들은 현실의 지배를 받는 시이다. '현실의 노예'라고 할 수 있다. 현실은 제도, 법, 도덕, 관습의 현실이다. 이를테면 바로 위에서 인용한「목을 위한 광시곡」과 다음의「목숨의 노래」는 얼마나 다른가.「목을 위한 광시곡」과「겨울 사랑」은 얼마나 더 다른가.

는 욕망이다. 즉 불가능에 대한 욕망이다. 실재에 대한 배고픔이다."(『시안』, 2003 겨울, 65면 참조) 악덕은 실재계에 실재 존재한다. ; 문정희는 한명희와의 대담에서 '문학적 엄숙주의'에 대한 반대를 분명히 천명하였다. 다음은 한명희의 기록이다. "그녀는 문학은 부도덕하기도 하고 날강도이기도 하다고 말한다. 그녀는 조국과 민족이 최선은 아니라고 당당히 말한다."(한명희,「삶은 조심스럽게, 문학은 거침없이」,『삶은 조심스럽게, 문학은 거침없이』, 천년의시작, 2004, 175면) '조국'과 '민족'은 엄숙주의 문학의 대표 담론들이다.

① 너 처음 만났을 때
　[…]
목숨의 처음과 끝
천국에서 지옥까지 가고 싶었다.
맨발로 너와 **함께** 타오르고 싶었다.
죽고 싶었다.

―「목숨의 노래」 부분(『찔레』, 강조는 필자)

② 그냥 네 하얀 생애 속에 뛰어들어

따뜻한 겨울이 되고 싶다

천년 백설이 되고 싶다

―「겨울 사랑」 부분(『찔레』)

「목을 위한 광시곡」과 「목숨의 노래」 사이에는 "목"과 "목숨"의 차이 이상이 있다. 전자에서의 '사랑'이 사랑하는 사람을 죽이고 싶은 사랑이라면 후자에서의 사랑은 사랑하는 사람과 "함께" 죽고 싶은 사랑이다. 후자의 사랑은 고전적·규범적·제도적이다.

「겨울 사랑」에서의 "따뜻한 겨울이 되고 싶다", "천년 백설이 되고 싶다"라고 하는 것들은 고전적이다 못해, 제도적이다 못해, 진부하게 느껴진다. 사랑의 통속적 문법을 뛰어넘지 못하고 있다.

어머니
지금 어디를 걷고 계시나요?
백내장을 앓아
앞이 안 보이는 당신을 버려두고
나는 점보비행기 타고 떠나왔어요.

[…]

세계에서 제일 높은 쌍둥이 빌딩
서양여자처럼 멋지게 굴려보는
꼬부랑 말도
밤낮으로 구경하는 브로드웨이도
이상해요
언제나 물기에 젖어 있는 것은.

당신의 눈에 맺힌 물기
세계의 비가 되어 흘러내립니다.
부러진 허리에 지팡이도 없는
허공 휘젓는 당신은
흰 고무신 타박거리며 바람을 재우지만

어머니
웬일일까요?
이곳은 제게 온통 雨期입니다.

- 「雨期」 부분(『찔레』)

앞서 인용했던 「조등이 걸려 있는 풍경」과 비교되는 시이다. 「조등」이 관습을 위반하고 있다면, 「雨期」는 그렇지 않다. 현실원칙의 지배를 받고 있다. 달리 말하면, 「조등」이 '현재'에(혹은 몸에) 충실하려고 하는 시라면, 그래서 관습을 위반하고 있다면, 「雨期」는 현재에 충실하고 있지 않는 시이다. 몸보다 몸이 온 곳을 걱정하고 있다는 점에서 형이상학적이다. 보이지 않는 "어머니"(혹은 '효') 붙들려 있다는 점에서 형이상학적이다. 형이상학은 현실원칙의(혹은 관습의) 형이상학이다. 현재를 구속하는 형이상학이다.

「雨期」는 '그리움'의 시이다. 그리움 역시 '현실원칙'에 충직(忠直)한 것이다. '그리움' 시편들은 최근부터 '예전' 시집까지 광범위하게 걸쳐 있다. 대부분 아버지 어머니, 혹은 어린 시절에 대한 그리움이다. 혹은 고향에 대한 그리움이다. 예를 들어 「그리운 뼈」(『남자』)에서는 아버지의 "낯익은 술 냄새 그 쌍거풀 / 아침과 저녁의 그 기침 소리"를 그리워하고 있고, 「우렁이 이야기」(『남자』)에서는 "새끼 우렁이가 / 야곰야곰 어미 우렁이를 다 파먹"는 비유를 통해 어머니를 그리워하고 있다. 「효자동길」(『찔레』)에서는 "피아노 소리"를 매개로 "여학교" 시절을 그리워하고 있다. 「개구리참외 먹으면」(『찔레』)에서는 "개구리참외"를 매개로 "고향땅"을 그리워한다.

"왜 시간은 언제나 쓸쓸한 것일까"(「시간의 몸짓」, 『남자』)라고 묻는 것역시 '현실원칙'과 관계있다. 허무도 현실원칙의 지배를 받는 것. '허무'역시 현실의 노예이다.

① 몸이 먼저 떠나갈 때를 말한다
　마음은 끝없이 <조금만 더>라고 말하는데

-「겨울 밤에 쿨룩거리며 쓴 시」 부분(『남자』)

② 검은 사진테 속에
　고인 대신 나를 넣어놓고
　끝없이 나를 울다

-「마흔살의 시」 부분(『그네』)

③ 꽃이란 이름은 또 얼마나
　슬픈 벼랑인가

-「할미꽃」 부분(『찔레』)

①에서는 소위 '몸이 따라주지 않는' 현실을 읊고 있다. "耳鳴"(「耳鳴」, 『그네』)의 현실처럼 예전같지 않은 몸을 읊고 있다. ②에서는 장례식장에서

"고인" 대신 자신을 추모하는 이색 장면을 연출하고 있다. 언젠가 "검은 사진테 속에" 들어갈 "나"의 모습을 떠올리며 미리 "울"고 있다.8) ③에서도 마찬가지이다. 피어있는 "꽃"에서 벌써 낙화를 떠올리며 낙화를 "슬"퍼하고 있다.

현실원칙의 지배를 받는 자는 무엇보다도 목숨을 소중하게 생각하는 자이다.

> 단 두 개를 못 가져서
> 소중한 목숨
>
> —「정월 日記」 부분(『새떼』)

"목숨"을 "소중"하게 생각하는 자는 비참한 자가 될 수밖에 없다. 목숨만 살려달라고 빌게 되기 때문이다.

현실원칙의 시들은 또한 시대의 아픔에 동참하는 시들이다. 시대의 불의를 용납하지 못하는 시들이다. 『새떼』들에서 "침묵을 강요하는 시대에 대해 강렬하게 분노를 토로하"9)였다.

> 말로서 우리가 감동되던 시대는 갔다.
> 우리들은 모두 어두움 속에서 더욱 빛나는
> 별이 되어
> 몸으로 올라
> 몸으로 올라
> 온몸으로 통곡하는 것이

---

8) 도살장에 끌려가는 소에서도 시인 또한 자신의 죽음을 보고 있다. 자신도 언젠가는 끌려갈 것을 알고 있다. "한 번 가면 다시는 오기 힘든 곳으로 / 떠나가는 소야! 소야! / 여기 나는 어떤 모습이냐?"(「소」, 『새떼』)

9) 이미순, 「문정희. 시인의 근황」(대담), 『시와시학』, 1998 가을, 228면.

이 시대의 감동이다.

봄이 오면
내 기다림과 부끄러움을 말하리라.
새벽이 오면
나는 꿇어앉아 기도하리라.
[…]
말이 다시 노래가 되고,
노래는 흐르고 흘러서
아, 감동의 푸른 나무로 부활되기를.

—「참회 詩 1」 부분(『새떼』)

"시대"의 "어두움"에 항거하되 "말로서" 동참하지 말고 "몸으로" 동참하라고 하고 있다. 주목되는 것은 "봄이 오면 […] 새벽이 오면 […] 말이 다시 […] 부활"할 것이라고 한 것이다. 19세기 말 격변기의 독일을 향해 리프크네히트(W. Liebknecht)는 "투쟁하는 독일은 시 쓸 시간이 없다"고 일갈했었다. 소위 '예술과 정치의 시차론'이다. 문학예술 활동을 정치적 '승리' 이후로 미루자는 것이다.

시대의 아픔에 동참하는 시편들은 『새떼』 다음의 시집 『종소리』에서도 볼 수 있다. 「술병의 노래」, 「타국에서」, 「쥐」, 「4월에는」 등이 그것들이다. 「술병의 노래」에서는 말의 자유를 박탈당한 시대에 대해 분노하고 있다.

입마다 쇠마개 쓰고
입마다 쇠마개 쓰고
겨울거리 어디론가 실려서 간다.

—「술병의 노래」 부분

80년대 '서울의 봄' 이후 전개된 억압의 역사에 대한 알레고리이다. 70년대 역시 암울했던 역사 현실을 배경으로 쓰여진 비슷한 이미지의 시가 있다. 역시 말의 자유가 문제된다.

> 낯설고 흉흉한 처마 밑에
> 시간은 소리 한번 지르지 못하고
> 주저앉아
> 흰 이마를 적시고 있다.

—「挽歌」 전문(『문정희시집』)

역사 현실에 동참하는 시편으로, 다시 환기하면, 현실원칙의 지배를 받는 시편으로, 長詩集 『아우내의 새』(1986)를 거론하지 않을 수 없다. 유관순의 일생을 다룬 것으로서 문정희는 유관순이 역사 현실에 관여했듯 유관순을 통해 "진실을 침묵으로 일관하고 있는 이 땅의 지성의 삶"에 관여하고 싶었다고 머리글에서 밝히고 있다. 80년대는 '문학적 엄숙주의'의 황금시대였다. 문정희도 문학적 엄숙주의에 동참하였다.

7. 덧붙이는 말

'현실원칙에서 이상원칙으로', 혹은 '노예도덕에서 군주도덕으로', 혹은 '준수에서 위반으로'의 시적 행로가 '발전'을 의미하는 것은 아니다. 혹은, 현실원칙보다 이상원칙이, 노예도덕보다 군주도덕이, 준수보다 위반이 '낫'다고 하는 것은 아니다. 현실원칙이나 이상원칙이냐, 혹은 노예도덕이냐 군주도덕이냐, 혹은 준수냐 및 위반이냐 하는 것은 가치의 문제가 아니라, 선택의 문제이다. 가치의 문제라고 해도 두 상호 배타적 항목들은 서로에게 전복적이다. A는 B에게, B는 A에게 전복적이다. 그러나 시인들의 행로에서 일반적인 것은 급격과 완만의 차이는 있을지언정 '현실원칙에서 이상원칙으로', 혹은 '노예도덕에서 군주도덕으로', 혹은 '준수에서 위반으로'의 행로이다. '도 닦는 시인들'은 예외이다. 그들은 초월·해탈·관조들을 노래한다. 문정희는 도 닦을 마음도, 어딘가에 귀의할 마음도 없는 것 같다. '위반'의 길을 한참 갈 것 같다.

구심력과 원심력의 길항

목필균론

1. 들어가며

흉노왕에게 떠나는 왕소군(王昭軍)의 딱한 사정을 보고 어느 호사가가 춘래불사춘(春來不似春)이라고 읊었지만, 김지하가 "아파트에 오는 봄 / 봄 같지 않아"(「한식청명」)라고 읊었지만, 목필균에게 봄은 그냥 오는 것이다. 목필균은 봄이 봄 같지 않다고 엄살부리지 않는다.

> 매운 바람 속에 꼼지락거리던
> 꽃눈 하나 눈 비비고 있다.
>
> —「입춘(立春)」 부분

"꽃눈"이 "하나 눈 비비고 있"으면 봄은 오는 것이다. 그뿐이다. 봄은 봄이다. 그리고 목필균은 봄을 지키려고 한다. "봄바람"보고는, 꽃샘바람보고는, 물러가라고 한다. 오는 봄을 막지 말라고 한다.

이제 네 거친 숨소리는
거두어 가는 것이 어떠니?

―「봄바람」 부분

능동적인 태도이다. 목필균은 능동적인 목필균이다.

2. 중년의 원근법

'봄시'의 절편은 서시 「봄이 오는 강」이다.

차라리 뿌옇게 제 몸 응고시키고 앉아 얼굴만 하늘 속에 두고 있던 강. 세찬 꽃샘바람이 타고 넘은 산줄기를 두 팔로 끌어안은 채 천천히 노를 젓는다. 이미 멀어진 상류의 좁고 성급한 흐름은 지나쳤다. 이제 중류에서 하류로 넘어가는 길목, 거친 산자락이 물구나무 선 채로 발목을 잡는다. 서편엔 붉은 노을이 물비늘로 흔들리는데 좀더 쉬어 가라한다. 지금은 서서히 몸 푸는 시간. 봄빛, 그 밝은 따스함을 향해 나도 같이 움직일 시간이다.

―「봄이 오는 강」 부분

시적 주체 앞에 놓인 "봄이 오는 강"은 '중년'에 대한 은유이다. 혹은 중년의 '객관적 상관물'이다. "성급한 흐름"의 "상류"는 지나쳤고 "이제 중류에서 하류로 넘어가는 길목"이라고 했기 때문이다. "서편엔 붉은 노을"이 걸려있다고 했기 때문이다. 그 서편 노을이 "쉬어 가라"고 했다고 했기 때문이다. '서편의 붉은 노을'이 보이는 나이가 중년이기 때문이다. 쉬엄쉬엄 가자는 생각이 드는 나이가 중년이기 때문이다. 목필균의 중년은 그리고 '수용'의 중년이다. '긍정'의 중년이다. 차가움은 차가움대로 "따스함"은 따스함대로, 특히 따스함은 따스함대로 수용할 줄 아는 중년이다.

사실 따스함을 따스함으로 받아들이기 위해 중년까지 살아온 것이 아닌가.
따스함을 따스함으로 받아들이기란 얼마나 힘든 노릇인가.

차가움은 차가움 그대로, 고통은 고통 그대로 받아들이자는 시도 있다.

으스러진 잎새로 일어서고
눈물로 꽃 피우며
고통만으로도 맺힐 씨앗이 있어

— 「질경이」 부분

목필균의 중년은 고통에 대해서도 긍정하는 중년이다. 중년이 다 그렇지는 않을 것이다. '삶의 한가운데'에서 널을 뛰었던 자가 그럴 것이다. 고통도 생의 일부분이라는 것을 깨달은 자가 그럴 것이다. 고통도 생의 일부분이므로 고통 속에서도 꽃이 핀다는 것을 아는 자가 그럴 것이다. 선인장에서도 개나리가 필 수 있다고 생각하는 자가 그럴 것이다. 사실 고통은 재산이다. 절망은 재산이다. 절망과 고통이 빠져나간 자리는 허전하다. 허탈하다. 무엇보다도 절망과 고통이 힘이 되기 때문이다. 절망과 고통이 없으면 살아갈 힘이 안 생기기 때문이다. 그래서 "으스러진 잎새로 일어"선다고 했을 것이다. "눈물로 꽃 피"운다고 했을 것이다. "고통만으로도 […] 씨앗"이 "맺"힌다고 했을 것이다. '역설'의 수사학이다.

중년의 나이는 그리고 미래가 가장 가깝게 보이는 나이이다. 노년이 가장 가깝게 보이는 나이이다. 어쩌면, 죽음이 가장 가깝게 보이는 나이이다. 노년보다 죽음이 더 가깝게 보일 수 있는 것은 노년의 나이는 죽음과 맞대어 있는 나이이므로 오히려 죽음을 외면하는 나이이기 때문이다. 노년은 오히려 죽음을 받아들이려고 하지 않는 나이, 생에 더욱 집착하는 나이이기 때문이다.

가을이 오기 전에 내 안에 무성하게 자란 잡풀들을 썩썩 베어내야지.
한 여름을 앓고 난 고단한 육신 달빛 요요한 밤 풀벌레 소리에 잠들텐데.

가을이 오기 전에 그리워할 것은 다 그리워해야지. 깊은 산 젊은 비구
니의 눈물같은 상사화도 이즈음 지고 말텐데

―「가을이 오기 전에」 부분

"가을"이 노년을 상징하는 것이라면, '겨울'은 죽음을 상징한다. 시적
자아는 노년과 죽음을 준비하고 있다. 노년이 오기 전에 정리해야 할 것은
정리하려고 한다. "내 안에 무성하게 자란 잡풀들을 썩썩 베어내야지"라고
읊는다. 노년은 또한 "고단한 육신"의 노년, 노년이 오기 전에 살아야 할
것은 다 살아야 한다. "그리워할 것은 다 그리워해야지"라고 읊고 있다.
노년은 "눈물"도 흘리지 않는 노년이기 때문이다. "눈물같은 상사화도" 다
"지고" 없는 노년이기 때문이다.

시간은 누구에게나 다르게 흘러간다. 중년에서 '노년과 죽음'을 준비하
는 자는 다르게 흘러가는 시간을 맞게 되리라. 다음의 노래처럼.

늘 같은 곳을 맴돌고 살면서도
늘 같지 않은 시간을 밀고 가는 수레바퀴

―「시월의 바람」 부분

"같은 곳을 맴돌고" 산다고 해도, 공간은 같다 해도, "시간"의 "수레바
퀴"는 같지 않다. 크로노스가 할당한 시간의 양은 사람마다 다르다.

3. 원심력의 목필균

서시 「봄이 오는 강」을 다시 보자. 주목하는 것은 "거친 산자락이 물구나무 선 채로 발목을 잡는다"라고 한 것. 있는 그대로 보면 산자락이 강속에서 물구나무 서서 강의 발목을 잡는다고 한 것이다. 그러나 이 구절은 그 이상이다. 묘사에 주관이 개입했다고 보는 것이다. 시인의 심정이 토로되었다고 보는 것이다. 문제는 '발목을 잡는다'라고 한 것. 그리고 그냥 '산자락'이 아니라 '거친 산자락'이라고 한 것. 거친 산자락이 발목을 잡았다고 한 것. 중년의 발목을 잡았다고 한 것. 누군가 거칠게 잡았다고 한 것.

따스함을 따스함으로 받아들이는 삶은 구심력의 삶이고 발목을 잡히는 삶은 원심력의 삶이다. 원심력으로 작용하는 삶이다. 구심력의 삶은 순응의 삶이고 원심력의 삶은 이탈의 삶이기 때문이다. 원심력의 삶은 위반의 삶이기 때문이다. 목필균의 시는 구심력과 원심력의 길항이다.

시 「장마」에서 이러한 구심력과 원심력의 길항이 두드러진다. 「장마」에는 절제와 균형의 구심력과 광포한 그리움의 원심력이 공존한다.

산에 가려는데 발이 묶였다. 비안개 가득한 하늘에 꾸역꾸역 밀려오는 상실감, 발 묶일 일이야 어디 비뿐이랴

가지도 오지도 못하는 그리움의 저편, 창문 가득 몰려드는 인기척들. 차마 말하지 못할 그 많은 이야기들, 부옇게 흐려진 창안에 가두어 놓고 소리 없이 내려놓는 마음에 짐 하나. 다 접어두지 못하는 내 안의 흑백사진들

가지 못한 산 속에 몸 불은 계곡물 소리로 들려오는 그대의 목소리가 온종일 나를 서성거리게 한다

-「장마」 전문

그리움은 "가지도 오지도 못하는" 상황에서의 그리움이다. 내가 가지도 그가 오지도 못하는 상황에서의 그리움이다. "장마"가 가로막고 있기 때문이다. '장마'가 서로 만나지 못하게 하고 있다. 시적 주체와 "그대"는 "산"에서 만나기로 하였는데 장마비가 "발"을 "묶"었다.

그렇다면 "발 묶일 일이야 어디 비뿐이랴"라고 한 것은? 발 묶는 일이 또 있다고 한 것으로 보아야 한다. 시인은 장마 때문에 발이 묶였지만 사실은 그 이전에 이미 '마음의 발'을 묶은 것으로 보인다. 아니, 마음의 발을 묶으려고 한 것으로 보인다. '그대'에게 "차마 말하지 못할 […] 많은 이야기"가 있기 때문이다. 아니, '그대'를 만나는 것이 "짐"이기 때문이다. 장마를 핑계삼아 소리 없이 마음에 있는 짐을 내려놓으려 하고 있다("내려 놓는 마음에 짐 하나"라는 표현을 마음에 짐을 내려놓는다는 것이 아니라. 마음에 있는 짐을 내려놓는다는 것으로 해석했다). 그렇다 하더라도 '그대'와 함께 한 추억의 장면들, "흑백사진들"은 "다 접"을 수는 없겠지만.

시적 주체의 그리움과 '그대'의 그리움을 비교할 수 있다. 끝 연을 강조해서 하는 해석이다. 시적 주체의 그리움은 "차마 말하지 못"하는 그리움이다. 무엇보다도 "창안에 가두어 놓은" 그리움이다. 그러나 '그대'의 그리움은 그렇지 않다. '그대'의 그리움은 "몸 불은 계곡물 소리로 들려오는" 그리움, 장마의 그리움으로 보인다. 광포한 그리움으로 보인다. 장마비에도 불구하고 '오'라고 하는 것이다. '장마의 그리움'에는 장사가 없다. 시적 주체는 절제와 균형을 잃으려고 한다. "서성거"린다. 장마의 그리움이 시적 주체를 서성거리게 했다. 장마의 그리움은 정말 '광포한 장마의 그리움'이다.

사실, 시 읽는 즐거움 중의 하나는 인간으로서의 시인의 속내를 보았을 때이다. 시에서 '인간적인 너무나 인간적인' 인간의 모습을 보았을 때이다.

　「장마」 또한 서시 「봄이 오는 강」처럼 구심력과 원심력의 길항이었다. '장마'는 구심력의 장마이고, '마음에 있는 짐'도 구심력의 '마음의 짐'이었다. 산으로 못 가게 하는 것, 가지 않으려고 하는 것이 구심력이었다. 그러나 "몸 불은 계곡물 소리"의 장마는 원심력의 장마이다. 시인으로 하여금 "서성거리게" 하기 때문이다. 원심력으로 작용하기 때문이다. 장마는 구심력의 장마이기도 하지만 원심력의 장마이기도 했다. 구심력과 원심력의 대비는 무엇보다도 시적 주체와 '그대'의 대비이다. '그대'는 시적 주체를 현재의 상황으로부터 유인해내려는 원심력의 '그대'이고, 시적 주체는 이에 맞서 현재의 상황을 지키려는 구심력의 시적 주체로 보이기 때문이다. 원심력과 구심력의 싸움에서 이기는 것은 원심력이다. 위반은 금기를 이기게 되어 있다. 프로이트에 의하면 충동은 의지를 이기게 되어 있다.

다 그냥 스쳐가도 좋다
느린 걸음이라도 돌아올 네가 있다면
낡아서 기울어진 내 그림자
그리움마저 낡아질까

―「간이역의 하루」 부분

　"그리움"은 안 "낡"는다는 것이다. "그림자"는 낡을지라도, 그림자의 몸은 낡을지라도, 그리움은 낡지 않는다는 것이다. "다 그냥 스쳐가도 좋다", 오직 "느린 걸음이라도 […] 네가" "돌아"온다면, 이라고 노래하고 있다. 원심력이 구심력을 이기고 있다. 정말 이기고 있을까! 이 시에서 주목되는 것은 그림자와 그리움의 대비이다. 그림자와 그리움은 '그'로 시작하고 있다는 점에서 두운법의 그림자와 그리움이다. 그림자와 그리움을 의도적으로 대비시킨 것이다. 그림자는 구심력의 그림자이고(몸의 그림자이므로, 몸은 '현실'과 인접의 관계에 있으므로), 그리움은 원심력의 그리움이다.

그리움을 노래한 시들 중에는 「섬」과 「황사바람」이 있다. 특히 「황사바람」이 주목된다. '황사바람'이 그리움의 대상이었다.

너 때문에 눈을 감는다
너 때문에 귀를 막는다
너 때문에 입을 다문다

늘 서걱거리는 모래로 씹히는
너를 어쩌지 못해
하루를 눈물로 쏟는다

―「황사바람」 전문

만해는 「님의 침묵」에서 "제 곡조를 못이기는 사랑의 노래"라고 탄식하였다. 만해로 하여금 제 곡조를 못이기는 사랑의 노래를 부르게 한 자는 누구인가. 「황사바람」의 시인으로 하여금 "눈 […] 감"게 하고, "귀 […] 막"게 하고, "입 […] 다"물게 하고, "하루를 눈물로 쏟"게 하는 자는 누구인가.

4. 구심력의 목필균

구심력은 원심력을 이기지 못한다? 의지는 충동을 이기지 못하게 되어 있다? 무의식의 단계에서 그렇다는 것이다. '몸'의 단계에서 그렇다는 것이다. 의식의 단계, 에고(ego)의 단계에서는 그렇지 않다. 원심력을 억누르는 자아가 있다. 도덕적 자아이다. 그러나 원심력은 원심력이다. 원심력도 만만치 않다. 원심력은 일상에서 '꿈'으로 도망간다. 꿈은 무의식의 꿈이다. 도덕적 자아는 꿈에서도 완전히 잠든 것은 아니므로 꿈은 압축과 전치,

그리고 드라마 형식으로 나타난다. 도덕적 자아에게 들키지 않도록 검열된 형태로 나타난다. 원심력이 원심력 그대로 나타나지 않는다. 목필균은 도덕의 목필균이다.

> 밤이면 사랑하는 사람의 손을 잡고
> 완성된 하나를 이룬다는 자귀나무처럼
>
> —「밤바다엔 가로등이 꽃불로 흔들린다」 부분

"사랑하는 사람의 손을 잡"는 것은 시적 주체가 아니다. "자귀나무"이다. 자귀나무가 잡는 것이다. 그리움을 "이"루려는 소망은 자귀나무에 의해 수행되었다. 자귀나무를 통해 그리움의 대상과 "완성된 하나"의 몸을 이루었다. 시적 자아가 자귀나무로 전치되었다.

다음의 「겨울 안개」는 구심력의 시처럼 보이기도 하고 원심력의 시처럼 보이기도 한다.

> 먹물의 농담(濃淡)을 능숙하게 펼치는 화공의 손길로 그려진 산정호수. 내 그림자를 끌고 그림 속으로 들어간다. 하늘이 안개를 부르자, 안개가 산을 가두고, 산이 물길을 가두고, 물길이 호수가 되어 나를 가둔다. 무성한 안개가 점령한 산, 산이 빠져든 호수, 호수가 가둔 내가 하나로 머무른다. 거대한 수묵화 속에 담긴 산정호수, 그 환상 속에 내가 오늘로 서 있다.
>
> —「겨울 안개」 전문

"안개가 산을 가두고, 산이 물길을 가두고, 물길이 호수가 되"었다고 하였다. 그리고 호수에 "내"가 갇혀 있다고 하였다. 갇혀 있다고 한 것을 첫째, 말 그대로 구심력의 삶을 살고 있다고 한 것으로 이해할 수 있다. 구심력의 삶은 갇혀 있는 삶이다. 둘째, 갇혀 있다고 한 것을 사로잡혀있다고 한 것으로 보는 것이다. 안개, 산, 호수에 사로잡혀 있다고 한 것으로 보는 것이다. 안개, 산, 호수는 '아름다운' 안개, 산, 호수이므로 아름다움에 사로잡혀 있다고 한 것이다. 아름다움은 이성과 도덕심을 마비시키는 아름다움이므로 원심력의 아름다움이다.

원심력을 약화시키는 것이 있다. 원심력의 '도달'을 지연시키는 것이 있다. 소외된 자에 대한 '관심'이다. '동고(同苦)'이다. 그리고 자신에 대한 '부끄러움'이다. 관심과 동고와 부끄러움이 목필균으로 하여금 구심력의 삶을 살게 한다. 사회적인 삶을 살게 한다. 소외된 자에 대한 관심 및 동고는 「소록도 경비 아저씨」, 「영종도 소금밭」, 「도시풍경·5─페인트공」 등의 시에서 나타난다. '이웃'에 대한 따뜻한 관심 역시 구심력의 삶을 돕는다. 「그 여자·1─이모」, 「그 여자·2─갑산 아줌마」, 「그 여자·3─미용사 전병숙」, 「그 여자·4─박순자 여사」 등이 여기에 해당된다. 「소록도 경비 아저씨」에서 목필균은 나병 환자를 의식적으로 피하는 자기 자신을 부끄러워한다. 자신을 "마음"의 "나병"환자라고 질책한다. 부끄러워하는 것은 자기 자신에 대해 동고하는 것이다.

> 내 안에 고여있는 그리움 쏟아버리고, 세상에 흐르던 맑은 이야기 들
> 숨으로 한 모금씩 담아 가며 하모니카를 분다.
>
> ─「내 안의 하모니카」 부분

"세상에 흐르던 맑은 이야기"가 원심력의 고삐를 잡은 것이다. 원심력을 "쏟아버리"게 한 것이다. '세상에 흐르던 맑은 이야기'는 무엇보다도 가족에 대한 사랑이다. 사실 원심력을 잡아당겨 제자리에 놓을 수 있는 것 중 가족만한 것이 있는가. 가족은 구심력 그 자체라고 할 수 있다. 가족의

구심력을 이겨야 원심력은 승리하는 것이다. 목필균은 구심력의 목필균이다. 그의 가족 사랑은 남다르다. 그의 가족 사랑은 딸에 대한 사랑(「딸아, 너는」), 시아주버니에 대한 사랑(「다시 갖고 싶은 기억」), 어머니의 어머니에 대한 사랑(「어머니의 어머니」), 어머니에 대한 사랑(「패랭이꽃」)들이다.

> 엄마는 무덤 속에서야 어머니가 되었다. 철없는 자식들. 다 거두지 못하고 고향에 누워 계신 지 삼십 년.
>
> 살아서 다 주지 못했던 사랑, 빨간 꽃으로 피웠나보다. 키를 낮추는 사람에게만 향기를 주는 패랭이꽃.
>
> 에미 찾아오는 자식들, 당신 본 듯 하라고 달빛에 세월을 익혀 피어 올린 작은 꽃잎, 당신의 애절한 목소리다.

―「패랭이꽃」 전문

시적 주체는 "키를 낮추는" 주체이다. 키를 낮추어 "패랭이꽃"을 보는 주체이다. 패랭이꽃은 어머니의 현신이므로 어머니에게 키를 낮추는 주체이다. 어머니에게 키를 맞추는 주체는 구심력의 주체이다. 원심력의 힘을 더 이상 쓸 수 없는 주체이다. 그렇지 않은가. 누가 어머니로부터 달아나려고 하겠는가. 더구나 돌아가신 어머니로부터 달아나려고 하겠는가. 돌아가신 어머니의 "애절한 목소리"로부터 달아날 수 있겠는가. 나쯔메 소오세끼의 『열흘밤의 꿈』 중 「第一夜」의 이야기는 백년 동안 무덤 앞에서 기다려주면 다시 오겠다는 여인이 정말 백년 후에 꽃 한 송이로 나타났다는 이야기이다. 죽어서도 붙들고 놓아주지 않는 사랑은 구심력의 사랑이다. 옴싹달싹 못하게 하므로 구심력의 사랑이다.

종교도 구심력의 종교이다. "탐욕을 먹으면 탐욕을 잘라내고 […] 사랑

을 품으면 사랑을 풀어내고"(「내 마음에 연등을 달고」)라고 말하게 하는 종교
는 구심력의 종교이다. "마음에 연등을 달고" 있는 자는 구심력의 힘을 받
고 있는 자이다. "범어사 서슬 퍼런 대나무들은 / 끈질기게 탐욕의 뿌리를
비워내"(「범어사에는」)고 있다고 말하는 자는 구심력의 힘을 받고 있는 자이
다. 목필균이 '여태까지' 구심력의 삶을 살았다는 것은 딸에게 하는 말에
서 분명히 드러난다.

> 딸아, 너는
> 저 깊고 푸른 바다를 찾았어도
> 뱃길 몰라 허둥대는
> 엄마를 닮지 말아라
>
> —「딸아, 너는」 부분

"깊고 푸른 바다"는 원심력의 바다이다. 원심력의 바다가 있는 줄은
알았지만 가는 "길"을 몰랐다는 것이다. 배를 타지 못했다는 것이다. 딸보
고는 그러지 말라고 하고 있다. 푸른 바다를 알았으면 어떻게든 푸른 바다
로 나가라고 하고 있다. 원심력의 삶을 살라고 하고 있다.

5. 나가며

목필균의 시들은 구심력과 원심력의 길항이었다. 구심력과 원심력의
변증이었다. '무의식'의 원심력은 욕망의 원심력이었다. 일탈, 위반의 원심
력이었다. 시에서는 '광포한 그리움'으로 나타났다. 그리움을 잡아당기는
것이 구심력이었다. '의식'의 구심력은 이성의 구체적인 세목이었다. 중심
으로 복귀하게 하는 구심력이었다. 소외된 자들에 대한 관심, 이웃에 대한
관심, 가족에 대한 사랑, 종교들이 구심력을 돕는 구체적인 세목들이었다.

목필균은 구심력의 힘을 받고 있는 목필균으로 보인다. '정상 패러다임'의
목필균으로 보인다.

　　진흙 뻘에 발 묻고도
　　붉은 꽃등으로 켜지는 너

-「붉은 연꽃」 부분

　"붉은 꽃등으로 켜지는 너"는 "붉은 연꽃"을 두고 하는 말이다. '붉은
꽃등'을 구심력의 목필균으로 볼 수 있다. 보이는 목필균 말이다. 반듯한
생활을 하는 목필균 말이다. "진흙 뻘에 발 묻고" 있는 붉은 연꽃은, 붉은
연꽃의 '뿌리'는, 원심력의 목필균으로 볼 수 있다. 안 보이는 목필균이다.
다른 곳을 보고 있는 목필균이다. 물 바깥에서는 우아한 자태를 뽐내고 있
으나 물밑에서는 열심히 발을 놀리고 있는 백조. 겉은 우아한 목필균이나
속은 격정의 목필균이다.

제 3 부

이항대립의 탄주

몰락의 시, 악덕의 시

이형기론

1.

거대한 입으로
시뻘겋게 달아오른 해를
천천히 삼키고 있는 낙조
뜨거움도 모른다

―「낙조」 부분

이형기의 시는 "해를 […] 삼키는" 자의 시이다. 기꺼이 몰락해주려는
자의 시이다. "뜨"겁게 몰락해주려는 자의 시이다. 몰락은 악덕이므로 악
덕을 예찬하는 자의 시이다. 대지 위에 있는 모든 악덕을 예찬하는 자의
시이다. 몰락과 악덕을 예찬하는 것은 그럴 수밖에 없기 때문이다. '허무
주의자'가 할 수 있는 것은 긍정하는 길밖에 없기 때문이다. 몰락을 긍정
하는 길밖에 없기 때문이다. 악덕을 긍정하는 길밖에 없기 때문이다. 대지
를 긍정하는 길밖에 없기 때문이다. 또 하나의 선택이 있기는 있다. 신을

붙잡는 일이다. 신에 의존하는 일이다. 신에 의존하는 것은 노예도덕이다. 약자의 도덕이다. 몰락할 수밖에 없는 운명을 포함한 대지를 긍정하는 것은 군주도덕이다. 강자의 도덕이다. '몰락이여, 어서 오라'라고 하는 태도는 강자의 도덕이다. 이형기는 강자의 도덕을 선택했다. 몰락과 악덕을 정면으로 응시하고, 몰락과 악덕을 어서 오라고 하고 있다. 이형기의 시는 '적극적 허무주의자'의 시이다.

2.

「이형기의 시 99선」(도서출판 善, 2002) 말미에는 세 편의 시론이 첨부되어 있다. 「우로보로스의 詩學」, 「소란한 無人島」, 「알레프 또는 자각적 모방」 등이 그것이다. 그 중 「소란한 無人島」에서 이형기는 그의 시론을 비교적 명확하게 밝힌 것으로 보인다.

요지는, 시에는 비밀이 있어야 한다는 것. 시는 풀기 어려운 암호이어야만 한다는 것. 이형기는 심지어 "시인 자신도 이해할 수 없는 난해시"(「소란한 無人島」)를 쓰고 싶다고 하였다.

> 나는 가짜가 아닌 진짜 비밀—, 그러니까 독자는 물론 나 자신도 그 정
> 체를 잘 알 수 없는 그런 비밀을 시 속에 끌어놓고자 한다.

이형기는 정지용의 「海峽」에서의 한 구절을 인용하고 있다. 그 한 구절이 바로 '소란한 무인도'였다.

> 망토 깃에 솟은 귀는 소라 속 같이
> 소란한 無人島의 角笛을 불고

이형기는 "귀"가 "角笛"을 분다고 한 것을 이해할 수 없다고 하였다. "소란한 無人島"를 이해할 수 없다고 하였다. 특히 모순어법인 '소란한 무인도'의 의미를 30년 동안 해독하지 못하고 있다고 하였다. 그렇지만 바로 이러한 해독 불가능성이 이 시의 매력이라고 덧붙인다. 그럴 것이다. '소란한 無人島'의 뜻을 금방 해독하였다면 '소란한 無人島'는 금방 잊혀졌을 것이다. 「海峽」이라는 시는 금방 잊혀졌을 것이다. 그러나 사실 새로울 것이 없는 시론이기도 하다. 러시아 형식주의자들 역시 비슷한 얘기를 했기 때문이다. 시는 표현을 낯설게 하여 인식을 늦추는 것이라고 했기 때문이다.

해독 불가능성을 강조하는 것은 '모든 사람은 다르게 읽는다'는 수용 미학적 입장을 수용하는 것이기도 하다. 해독 불가능의 시는 다르게 읽힐 수 있는 여지가 많기 때문이다. "발표된 시는 그것을 쓴 시인의 희망이나 의도와는 무관하게 혼자 독보한다." 역시 이형기가 「소란한 無人島」에서 한 말이다.

이형기는 시론을 '시론'에서만 진술한 것이 아니라 시에서도 진술하고 있다. 메타시이다.

시를 왜 쉽게 쓸 것인가
어렵고 어렵게 미로를 만들고
또 시계 제로의 짙은 안개를 피워서
그 어느 후미진 행간에
누구도 보아서는 안될 나의 상처를 감추자
[…]
끝내 아물 수가 없는 상처
오직 그것만이 우리들 각자의
세계의 폐허 위에 살아남는다
시를 왜 쉽게 쓸 것인가

「상처 감추기」라는 시의 앞부분과 끝 부분이다. "시를 왜 쉽게 쓸 것인가"로 시작해서 "시를 왜 쉽게 쓸 것인가"로 끝나고 있다. 시를 쉽게 쓰지 말자는 것이 주제이다. "어렵고 어렵게 미로를 만들"자고 하고 있다. "시계 제로의 짙은 안개를 피"우자고 하고 있다. 해독을 어렵게 하자는 것이다.

주목되는 것은 시쓰기는 "상처"를 쓰는 것이라는 것이다. 그리고 그 상처는 드러나서는 안되며 계속 "감추"어져 있어야 한다는 것이다. "끝내 아물 수가 없는 상처"로 남아있어야 한다는 것이다. 다시 「소란한 無人島」에서 한 문장을 불러와 보자. 이형기의 말이 아닌 李箱의 말이다. 이형기는 「소란한 無人島」를 이상의 말로 시작하고 있다.

비밀이 없다는 것은 재산 없는 것처럼 가난할 뿐만 아니라 더 불쌍하다

이형기는 "비밀이 없다는 것은" "재산"이 "없는 것"과 같다는 이상의 말에 동의하고 있다. 비밀이 없다는 것은 "가난"하고 "불쌍"한 일이라고 하였다.

시에서도 마찬가지로 보는 것이다. 시 쓰기는 상처를 쓰는 것인데 이 상처가 드러나서는 안 된다고 보는 것이다. 상처가 밝혀지는 일은 재산을 잃는 일과 같기 때문이다. 가난하고 불쌍해지는 일이기 때문이다. 시는 어렵게 써야 한다, 상처를 어렵게 써야 한다, 그래야 (비밀은 비밀로 남아 있어야 하듯이) 상처는 상처로 남아있게 되기 때문이다. 다시 말하지만 상처는 재산이기 때문이다. 재산을 잃고 싶지가 않기 때문이다. 영원히 잃고 싶지 않기 때문이다. 상처는 영원해야 하기 때문이다. 삶은 상처이기 때문이다.

메타시와 관련해서 주목되는 것은 "말할 수 없는 것에 대해서는 침묵을 지켜라"(비트겐슈타인)라고 하는 태도이다. 말할 수 없는 것에 대해 말하는 것은 부질없다고 하는 태도이다. 알 수 없는 것은 알 수 없는 것으로, 보이

지 않는 것은 보이지 않는 것으로, 내버려두어야 한다고 하는 태도이다.

> 먼 미래의
> 그 풀밭에서 너는 운다.
> 어깨와 허리, 또는 그 아래……
> 말하자면 엎드린 너의 자태를
> 나의 원근법으로는 파악할 수 없다.
> 다만 너의 전신을 감싼
> 격정의 물결을 느낄 뿐이다.
> […]
> 말한다는 것은 참 부질없다.
>
> ─「무엇인가 말한다는 것은」 부분

사실, 알 수 없는 것을 아는 것처럼, 보이지 않는 것을 보이는 것처럼, 하는 것은 기만이다. 알 수 없는 것은, 보이지 않는 것은, 그대로 내버려두어야 한다. 미래도 마찬가지다. 보이지 않는 미래이다. 알 수 없는 미래이다. 억지로 알려고, 억지로 보려고, 할 필요가 없다.

그래서 "원근법"이라는 표현이다. 누구나 자기의 원근법이 있는 것이다. 자기의 원근법으로 세상을 보는 것이다. 원근법이 허락하는 만큼 세상을 보는 것이다. 그러나 이형기는 원근법으로도 세상을 파악하는 것이 어렵다고 하였다. "어깨와 허리, 또는 그 아래……" 등 세부사항은 파악할 수 없다고 하였다. "전신"만을 "느낄 뿐"이라고 하였다.

이형기는 메타시를 통해 현대의 해독불가능한 난해시에 대한 일정한 견해를 피력한 것으로 보인다. 현대는 복잡한 현대이다. 분업화된 현대이다. 과학 기술은 어제와 오늘이 다르고 오늘과 내일이 다를 만큼 빠르게 변화한다. 세상은 알 수 없는 현실이 된 것이다. 알 수 없는 현실에서 알 수 있는 시를 쓰는 것은 현실을 호도하는 것이다. 알 수 없는 현실에서는 알 수 없는 시를 쓸 수밖에 없다. 이형기의 시론이다.

3.

이형기의 시 중에서 가장 널리 회자되는 시가 「洛花」이다. "가야할 때가 언제인가를 / 분명히 알고 가는 이의 / 뒷모습은 얼마나 아름다운가"라는 구절은 가야하는데도 가지 않는 사람들에게 읊어졌다.

주목되는 것은 「낙화」는 이형기의 시를 관통하는 주제를 담고 있다는 점이다. 이형기의 대중시일 뿐만 아니라 대표시이기도 하다는 것이다. 인용해보자.

가야할 때가 언제인가를
분명히 알고 가는 이의
뒷모습은 얼마나 아름다운가.

봄 한철
激情을 인내한
나의 사랑은 지고 있다.

분분한 낙화……
訣別이 이룩하는 축복에 싸여
지금은 가야할 때, 무성한 녹음과 그리고
머지 않아 열매 맺는
가을을 향하여
나의 청춘은 꽃답게 죽는다.

헤어지자

―「洛花」 부분

"가야할 때가 언제인가를 / 분명히 알고 가는" 자는 밀려서 가는 자가 아니다. 어쩔 수 없이 가는 자가 아니다. 수동 / 능동 중에서 '능동'인 자이다. 소극 / 적극 중에서 '적극'인 자이다. 불응 / 순응에서 순응의 자이다. 능동적으로 가려고 하는 자이다. 적극적으로 가려고 하는 자이다. 운명에 순응하는 자이다. 죽을 수밖에 없는 운명에 절대적으로 순응하는 자이다. 가는 것은 사라지는 것이다. 죽는 것이다. 꽃이 떨어지는 것은 사라지는 것이다. 죽는 것이다. 용감한 자세라고 하지 않을 수 없다. 가는 것은 떨리는 일이기 때문이다. 죽는 일은 떨리는 일이기 때문이다.

가는 것을 축복이라고 하고 있다("訣別이 이룩하는 축복"). 가는 것을, 사라지는 것을, 예찬하고 있다. 운명에 순응하는 자세를 넘어 예찬하는 자세를 보이는 것은 예찬할 수밖에 없기 때문이다. 가지 않으려고 해도 가야하는 것을 알기 때문이다. 이왕이면 기꺼이 가주는 것이 좋기 때문이다. 기꺼이 사라지는 것이, 기꺼이 죽는 것이, 보기 좋기 때문이다. 사실대로 말하면 덜 무섭기 때문이다. 기꺼이 떨어져주겠다는 것이, 기꺼이 낙화하는 것이, 덜 무섭게 하는 자세이기 때문이다.

그렇다. 이형기 시를 관통하는 주제는 능동적, 적극적 몰락의 자세이다. 몰락의 운명에 순응하는 자세이다. 몰락을 예찬하는 자세이다. 몰락은 '악덕'이므로 악덕을 예찬하는 자세이다. 이형기는 악덕을 예찬하는 시인이다. 악덕은 추락, 고통, 불행, 절망, 공포, 패망, 파산(거덜남), 항복, 멸망, 슬픔 등이다. 이형기의 시에 있는 악덕의 목록들이다. 악덕의 최종 도착 지점은 물론 죽음이다. 죽음 예찬이다.

> 추락의 꿈을 싣고
> 우주의 낭떠러지 저쪽으로
>
> — 「은하그림」

추락 예찬의 시이다. "추락의 꿈"이라고 한 것은 추락을 꿈꾼다고 한 것이기 때문이다. 추락하는 것을 '나는' 것쯤으로 생각하고 있다. 박정만이 "나는 사라진다. 저 광활한 우주 속으로"라고 했을 때와 동일한 자세이다. 다른 것은 박정만은 우주에 섞이는 것이지만 이형기는 우주의 끝까지 가는 것이다. 우주의 끝에서 떨어지는 것이다. 우주의 끝에서 무한히 추락하려고 하는 것이다. 추락의 시편들은 더 있다.

> 이 길은 필경
> 저기 저쪽 낭떠러지에 이른다
> 사시사철 거칠게 파도치는 바다가
> 아 그래서 온몸을 뒤틀고 있는 거기
>
> 오늘도 나는 목발을 짚고
> 절뚝절뚝 이 길을 가고 있다
> 종점이 어딘가는
> 새삼 물을 필요가 없다
> 오냐 오냐 그래
> 하늘이나 쳐다보면서
>
> 그야 뭐 틀림없이 거꾸로 떨어지지
>
> —「저쪽 낭떠러지」 부분

"종점"은 "저기 저쪽 낭떠러지"이고 시적 주체는 그 "길을 가고 있다"고 하였다. 낭떠러지에 도달하면 그곳에서 "틀림없이 거꾸로 떨어"진다고 하였다. 추락을 담담한 어조로 기술하고 있다. 담담한 어조라고 한 것은 "오냐 오냐 그래 / 하늘이나 쳐다보면서"라고 했기 때문이다. "오냐 오냐" 는 순응하겠다는 의사 표시이기 때문이다. "하늘이나 쳐다보면서"라고 한 것은 하늘의 뜻을 받아들이겠다는 의사 표시이기 때문이다. 온전한 다리가 아닌데도 가고 있다고 한 것은("목발을 짚고／절뚝절뚝 이 길을 가고 있다") 온전한 다리를 갖고 있건 온전하지 않은 다리를 갖고 있건 언젠가 반드시 추락하기 때문이다. 언젠가 반드시 추락한다면 능동적으로 추락하는 것이 좋기 때문이다. 추락 예찬의 백미는 「폭포」와 「절벽」이다.

> 나의 자랑은 自滅이다
> 무수한 複眼들이
> 그 무수한 수정체가 한꺼번에
> 박살나는 盲目의 물보라
>
> ―「폭포」 부분

> 아스라한 그 정수리에선
> 몸을 던질밖에 다른 길이 없는
> 냉혹함으로
> 거기 그렇게 고립해 있고나
> 아아 절벽!
>
> ―「절벽」 부분

「폭포」에서 "盲目의 물보라"라고 한 것은 추락은 추락이기 때문이다. 추락에는 목적이 없기 때문이다. 추락은 그 자체로 끝나기 때문이다. "나의 자랑은 自滅이다"라고 한 것은 역시 '폭포'에서 자발적 죽음을 보았기 때문이다. 자멸을 '자랑스러운 자멸'이라고 한 것이므로 역시 자멸을 예찬한 것이다.

「절벽」에서 "몸을 던질밖에 다른 길이 없"다고 한 것, 역시 추락을 받아들이는 자세이다. 막다른 "절벽" 위에 섰을 때 막다른 절벽을 받아들이는 자세이다. 도망가지 않겠다는 자세이다.

다음은 고통과 불행, 혹은 죽음에 대한 시이다.

> 행복은 까마귀의 먹이가 아니다
> 내 먹이
> 느닷없는 고통과 불행
> 도둑같이 찾아오는 죽음의
> 그 쓰디쓴 소태 한 조각은 어디 있느냐?
> 까욱 까욱 까욱
> 까마귀는 이 도시에 살 수 없다

-「까마귀」 부분

"도시"는 "고통과 불행"이 있는 도시이다, "죽음"이 있는 도시이다, 고통과 불행, 죽음이 없는 도시는 도시가 아니다, 라고 하고 있다. "까마귀"가 "살 수 없"는 도시는 도시가 아니라고 하고 있다. 물론 도시는 '삶'의 은유이다. 시적 주체는 고통과 불행, 죽음을 삶의 일부로서 간주한다. 꼭 있어야 할 것으로 간주한다. 그러므로 고통과 불행, 죽음을 긍정하는 것이다. 까마귀는 고통과 불행, 죽음을 먹고사는 까마귀이다.

「겨울 기다리기」에서는 "절망"과 "공포"를 예찬하고 있다.

> 절망은 아직도 나의 양식
> 공포는 아직도 나의 전율의 원천

-「겨울 기다리기」 부분

「비의 나라」에서는 "패망으로 / 새로 또 확장되는 내 왕국의 패망의 영토!"라며 '패망'을 예찬하고 있고, 「일기예보」에서는 "거덜나리니 / 내 기꺼이 거덜나리니 / 바람아 광풍아 석달 열흘만 불어라!"라며 '파산'을 예찬하고 있고, 「항복에 대하여」에서는 "항복"을 예찬하고 있다. 항복을 "축복”하고 있다.

> 실은 행복에서
> 내리긋는 한 줄만 덜어내면 항복이다.
> 겨우 한 줄만 덜어내도
> 행복처럼 기를 쓰고 지킬 필요가 없는
> 항복의 축복

—「항복에 대하여」 부분

악덕의 종착지는 죽음이다. 죽음이 악덕을 종합한다. 몰락을 예찬하는 것, 추락을 예찬하는 것은 죽음을 예찬하는 것이다.

> 누구도 대신해주지 못한다
> 내가 직접 죽을 수밖에 없다
>
> 아 안심이다
> 그래도 내가 꼭 나라야만 되는 일
> 마지막 희망 하나 남아 있으니!

—「마지막 희망」 부분

> 깨끗한 명중
> 온갖 고통이 선혈로 꽃피는
> 그 완벽한 허무의 순간
>
> 그때를 기다리며 그는 오늘도
> 알몸 맨가슴으로 사격장에 서 있다

—「과녁」 부분

'철학의 문제는 죽음의 문제'라고 한 사람은 까뮈였다. 죽음을 가장 풀기 어려운 수학 문제라고 하였다. 그러나 이형기는 "내가 꼭 나라야만 되는 일"인 죽음을 "마지막 희망"이라고 하면서 죽음의 문제를 풀고 있다. 혼자서 감당하는 죽음을 자유와 해방의 문제로 파악하고 있다. 죽음이 희망이므로, 자유와 해방이므로, 죽음을 예찬했다고 할 수 있다. 「과녁」에서는 죽음을 "기다"린다고 함으로써 '죽음에 대범한 자'의 모습을 보여주었다. 죽음에 대범한 자의 모습은 "거짓으로 죽으리라 / 하마처럼 크게 하품을 하면서"(「슬로비디오」)라는 표현에서 극대화된다. 죽음을 아무렇지도 않게 생각하는 것을 넘어 죽음을 조롱하고 있다. "크게 하품을 하면서" 죽는 죽음은 "거짓으로 죽"는 죽음처럼 보이기 때문이다. 잠자는 것처럼 죽는 죽음으로 보이기 때문이다. "하품"은 졸릴 때 하는 것이기 때문이다.

죽음에 대범한 것은 죽음을 항상 의식하며 살고 있기 때문이라고 할 수 있다. 죽음과 동행하고 있기 때문이라고 할 수 있다.

> 뒤돌아보면
> 이미 나의 등뒤에 숨어 버린 나
> 대면할 길 없는 타자가
> 한몸이 되어 함께 살고 있다
> 이승과 저승처럼
>
> —「등」 부분

"나"와 "타자"는 각각 "이승과 저승"의 '나'와 '타자'이다. 나는 죽음과 함께 살고 있다고 한 것이다. 죽음과 동행하고 있다고 하는 것이다. 죽음과 동행하고 있는 자는, 죽음과 친숙한 자이므로, 정말 죽음과 대면했을 때 대범하게 죽을 수도 있을 것 같다.

이형기가 원하는 또 하나의 죽음은 다음과 같은 것이다.

꼭 돌아와야 하는 소풍은 아니다
가서 늦어져 이쪽에 등불이 켜질 때
아무 생각 말고 그 등불
멍하니 바라보다 그만 잠들어버리는
그런 소풍

―「소풍」 부분

"아무 생각" 없이 죽는 죽음이다. "등불" 있는 곳, 사람 사는 곳을 "멍하니 바라보다 […] 잠"자듯이 죽는 죽음이다. 아름다운 몰락이다.

4.

이형기의 시가 '악덕의 시'인 것은, 즉 추락, 고통, 불행, 절망, 공포, 패망, 파산, 항복, 멸망, 슬픔 등을 예찬하는 시인 것은, 허무주의 때문이다. 이형기는 허무주의의 이형기이다. 허무주의가 악덕들을 예찬하게 했다. 악덕에 대해서 대범하게 했다.

너는 꿈에 취하지 않는다.
[…]
다만 허무를 꽃피운다.
오 분수, 냉담한 정열!

―「噴水」 부분

"꿈에 취하지 않는" 자는 미래를 생각하지 않는 자이다. "허무를 꽃피" 우는 자이다. 압권은 "냉담한 정열"이라고 한 것이다. "분수"의 상승은 '정열'의 상승이고 분수의 하강은 '냉담'한 하강이라는 것이다. 냉담한 하 강은 두려워하지 않는 하강이다. 하강은 몰락이고, 몰락을 두려워하지 않으므로 아무 것도 두려울 게 없는 하강이다(앞에서 인용했던 「폭포」와 「절벽」
도 하강의 시였다. 하강의 시가 빈번한 것은 하강에 관심이 있기 때문이다. 몰락에 관
심이 있기 때문이다).

하강의 이미지는 「그해 겨울의 눈」에도 있다.

언제나 한밤중 바다에 내린
그해 겨울의 눈
그것은 꽃보다도 화려한 낭비였다

—「그해 겨울의 눈」 부분

바다 위에 내리는 눈은 사라지는 눈이지만 눈은 사라지는 것을 두려워
하지 않고 내린다. 꽃보다 화려하게 내린다. 마치 낙화를 두려워하지 않고
꽃이 꽃을 피우듯이("꽃들이 낙화를 두려워하지 않으면서 / 만발하는 봄밤"—「봄밤」,
최승호). 몰락에 대범한 태도이다. 혹은 몰락에 무심한 태도이다.

불교의 선사상을 보는 듯한 시가 있다. 불교의 선사상은 '무'의 사상이다.

아 저기 한 줄기 연기
다비의 그것인가.
또는 그가 좀전까지 피운
모닥불의 그것인가.

오해하지 말아라
그는 아예 온 일이 없다.

—「부재」 부분

"연기"도 사라진다. '연기'는 사라지는 '연기'이다. "모닥불"도 꺼진다.
모닥불은 꺼지는 모닥불이다. 여기서 더 나아가 시적 주체는 "그는 아예

온 일이 없다"고 하고 있다. 영원한 시간을 두고 볼 때 인생을, 연기를, 모 닥불을, 과연 있었다고 할 수 있을까.

5.

이형기는 시는 풀기 어려운 암호가 되어야만 한다고 했지만 그의 소망 은 이루어진 것 같지 않다. 그의 시는 해독되었기 때문이다. '몰락 예찬의 시', '악덕 예찬의 시'로 해독되었기 때문이다. 이것을 그의 '우로보로스의 시학'으로 설명할 수 있을지. 입으로 꼬리를 물고 있는 우로보로스의 형상 으로 설명할 수 있을지. 우로보로스는 매번 다시 시작하는 것을 상징하기 때문이다. 입에서 꼬리로, 꼬리에서 입으로. 이형기도 매번 새로 시작하는 이형기로 보는 것이다. 단 한 편의 시를 얻기 위해, 단 한 편의 해독되지 않는 시를 쓰기 위해. 이형기는 그의 시론대로라면 아직 도달하지 않은 시 인이다.

분열과 통합의 변증

함동선론

1. 들어가며

상대적 이미지가 있고, 절대적 이미지가 있다. 상대적 이미지는 말 그대로 상대가 있는 이미지이다. 이미지가 보조적으로 '사용'된다. 절대적 이미지는 상대가 없는 이미지이다. 이미지가 독립적으로 '존재'한다. 절대적 이미지를 김춘수는 서술적 이미지라고 하였고, 이승훈은 묘사적 이미지라고 하였다.[1]

'상대적 이미지 시'를 이미지가 관념화된 경우와 관념이 이미지화 된 경우로 나눌 수 있다. 여기에서는 이미지가 관념화된 경우 좁은 의미의 상대적 이미지 시로, 관념이 이미지화된 경우 좁은 의미의 관념시로 구분해서 사용하기로 한다. 좁은 의미의 관념시라고 한 것은 김춘수는 상대적 이미지 시와 관념시를 구별하지 않고 있기 때문이다.

---

[1] 엄격히 말하면 서술이 아니라 묘사이다. 서술은 주관적 서술이고 묘사는 객관적 묘사이기 때문이다.

함동선과 김춘수를 비교할 수 있다. 김춘수의 경우 상대적 이미지 시,[2] 절대적 이미지 시, 무의미시들이 선형적으로 존재하는데 반해, 함동선의 경우 관념시, 상대적 이미지 시, 절대적 이미지 시들이 비선형적으로 존재한다. 간단히 말하면 시간적 구조와 공간적 구조의 차이이다.

김춘수의 시간적 구조를 발단 전개 정점까지의 피라미드 구조로 설명할 수 있다. 상대적 이미지 시가 발단이고 절대적 이미지 시가 전개이고 무의미시가 정점이다. 무의미시가 정점인 것은 무의미시에서 관념을 완전히 떨쳐버리고 있기 때문이다. '詩的 발전'이 관념을 버리는 쪽으로 진행되었기 때문이다.

함동선의 공간적 구조는 삼각형 구조로 설명할 수 있다. 관념시, 상대적 이미지 시, 절대적 이미지 시들이 삼각형의 세 꼭지점을 형성한다. 상대적 이미지 시, 절대적 이미지 시들이 무시간적 절대적 공간 속에서 공존한다. 김춘수의 경우 통시적 고찰이 요구되고, 함동선의 경우에는 공시적 고찰이 요구되는 이유이다.

김춘수의 경우 허무주의의 발전(?)과 상대적 이미지 시, 절대적 이미지 시, 무의미시로의 발전이 궤를 같이 한다. 허무주의의 극대화가 무의미시였다. 함동선의 경우에는 분열의 구체화가 관념시, 상대적 이미지 시, 절대적 이미지 시의 공존으로 나타났다고 할 수 있다. 시인은 관념으로 시달릴 수 있고, 상대적 이미지로 시달릴 수 있고, 절대적 이미지로 시달릴 수 있다. 김춘수의 시쓰기가 충동적 시쓰기가 아닌 의식적 시쓰기라는 점에서 현대적이라면, 함동선의 시쓰기는 의식적 시쓰기이면서, 동시에, 무엇보다도, 분열을 제시하는 시쓰기라는 점에서 현대적이다.

---

2) 다시 말하지만 김춘수의 경우 상대적 이미지 시가 관념시이다. '꽃'에 대한 일련의 시들이 관념시이다. 절대적 이미지 시가 소위 물질시이다.

2. 절대적 이미지 : 공존의 모더니즘

'절대적 이미지 시'에서는 일차적 의미와 이차적 의미가 같다. 지시의미(Denotation)와 함축의미(Konnotation)가 같다. 함동선은 "시적 자아를 전혀 느끼는 못하는 것"이라고 하면서 마치 "영화를 보면서 카메라의 존재를 느끼지 못하는 것과 같다"고 하였다. "객관적 혹은 즉물적" 묘사만 있을 뿐이라고 하였다.[3] 절대적 이미지 시는 "내용에만 편중하지 않고 방법에 대한 […] 의식적인 노력과 관심"[4]의 결과이다. 의식적 시쓰기의 모범적 예이다.

① 산으로 겹겹이 싸인 간이역
　하루에 몇 번 기차가 지나가면 그뿐
　밭둑의 민들레꽃도
　산길의 딱정벌레도 그 자리에 잠이 든다

―「간이역 1」 부분

② 미루나무에 머물다 간 바람과
　구절초를 스치고 지나간 바람을
　사진으로 찍을 수 없을까
　카메라 셔터를 연거푸 누를 때
　붉은 색깔로 물든 노을이
　산기슭을 돌아간 기차를 따라간다

―「간이역 2」 부분

③ 가을 햇살이 한 뼘쯤 기어든 창가에
　낡은 소파가 마주 놓여 있다

---

3) 함동선, 「10편의 시와 10편의 군말」, 『함동선 시 99선』, 도서출판 선, 2004, 195면 참조.
4) 문덕수, 「함동선론」, 『현실과 휴머니즘 문학』, 성문각, 1985, 91면.

벽에 걸린 세한도(歲寒圖)의 솔잎에
부는 바람이
낮잠을 깨웠는지
신발 끄는 소리가 들려온다

-「오후」 부분

④ 새가 날아간 법당의 처마 끝에는
새파란 하늘이 풍경을 매달고 있다
그 풍경을 따라
목어 한 마리가
뎅그렁 뎅그렁 몸을 흔들다 잠이 드는
태고사의 오후
등산객의 발자국 소리만 들려온다

-「고요」 부분

⑤ 해가 딸꾹질하듯 그렇게 뚝 떨어지자
철새가 날아간
허공을 저어서
구름을 말아 쥔
스님의 손에
무수한 별이 떠 있다

-「산수도(山水圖)」 부분

주관이 개입하지 않은, 묘사에 충실한 시들이다. '시는 그림같아야 한다(ut pictura poesis)'라는 호라티우스의 명제에 충실한 시들이다.

'내용'이 없는(혹은 주제가 없는) 절대 이미지의 시들을 내용에 대한 절망, 혹은 내용에 대한 분노에서 비롯되었다고 할 수 있다. 김춘수의 무의미시가 의미에 대한 절망에서 비롯된 것처럼, "폭력·이데올로기·역사"에 대한 절망에서 비롯한 것처럼, 혹은 "허무주의"에서 비롯한 것처럼.[5]

'무의미시'에서 무의미가 의미를 비판하는 것처럼, '절대적 이미지' 시에서 내용 없는 것이 내용을 비판한다고 할 수 있다. 이러한 가정이 개연성 있는 것은 함동선 역시 의미에 의한 피해자, 즉 폭력·이데올로기·역사에 의한 피해자였기 때문이다. '피해'가 현재까지 이어지고 있기 때문이다. 함동선의 시들을 통시적이 아닌 공시적으로 파악해야 하는 것도, 즉 시간적 구조가 아닌 공간적 구조로 파악해야 하는 것도 이 때문이라고 할 수 있다. 상황이 변하지 않았기 때문이다.6)

정말 절대적 이미지만의 시가 존재할 수 있는가. 시인은 정말 주관으로부터 자유로운 이미지만의 시를 쓸 수 있는가. ②의 경우를 보자.

"미루나무에 머물다 간 바람", "구절초를 스치고 지나간 바람"은 절대적 이미지를 제공한다. 그러나 시인이 "미루나무에 머물다 간 바람과 / 구절초를 스치고 지나간 바람을 / 사진으로 찍을 수 없을까"라고 했을 때 절대적 이미지는 '절대'에서 벗어난다. 주관이 개입되었다고 보는 것이다. 인생에 대해 느끼는 허망함을 주관으로 보고 이 주관이 이 시에 개입되었다고 보는 것이다.

위의 절대적 이미지의 시들에서 주목되는 것은 감각적 이미지들의 공존이다. '공존'은 모더니즘의 공존이다. 총체성은 리얼리즘의 세계이고 공존은 모더니즘의 세계이다. 공존은 분열과 멀리 떨어져 있지 않다. 감각적 이미지들의 공존은 다른 말로 하면 감각적 이미지들의 나열이다. 나열로 총체성에 접근할 수 있으나, 도달하지는 못한다. 그러므로 나열은 '분열의 나열'이다. 요소들이 총체성의 구성요소들이 아니므로, 요소들이 제각각

---

5) 김춘수, 「장편 연작시 <처용단장> 시말서」, 『김춘수. 한국대표시인 101인 선집』, 문학사상사, 2003, 321면 참조.

6) 김춘수는 역사로부터 자유로울 수 있었기 때문에 무의미시까지의 궤적을 그릴 수 있었고, 함동선은 역사로부터 계속 자유로울 수 없었기 때문에 상대적 이미지 시, 혹은 관념시를 버릴 수 없었다.

존재하므로, 분열의 나열이다.

⑤에서 "해가 딸꾹질하듯 그렇게 뚝 떨어지자"는 청각적 이미지와 시각적 이미지의 공존이고, "스님의 손에 / 무수한 별이 떠 있다"는 촉각적 이미지와 시각적 이미지의 공존이다. 특히 ④에서 "목어 한 마리가 / 뎅그렁 뎅그렁 몸을 흔든다"라고 한 것은 공감각의 절정이다. 함동선은 모더니스트 김광균을, 특히 그의 공감각을 탁월하게 계승하고 있다.

3. 상대적 이미지 : 상실과 복원의 변증

함동선의 많은 시들에 꽃(혹은 풀)이 등장한다. 절대적 이미지의 꽃, 풀들이 아니라 상대적 이미지의 꽃, 풀들이다. 예를 들어 1부에[7) 많이 등장하는 '민들레꽃'은 고향을 떠올리는 역할을 한다.

> 아무리 고향은 멀리서 생각하는 것이라도 말이다 내 발 밑에 밟혔던
> **민들레꽃**이 자꾸 내 발목을 휘어잡아도 못 가는 것은 그렇지 그건 우리
> 역사의 아픔 때문이다 우리 역사의 아픔 때문이다
>
> ―「지난 봄 이야기」 부분(강조는 필자)[8)

---

7) 이 책이 텍스트로 삼은 것은 『함동선 詩 99 選』(도서출판 선, 2004)이다. 年代가 아닌 等價를 기준으로 7부로 구성되어 있다.

8) 함동선은 6·25 때 월남한 실향민이다 실향민 의식이 그의 시 全篇을 추동하고 있다; 이 시에 대해 부기하고 싶은 것이 있다. "고향은 멀리서 생각하는 것이"라는 구절 때문이다. 필자의 "고향은 떠나 있다가 / 죽기 전에 몇 번쯤 눈물 흘리는 곳이다. / 고향은 가보는 곳이 아니다."(「고향」)라는 시가 떠올랐기 때문이다. 하이데거에게 고향상실은 형이상학적 테마였지만 우리에게 고향상실은 현실적 테마였다. 고향상실의 테마는 상호텍스트적으로 계속 재생산되었다. 고향상실을 함동선 시의 "기본항", 혹은 "지울 수 없는 하나의 업보"로 본 것은 오양호였다. 오양호, 「戰後 35年의 韓國詩·完」, 『시문학』, 제16권 제4호, 1986. 4, 92면 참조.

　　"민들레꽃"은 고향의 민들레꽃으로서 고향에 대한 제유이다. 제유가 여러 시들에서 상호텍스트적으로 되풀이되면서 상징으로 굳어졌다. 정확하게 말하면 상징적 이미지를 형성하였다. "고향"에서 "밟"고 다녔던 "민들레꽃"이 어서 오라고 시적 화자를 부르지만, 시적 화자의 "발목을 휘어잡"지만, "못" 간다고 하고 있다. 물론 "역사"현실 때문이다.9)

> 한강공원에는
> 날이 저물고 밤이 되고 날이 샐 때까지
> 앉아 있겠다는 실향민들이
> 밟아도 밟아도 푸르러지기만 하는
> **질경이**처럼 돋아 있구나
>
> —「황해도민회 가는 길에」 부분(강조는 필자)

　　"밟아도 밟아도 푸르러지기만 하는/ 질경이"의 이미지 역시 '상대'가 있는 이미지이다. 실향민이 상대이다. 주제는 '희망을 잃지 않는 실향민'이다. 혹은 "밟아도 밟아도 푸르러지기만 하는/ 질경이처럼" 희망을 잃지 말라는 염원이다. 다음은 「제3땅굴에서」 부분이다.

> 주저앉고 싶은 언덕에는
> 6·25때
> 저승을 넘나들면서 본 **개망초꽃**이
> 눈 가득히
> 상여의 요령소리로 피어 있구나
> (강조는 필자)

---

9) 이점에서 문덕수가 함동선이 "자연을 추구하는 이유"를 "자연질서의 인식을 통하여 현실사회에서의 삶의 리얼리티를 이해할 수 있기 때문"이라고 한 것은 매우 적절한 지적이었던 것으로 보인다. 문덕수, 앞의 책, 93~94면.

"가득" 핀 "개망초꽃"의 상대는 물론 "상여의 요령소리"이다. 그러나 여기에서는 시각적 이미지와 청각적 이미지가 어우러지면서, 즉 개망초꽃의 어지럽게 피어있는 이미지와 상여의 어지럽게 울려대는 요령소리가 겹쳐지면서, 대단한 상승효과를 이끌어내고 있다. 독자도 시적 화자 못지 않게 어지러워 "주저앉고 싶"다. 媒體와 主旨의 경계를 무너뜨리고 있다.

물론 시적 화자는 현재의 개망초꽃에서 6·25때의 개망초꽃을 연상하였다. 6·25때의 개망초꽃에서 상여의 요령소리를 연상하였다. 상여의 요령소리는 6·25때의 비극적 상황에 대한 알레고리이다. '이미지의 연상'의 모범적 예이다.

함동선의 상대적 이미지 시들에서 주목되는 것은 앞의 경우들에서처럼 이미지 그 자체가 어떤 것을 보조하기도 하지만, 구체적 내용과 병렬되면서 그 구체적 내용을 강조하기도 한다는 점이다. 예를 들어 역사적 비극과 병렬되면서 역사적 비극을 강조한다.

> 6월 25일이 무슨 날인지 모르는
> 들꽃만이 핀 월정리역에서
>
> ―「DMZ―월정리역에서」 부분(강조는 필자)

함동선에게 "들꽃"은 아무 것도 모르는 들꽃들이다. "들꽃"은 "6월 25일이 무슨 날인지 모"른다고 명시적으로 밝혔다. 김소월의 표현을 빌면 '저만치' 피어 있는 것.

6·25와 6·25를 모르는 들꽃을 병렬시킴으로써 6·25, 혹은 6·25의 비극을 강조하였다고 볼 수밖에 없다.[10] 6월 25일이 무슨 날인지 모르

---

10) 위에서 인용한 「제3땅굴에서」의 '개망초꽃' 역시 상여의 요령소리와 무관하게 존재하는 것으로, 그럼으로써 상여의 요령소리를(상여의 요령소리가 함의하는 바를) 강조하는 것으로 읽을 수 있다. 無音의 개망초꽃이 有音의 요령소리를 강조하는 것으로 말이다.

는 들꽃을 유미주의에 대한 알레고리로 볼 수 있다. 유미주의는 역사를 모르는(혹은 외면한) 유미주의이기 때문이다. 그렇더라도 마찬가지인 것은 유미주의를 통해 6월 25일이라는 역사(주의)가 강조되었다는 사실이다. 혹은 비판되었다는 사실이다.

이렇게 보면 '들꽃'은 아무 것도 모르지만 아무 것도 하지 않는 것은 아니다. 등장인물로서의 역할을 하고 있다. 등장인물이 아니라 서술자의 역할을 하는 것도 있다.

> 과거는 용서해야지
> 과거는 잊어선 안 되지
> 그렇게 **들꽃**은 말하고 있구만
>
> —「뉴욕 힐튼 호텔에서」 부분(강조는 필자)

"들꽃"이 서술자의 역할을 하고 있다. 그리스 비극, 혹은 서사극에서의 '합창'의 역할과 같다.

> 가르마를 한 가운데로 탄 머리를 어깨 위로 늘어뜨린
> 어린이 모양의 **민들레**가 지천으로 피어
> 작고 앳되면 작고 앳된 대로
> 담담한 빛깔이면 담담한 빛깔대로
> 천지의 신비를 담고 있다
>
> —「예성강(禮成江)의 민들레」 부분(강조는 필자)

「예성강의 민들레」는 시선집의 '서시'이다. 정태적 '민들레의 이미지'와 동태적 '역사의 이미지'의 대비를 통해 동태적 역사의 이미지를 강조하고 있다. 물론 동태적 역사는 '비극의 동태적 역사'이다. 상대적 이미지 시로 보는 것은 "작고 앳되면 작고 앳된 대로 / 담담한 빛깔이면 담담한 빛깔

대로"라는 구절 때문이다. 윤리적 자세를 상대하고 있기 때문이다.

엘리엇이 말한 '객관적 상관물'도 상대적 이미지에 다름 아니다. 3부의 여러 시편들에서 '그리움'이 여러 객관적 상관물로 변주되었다. 「그리움」에서는 "외딴집"이 갈 수 없는 고향집에 대한 객관적 상관물이었다. 갈 수 없다고 한 것은 "화살짓듯한 밤 기차"는 외딴집에는 영원히 정거하지 않을 것 같기 때문이다. 「첫눈 오는 날」에서는 "이불장 여닫는 소리"를 그리움, 혹은 그리운 대상의 객관적 상관물로 사용하였다. 「거문도 편지」에서는 "파도 치는 소리와 바람소리"를 그리움의 객관적 상관물로 사용하였다.11)

민들레는 '고향'의 상대적 이미지이고, 질경이는 희망을 잃지 않는 '실향민'의 상대적 이미지이고, 개망초꽃 및 들꽃들은 6·25의 비극적 상황의 상대적 이미지였다. '상실 및 비극'의 이미지들이라고 할 수 있다. 이점에서 '그리움'의 시편들은 시사하는 바가 많은데 상실은 복원을 필요로 하기 때문이다. 상대적 이미지 시들에서 나타난 상실과 복원의 변증은 관념시들에서 '分化와 圓의 변증'으로 변주된다.

4. 관념시 : 分化와 圓의 변증

절창은 「만월(彎月)」이었다.

어둠의 야국(野菊)꽃 물들게
보라 보라 보랏빛 숨소리 들리는
다리 놓아주고

---

11) 「로스앤젤레스에 와서 2」에서도 파도는 그리움의 객관적 상관물이었다. "고향의 논두렁 밭두렁이 보이는데 / 파도는 몸을 수없이 뒤척이기 시작하누나"

우리 내외한테는
금가락지만한 사랑을 둘러 끼우는
달아 달아 밝은 달아

－「만월(彎月)」 전문

무엇보다도 "우리 내외한테는 / 금가락지만한 사랑을 둘러 끼우는 / 달아 달아 밝은 달아"가 압권이다. 그 중에서도 "금가락지만한 사랑을 둘러 끼우는 / 달"이 압권이다. 사랑이라는 관념이 둥근 "금가락지"와 둥근 "滿月"에 비유되었다.

주목되는 것은 圓의 세계이다. "다리"가 圓의 세계이고, "내외"가 圓의 세계이고, "사랑"이 圓의 세계이고, "보랏빛 숨소리"의 공감각이 圓의 세계이다. "滿月"과 "금가락지"는 圓의 구체화이다. 물론 圓은 圓 이전의 상태, 分化 상태를 전제한다. 보랏빛 숨소리 이전의 보랏빛과 숨소리의 分化, 다리 놓기 이전의 이쪽과 저쪽의 分化, 내외 이전의 내와 외의 分化, 사랑 이전의 너와 나의 分化 등. '분화에서 원으로'가 함동선의 시 세계를 관류하는 주요 관념이다. 혹은 함동선의 관념을 관류하는 주요 코드이다.

관념 자체가 이미지가 되는 경우를 보자. 관념 이미지의 파노라마이다.

이제 마지막이란
늘 마지막 다음에 찾아오는 것이라 믿으니까요
오늘도 기다리는 님은요
시간을 멎게 할 님은요

－「님은요」 부분

생경한 관념이 아닌 것은, 변형의 관념을, 여기서는, 역설의 관념을 보여주고 있기 때문이다. "이제 마지막이란 / 늘 마지막 다음에 찾아오는 것이라 믿으니까요"는 마지막 다음에 마지막이 있으므로 마지막은 마지막이 아니라고 한 것이다. 희망에도 '빼어난 희망'이 있다면 빼어난 희망의 시라고 하지 않을 수 없다.

또 하나의 관념은 "시간을 멎게 할 님"이다. 시간이 멎어있는 곳 또한 圓의 세계라고 할 수 있다. 시간이 멎어 있는 곳은 갈등, 분열이 없는 곳, 님에 대한 헌신만이 있는 세계이기 때문이다. 사랑은 정말로 圓의 세계가 아닌가. 두 개가 하나로 되는 세계가 아닌가. 여기서 짚어야 할 것은 관념이 관념으로 머물러 있는 것이 아니라, 구체적 현실을 담보하고 있다는 점이다. "기다리는 님"이라면 물론 관념의 님이지만, 님이 實相을 담보하고 있다면 관념의 님이 아니다.

> ① 헤어짐이 또 하나의 만남이듯
> 손을 잡아야 쓰는데
> 시작은 끝이 있는 법
> 이 한줌의 흙에
> 꽃이 피고 열매를 맺게
> 비가 되어 만나야 쓰는데 물이 되어 만나야 쓰는데
>
> —「한 줌의 흙」 부분

> ② 고향 떠나던 날 마지막 본
> 포플러 나무 두어 그루가
> 먹물 묻은 붓자루처럼 우뚝 서서
> 다시 만나게 될 것같은 뜨거운 눈길로
> 내게 다가오누나
> […]
> 파도에 떠밀리고 떠밀리고 떠밀려도
> 다시 만나야 한다
>
> —「우리는 1」 부분

①에서 "시작은 끝이 있"다고 한 것은 기다림에 끝이 있다고 한 것이다. "흙에 / 꽃이 피고 열매를 맺"듯, 아니, "흙에 / 꽃이 피고 열매를 맺게"끔, "비가 되어 만나"고 "물이 되어 만"난다고 하였다. '꽃'과 '열매', 그리고 '비'와 '물'은 等價物로서 내포하는 것이 같다. 비는 모여서 꽃과 열매처럼 하나로 맺어지고 물 역시 모여서 꽃과 열매처럼 하나로 맺어지기 때문이다. 더 중요한 것은 "헤어짐이 또 하나의 만남이"라고 한 것이다. 헤어진 님을 다시 만나겠다고 한 것이다. 헤어진 님은 實在이므로 구체적 님이다. 함동선의 사랑은 구체적으로 실재하는 님에 대한 구체적 사랑이다. 함동선의 圓은 구체적 현실을 담보하고 있다.

②에서 "고향 떠나던 날 마지막 본 / 포플러 나무 두어 그루"도 구체적이다. 이것들을 다시 만나야겠다는 것이다. "파도에 떠밀리고 […] 떠밀려도 / 다시 만나야"겠다는 것이다. "사람은 / 만나지 못하면 죽은 것과 마찬가지"(「밀물 때가 온다」)라고 하고 있다. "믿음은 바라는 것의 實相"12)이다.

부기하면, 구어체에서 흔히 쓰이는 '요'와 '야'의 빈번한 사용도 圓의 세계와 관계있다. "오늘도 기다리는 님은요 / 시간을 멎게 할 님은요"(「님은요」)에서 '요'에는 님을 꼭 만나리라는 의지가 담겨 있다. 님과 화자 사이의 거리를 좁히고 있다.

> ① 그 그늘마저
>   꺼져가는 니 발 아래 다시 니 발 아래
>   기대는 불길이요 **나요 그렇게 젖었다**
>
> — 「목련」 부분(강조는 필자)

> ② 창을 열고
>   경황 없이 가슴에 괸 **기다림은야**

---

12) 히브리서 11장 1절.

광채가 서려

—「봄비」 부분(강조는 필자)

③ 조르르 쏟은 **봄 볕은요**
　무겁게스리 갈앉았던 거리를
　기지게 켜게 하네요

—「봄 볕은요」 부분(강조는 필자)

　첫째, 요와 야 자체가 合의 모음, 다름 아닌 '이중모음'이라는 점에서 圓의 세계이고, 둘째, '요'와 '야' 등은 앞뒤의 구절들을 '보다' 부드럽게 연결시켜준다는 점에서 圓의 세계와 관계한다. '나 그렇게 젖었다'보다 "나요 그렇게 젖었다"가 더 부드럽고, '기다림은 / 광채가 서려'보다는 "기다림은야 / 광채가 서려"가 더 부드럽고, '봄 볕은 […] 기지개 켜게 하네요'보다는 "봄볕은요 […] 기지개 켜게 하네요"가 더 부드럽다. 시를 낭랑·명랑하게 하고 있다. 낭랑·명랑한 圓의 세계를 만들고 있다.

　'요'를 종결어미로 쓴 다음과 같은 경우도 마찬가지다.

내 이사할 때는
고향 뒷산에 내린 적이 있는 하늘을
손 안에 담고서야
길을 떠났는데요

—「소묘(素描)」 부분(강조는 필자)

　"길을 떠났는데요"라고 했지만 "하늘을 / 손 안에 담고" 떠났으므로 이별이 아니고 분리가 아니다. 외부는 내부에서 살아 있고 내부는 외부에서 살아 있다. 그런데 이것을 더욱 분명하게 해주는 것이 "길을 떠났는데요"의 '요'이다. 떠났으나 떠난 것이 아니라는 것이다. 마음은 떠난 곳에 머물러 있다는 것이다. 혹은 '말줄임표'처럼 할 말이 많다고 한 것으로 보인다. 떠난 것이 아니라고 했으므로 圓이다. 떠났지만 할 말이 많다고 한 것도 圓이다. '덧붙여서' 圓을 만드는 것이다.

여기서의 圓의 세계 역시 현실을 담보한 관념의 세계이다. 떠난 적이 없으므로, 떠났어도 금방 달려갈 태세가 되어있으므로, 현실을 담보한 관념의 세계이다.

5. 나가며

주목되는 것은 함동선의 시들은 외면적으로 상대적 이미지 시, 절대적 이미지 시, 그리고 관념시들로 분열되어 있지만 내면적으로는 통합을 지향하고 있다는 점이다. 상대적 이미지 시들은 상실과 복원의 변증이었고, 관념시들은 分化와 圓의 변증이었다. 절대적 이미지 시들의 주요 항목은 공감각이었다. '분열의 형식'과 '통합의 내용'이라고 할 수 있다. 통합은 특히 관념시들에서 前景化되었다. 분열과 통합의 공존(혹은 변증)이므로 모더니즘이다. 모더니즘은 분열의 모더니즘이고, 통합을 동경하는 모더니즘이기 때문이다.

상실과 복원의 변증, 分化와 圓의 변증은 다른 말로 하면 실향과 망향의 변증, 혹은 이별과 재회의 변증이다. '圓'은 구체적 현실을 담보한 圓이었다. '이별에서 재회로'를 '分化에서 圓으로'의 구체화로 보는 것이다. 물론 거꾸로 '이별에서 재회로'의 관념화로서 '分化에서 圓으로'를 강조할 수 있다. '分化에서 圓으로'의 구체화로서 '이별에서 재회로'를 강조하면 시세계를 너무 좁게 한정시키는 것이 되기 때문이다. 圓을, 함동선의 말을 빌어, "고향의 창조"로 보는 것이다.[13] 물론 이 경우에도 '현실적 이별'의 의미는 강조되어야 한다. 고향 상실이 고향 창조의 동인이 되었기 때문이다.

과연 함동선은 '헤어진 포플러나무 두어 그루'와 다시 만날 수 있을 것
인가. 圓에 도달할 것인가. 圓에 도달하지 못하면, 圓이 怨이 될 것인가.
아니면, "자연이 가지는 초월적 의미의 탐구"14)에 의해 圓의 세계를 발견
할 것인가. '고향의 창조'에 도달할 것인가. 앞으로의 함동선의 시가 궁금
한 이유이다.

---

13) 함동선, 「10편의 시와 10편의 군말」, 앞의 책, 178~179면 참조.
14) 문덕수, 앞의 책, 101면.

주체 분열에서 주체 부정으로
이승훈론

1. 모더니즘에 대하여

이승훈 시인에게 주체는 중요하다. 주체의 분열이 중요하다. 근대는 주체의 시대였다. 주체의 분열의 시대였다. 기독교적 세계관의 동요가 주체의 분열이었고 유교적 세계관의 동요가 주체의 분열이었다. 신의 후견으로부터의 독립은 주체를 낳았지만, 주체의 독립을 낳았지만, 주체는 분열된 주체였던 것이다. 유교의 후견으로부터의 독립은 주체를 낳았지만, 주체의 독립을 낳았지만, 분열된 주체였던 것이다.

이승훈의 주체도 분열된 주체이다. 이승훈의 근대도 분열된 주체의 근대이다. 이승훈은 김수영의 「공자의 생활난」에 대한 분석에서 '분열된 주체의 근대'에 대한 인식을 심도 있게 펼쳐 보이고 있다. 「공자의 생활난」을 보자.

꽃이 열매의 상부에 피었을 때

그는 줄넘기 작난을 한다

나는 발산한 형상을 구하였으나
그것은 작전 같은 것이기에 어려웁다

국수―이태리어로는 마카로니라고
먹기 쉬운 것은 나의 반란성일까

동무여 이제 바로 보마
사물과 사물의 생리와
사물의 수량과 한도와
사물의 우매와 사물의 명석성을

그리고 나는 죽을 것이다

유교적 세계관의 붕괴는 20세기에 접어들면서 본격화되었지만, 주체의 시대로 접어들었지만, 그것은 동시에 주체의 분열의 시대였다. 「공자의 생활난」 첫째 연에서 공자가 꽃 앞에서 줄넘기를 하는 것은 꽃과 그의 하나됨, 꽃과 인간의 하나됨을 표상하는 것이다. 이승훈의 말을 빌리면 "자연친화", 혹은 "자연과 인간의 동일성을 암시"하는 것이다.[1] 자연과 인간이 하나인 세계는 분열되기 이전의 세계이다. 헤겔식으로 말하면 총체성이 구현된 세계이다.

그러나 둘째 연에서 "나"가, 김수영이, "발산한 형상을 구"한다고 했을 때 이것은 하나인 세계, 분열되지 않은 세계가 끝났음을 보여주는 것이다. 발산한 형상을 구한다는 것은 또 하나의 세계를 구하는 것이기 때문이다. 지금 여기서 다른 세계를 구한다고 하는 것이기 때문이다. 또 하나의 세계

---

1) 이승훈, 「모더니즘의 비판적 수용」, 『모더니즘의 비판적 수용』, 모아드림, 2002, 265면.

를 구한다는 것은 '이' 세계가 '완전'(?)하지 않게 되었기 때문이다.

공자의 유교적 세계관은 흔들렸으며, 그 자리에 주체가 들어섰으나, 그 주체는 분열된 주체였다. 완전하지 않은 흔들리는 주체였다. 완전하지 않은 분열된 주체는 하나된 세계, 총체적 세계를 그리워한다. 그것이 "발산한 형상"이란 표현으로 나타난 것이다. 발산한 형상을 구하는 것을 또 하나의 세계에 대한 추구, 주체의 분열되지 않은 또 하나의 세계에 대한 추구라고 하는 것을 이승훈은 다음과 같은 말로 간단하게 요약하고 있다.

> 모더니스트들이 강조한 것은 세계를 보려는 노력이 아니라 세계에 구조와 형식을 부여하려는 노력이었다. 왜냐하면 이제 세계 자체는 작품에 구조를 부여하지 않기 때문이다. 그런 점에서 모더니즘은 세계가 실패한 곳에서 출발하고, 문학의 승리는 세계 상실과 통한다. 예술의 성공은 일상의 실패와 통하기 때문이다.[2]

이승훈은 우리 시의 현대성을, 혹은 모더니즘을, 이조 성리학, 재도지기(載道之器)의 문학관, 실학사상 등에 대한 미적 부정을 토대로 한다고 보았다. 한 마디로 공자 이데올로기에 대한 미적 부정을 토대로 한다는 것이다. 그리고 김수영이 이러한 우리 문학의 역사적 모더니즘의 특성을 압축하여 보여주었다는 것이다. 우리에게도 역사적 모더니즘이 있다고 한 것이다. 단순한 서구 모더니즘의 수용이 아니었다는 것이다. 비판적 수용이었다는 것이다.

"세계 자체는 작품에 구조를 부여하는 않"는다는 것은 공자 이데올로기로 대변되는 세계상이 붕괴되었기 때문에 거기에 맞은 통일된 예술 양식이 나오지 못한다고 한 것이다. 그러므로 이제 모더니스트들이 세계에

---

2) 위의 책, 267면.

"구조와 형식을 부여하려"고 한다는 것이다. 요컨대 세계에 구조를, 형식을, 부여하려고 하는 것이 모더니즘이라고 하는 것이다. 이승훈이 "모더니즘은 세계가 실패한 곳에서 출발"한다고 한 것은 이 때문이다. 여기서 세계의 실패는 바로 유교적 이데올로기의 붕괴이며, 주체의 성립이며, 동시에 주체의 분열을 의미한다. 분열된 주체는 '통합'을 그리워한다. 이것저것을 구성하면 전체가 될 수 있을 것이라고 생각한 자들이 모더니스트들이었다. 서양에서 이것은 의식의 흐름, 병렬 양식, 혹은 몽타주들로 나타났었다. 지마는 마르셀 프루스트는 "쓰는 데 굉장히 많은 시간을 보"낸 것이 아니라, "구성하는 데 굉장히 많은 시간을 보"냈다고 했다.[3]

이승훈의 시도 주체, 혹은 분열된 주체에서 시작한다. 아니, 이승훈의 시는 주체, 혹은 분열된 주체의 시였다. 그러다가 주체의 부정으로 접근한다. 후기 시는 주체 부정의 시이다. 주체에서 주체가 없다는 깨달음으로 가는 도정이 이승훈 시의 도정이다.

2. 주체의 시, 주체 분열의 시

주체, 주체 분열의 현상은 초기시들에게서 강력하게 나타났었다. 첫 시집 『사물 A』의 표제시 「사물 A」를 보자.

사나이의 팔이 달아나고 한 마리 흰 닭이 구 구 구 잃어버린 목을 좇아 달린다. 오 나를 부르는 깊은 명령의 겨울 지하실에선 더욱 진지하기 위하여 등불을 켜 놓고 우린 생각의 따스한 닭들을 키운다. 닭들을 키운다. 새벽마다 쓰라리게 정신의 땅을 판다. 완강한 시간의 사슬이 끊어진 새벽 문지방에서 소리들은 피를 흘린다. 그리고 그것은 하이얀 액체로 변

---

3) 페터 지마, 「우연성과 구성」(장경렬 역), 『현대 비평과 이론』, 1997 가을 · 겨울, 216면.

하더니 이윽고 목이 없는 한 마리 흰 닭이 되어 저렇게 많은 아침 햇빛 속을 뒤우뚱거리며 뛰기 시작한다.

분열의 시이다. 분열을 못 참겠다고 하는 자의 시이다. "팔이 달아"난 것이 분열이고 "목을" "잃어버린" 것이 분열이다. 닭이 "잃어버린 목을 좇아 달"리는 것은 분열을 못 참겠다고 하는 것이다. 사나이도 달아난 팔을 못 참아 할 것이다. 분열을 못 참겠다는 것은 통합을 원한다는 것이다. 통합되어 있을 때가 좋았다는 것이다. "겨울 지하실"이 통합에 대한 상상이고 "등불"이 통합에 대한 상상이고 "따스한 닭들"이 통합에 대한 상상이다. 상상이라고 한 것은 따스한 닭들을 "생각의" 따스한 닭들이라고 했기 때문이다. 따스한 닭들이 상상이고 따스한 닭들 옆에 있는 등불이 상상이고 겨울 지하실이 상상이다. 등불도 '따뜻한' 등불이고 겨울 지하실도 '따뜻한' 겨울 지하실이기 때문이다.

그러나 분열을 극복하려는 의지는 강력하다. "새벽마다 쓰라리게 정신의 땅을 판다. 완강한 시간의 사슬이 끊어진 새벽 문지방에서 소리들은 피를 흘린다"라는 표현이 그것이다. '새벽'은 시옷으로 시작되는 새벽이다. '쓰라린'은 쌍시옷으로 시작한다. '시간'은 다시 시옷으로 시작하고 '사슬'도 시옷으로 시작하고 다시 '새벽'이 시옷으로 시작하고 '소리들'이 시옷으로 시작한다. 시옷에 의한 이러한 두운법의 나열은 분열을 극복하려는 의지, 즉 시니피에[의미]의 의지를 더욱 강화시킨다. 시니피앙에 의한 시니피에의 돕기라고 할 수 있다. 그러나 주체는 여전히 "피를 흘린다." 주체의 분열이 그만큼 심각하기 때문이다. 달아난 팔을 다시 붙이고 잃어버린 목을 다시 붙이는 것은 정말 어려운 일이기 때문이다. 시적 주체는 분열된 주체로, 불안한 주체로 계속 살아가야 한다. "목이 없는 한 마리 흰 닭처럼"(분열의 삶) "햇빛 속을 뒤우뚱거리며 뛰"며(불안의 삶) 살아가야 한다.4) 시니피앙은 시니피에를 도우려고 했지만 도움이 되지 못했다. 시니피앙과 시니피에는 하나가 되지 못했다.

분열의 시라는 점에서 전형적인 모더니즘의 시라고 할 수 있다. 통합을 그리워한다는 점에서도 전형적인 모더니즘 유형의 시라고 할 수 있다. 모더니즘은 분열의 모더니즘이고 분열을 극복하려는 모더니즘이기 때문이다. 통합을 그리워하는 모더니즘이기 때문이다. 따스한 겨울 지하실, 따스한 등불, 따스한 흰 닭은 연상이고 흐름이다. 모더니즘이다. 통합을 그리워하는 모더니즘이다.

주체가 분열된 주체라는 것을 보여준 시 중에서 빼놓을 수 없는 것이 『당신의 방』(1986)의 표제시 「당신의 방」이다.

    당신의 방엔
    천 개의 의자와
    천 개의 들판과
    천 개의 벼락과 기쁨과
    천 개의 태양이 있습니다
    당신의 방엘 가려면
    바람을 타고
    가야 합니다
    나는 죽을 때까지
    아마 당신의 방엔
    갈 수 없을 것 같습니다
    나는 바람을 타고
    날아가는 새는

---

4) 이승훈은 최근의 한 대담에서 지난 날 망상에 시달렸다고 했다. 불안에 시달렸으며 피해망상증에 시달렸다고 했다. 억압된 내면의 무의식이 있었다고 했다. 억압된 내면의 무의식을 터뜨리는 것이 자신의 시라고 했다. 자신의 비대상시라고 했다(대담록, 이승훈↔박찬일, 「자아 찾기의 긴 여정」, 『현대시』, 2002. 11, 50~51면 참조).

될 수 없기 때문이다.

압권은 "바람을 타고 / 날아가는 새는 / 될 수 없"다고 한 것이다. 바람을 타고 간다는 것은 가볍게 간다는 것이다. 가볍게 살아간다는 것이다. 바람을 타고 날아가는 새의 가벼움은 더 말할 것도 없다. 가벼움의 행보의 극치이다. 그러나 시인은, 시적 주체는, 가볍게 살아갈 수 없다고 한다. 무거운 주체이기 때문이다.

"당신"도 주체이고 "나"도 주체이다. 이 시에서 당신과 나는 동일한 주체이다. 나는 '또 하나의 나'인 당신에게 가려고 한다. 그러나 "당신의 방"은 "천 개의 의자와 / 천 개의 들판과 / 천 개의 벼락과 기쁨과 / 천 개의 태양이 있"는 방이다. 당신은 무수하게 분열되어 있는 당신이다(나는 무수하게 분열되어 있는 나이다). "당신의 방"에 "가려면" "바람을 타고 / 가야" 한다. 그래야 당신의 방을 다 돌 수 있기 때문이다(나의 방을 다 돌 수 있기 때문이다). 방을 다 돌아보려고 하는 것은 방을 다 돌면 분열은 더 이상 분열이 아니기 때문이다. 분열이 봉합되는 것이기 때문이다.

시적 주체는 그러나 방을 다 돌아볼 수 없다. 무겁기 때문이다. 무거워 바람을 타고 날아갈 수 없기 때문이다. 새가 아니기 때문이다. 무거운 주체이기 때문이다.

이승훈의 시 쓰기가 주체에 대한, 혹은 주체 분열에 대한 것이었음을 강령적으로 토로했던 시는 「손」이라는 시이다. 시집 『길은 없어도 행복하다』(1991)에 실렸었다.

이제까지 나에 대해
시를 썼다 아아
너무 피곤하다

－「손」 부분

이제까지라 함은 『길은 없어도 행복하다』 이전의 시들을 말하는 것이다. 『너라는 환상』(1989), 『당신의 방』(1986), 『사물들』(1983), 『당신의 초상』(1981), 『환상의 다리』(1977), 『사물 A』(1969) 등의 시집들을 말하는 것이다.

나, 곧 주체가 분열된 주체였다는 것은 같은 시에서 역시 강령적으로 개진된다. "꿈꾸는 손 / 헤매는 손 / 떨리는 손 / 마르는 손 […] 동그란 손 / 세모난 손 / 네모난 손 / 타원형 손 […] 거울을 보는 손 / 거울을 깨뜨리는 손 / 상처난 손"이라고 하면서 "이상이 나의 모습"이라고 한 것이다. 수많은 나의 모습을 열거한 것이다. 분열된 주체의 모습을 열거한 것이라고 볼 수밖에 없다. "동그란 손", "세모난 손", "네모난 손", "타원형 손"을 가진 인간이 이승훈이다. 분열된 주체가 이승훈이었다.

주체는 고통의 주체일 수밖에 없다. 주체는 분열된 주체이기 때문이다. "지은 죄"를 의식하는 주체이기 때문이다. "사랑"의 주체이기 때문이다. "고독"(「이 물빛 종이에」)의 주체이기 때문이다. "밥 걱정"(「봄이 오던 날의 대화」)의 주체이기 때문이다. 지은 죄를 의식하는 자체가 분열이고 사랑 자체가 분열이고 고독 자체가 분열이다. '밥 걱정' 자체가 분열이다. 지은 죄를 의식하는 것, 사랑, 고독, '밥 걱정' 이 모두가 대상 앞에서의 주체이기 때문이다. 대상으로부터 분열된 주체를 상정하는 것이기 때문이다. 어떤 때는 지은 죄를 의식하기도 하고 어떤 때는 사랑하기도 하고 어떤 때는 고독하기도 하고 어떤 때는 밥 걱정하는 것도 분열이다. 사람의 마음 속에 하나만 저어가지 않기 때문이다. 여러 가지가 저어가기 때문이다.5) 역시 분

---

5) 인간의 마음 속을 한 가지만 저어가지 않는다. 인간은 분열된 주체일 수밖에 없다. 이승훈의 시에서 이것은 환유의 연쇄, 혹은 연상(聯想)으로 나타난다. 이승훈 시의 특징을 흐름의 시, 혹은 가벼움의 시라고 할 수 있다면 바로 이 환유의 연쇄, 혹은 연상의 기법 때문이다. 주체의 고통을, 분열된 주체의 고통을 이승훈은 예를 들어 "개같은 인생"(「그래도 인생은 계속된다」, 『당신의 방』, 1986)이라고만 하지 않는다. "계속되는 피로 / 계속되는 추위 / 계속되는 우울"이라는 표현이 이어진다. '개같은 인생'이라고만 하면 무겁지만 '계속되는 피로 / 계속되는 추위 / 계속되는 우울'이라는 표현이 이어지

열된 주체이기 때문이다. 분열을 의식하는 주체이기 때문이다.

3. 가상으로서의 세계 – 가벼워지는 주체의 무게

세계는 망상이다, 현실이 없다, '진실이 없다'라고 했다면 세계를 가상으로 인식하는 것이다. 이승훈은 가벼워지기 위해, 주체를 가볍게 하기 위해, 나중에 '주체는 없다'라는 인식에 도달하기 전에, 세계를 먼저 가볍게 한 것으로 보인다. 세계를 먼저 가볍게 하는 수순을 밟은 것으로 보인다.

현실이라는 게 없으면
바꿔 말해 진실이라는 게
없으면

그땐 즐겨야겠지요
불안하겠지만

불안 속에서
놀아야지요

모자를 쓰고
공중에서

이런 형편없는 시대를
불평해선 안 됩니다

면 무겁지 않다. 피로, 추위, 우울들은 기표의 나열로 보이기 때문이다. 피로의 기의를 추위의 기표가 상쇄하고 추위의 기의를 우울의 기표가 상쇄하는 것으로 보이기 때문이다. 기의가 계속 폐기처분되는 것처럼 보이기 때문이다. '흐름의 시'로서의 이승훈 시에 대한 논의는 박찬일, 「주체 부정, 현재 긍정의 시 – 이승훈론」, 『해석은 발명이다』, 푸른사상, 2003, 76~80면 참조.

아주 즐거운
표정을 지으십시요

아주 즐거운
표정을 지어야 해요

세계는 우리들의
망상이니까요

—「세계라는 망상」(『길은 없어도 행복하다』) 부분

"현실이라는 게 없으면 / 바꿔 말해 진실이라는 게 / 없으면"이라고 한 것은 가정하는 것이다. 가정법이다. 가정하면 어떤 결론이 도출되는지를 보는 것이다. 현실과 진실이 없다고 인식한 것이 아니라는 것이다. 현실과 인식이 없으면 어떻게 되는 지를 보는 것이다.

현실이 없고 진실이 없으면 현실은 가상이 되는 것. 가상으로서의 현실인 것. 그러면 가상 뒤에 본질이 있는 것? 본질이 진짜라는 것? 그런 것 같지 않다. 시 어디에도 그런 것을 시사하는 구절이 없다. 현실이 없고 진실이 없으면, 가상이면, 가상 뒤에 본질 혹은 이데아도 따로 없다는 것이 이 시의 전언이다.

현실이 가상이라면 가상 뒤에 본질도 따로 없다면 가상을 받아들이는 수밖에 없다. 가상을 "즐"기는 수밖에 없다. 마치 신이 존재하지 않는다는 것을 확연히 깨달은 순간 대지를 긍정하는 수순을 밟을 수밖에 없었던 자처럼. 그래서 "불평해선 안"된다고 한 것이다. "즐거운 / 표정을 지"어야 한다고 한 것이다. 다른 수가 없다. 불안하다면 불안을 받아들이는 수밖에 없다.

현실이 가상이라면 현실 속에 있는 주체도 가상이 되는 것이다. 가상으로서의 주체가 되는 것이다. 희미해지는 주체가 되는 것이다. 가벼운 주체가 되는 것이다. 가벼워진 주체의 무게를 "불안 속에서 / 놀아야지요"라는 표현이 보여주고 있다. 가상의 현실이라는 가정은 불안을 낳았지만 주체는 불안 속에서 놀 수밖에 없는 것이다. 노는 것은 가벼움을 전제로 한다. 가벼워졌을 때 잘 놀 수 있다. 무거우면 놀기 힘들다. 주체는 가벼워진 주체이다. 그래서 "모자를 쓰고 / 공중에서"라는 표현이다. 공중에서 노는 주체라는 것이다. 공중에서 노는 주체는 가벼운 주체이다. 광대처럼 모자를 쓰고 공중에서 노는 주체는 가벼운 주체이다. 이승훈은 현실이 없고 진실이 없으면 이 "세계는" 가상뿐이라는, 혹은 "망상"뿐이라는, 결론을 도출해내고 있다. 배후가 없으니까, 본질이 따로 없으니까, 주체는 가벼워진다고 하고 있다. 광대처럼 모자를 쓰고 공중에서 놀 수 있다고 하고 있다.

4. 기억상실증의 언어, 혹은 기억을 상실한 자의 언어

이승훈의 후기의 언어는 '기억상실증'의 언어라고 할 수 있다. '기억상실증'을 자청한 자의 언어라고 할 수 있다. 역시 기표로서의 언어이다. 기의를 담지 않은 기표만으로서의 언어이다.

기억상실증을 자청했다고 한 것은 과거가 무거웠기 때문이다. 과거의 주체가 무거웠기 때문이다. 과거로부터 도망치고 싶었기 때문이다. 과거는 현재이므로 현재로부터 도망치고 싶었기 때문이다.

> 네가 오기 전
> 내 인생은 쓰레기
> 내 인생은 과거
> 내 인생은 얼음

—「네가 오기 전」(『당신의 肖像』, 1981) 부분

쓰레기와 과거와 얼음의 관계는 환유의 관계이다. 환유의 연쇄이다. 얼음은 무겁다. 쓰레기는 무겁다. 과거는 무겁다. 이승훈의 과거는 무거운 과거였다.

기억상실증 환자가 기억을 상실한 것은 무의식이 그를 삼켜버렸기 때문이다. 과거가 송두리째 무의식 속으로 들어갔기 때문이다. 그래도 말을 하는 것은 말은 무의식에서 나오는 것이기 때문이다. 무의식은 언어로 직조되어 있기 때문이다.[6] 무의식의 형식이 언어이기 때문이다. 무의식의 구조가 언어이기 때문이다. 과거는 무의식의 내용으로서 떠오르지 않지만, 무의식의 '내용'은 잊었지만, 무의식 자체는 형체로 존재하기 때문이다. 그것이 언어이기 때문이다. 여기서의[기억상실증에서의] 언어는 물론 기표로서의 언어이다. 떠다니는 기표로서의 언어이다. 기억상실증 환자가 기억을 되찾는 것은 언어가 다시 내용을 붙잡기 때문이다. 다시 기의를 붙잡기 때문이다. 기표와 기의가 일치할 때이다.

그러나 이승훈은 기억상실증에서 벗어나고 싶지 않은 이승훈이다. 과거가 무겁기 때문이다. "쓰레기"처럼 무겁기 때문이다. "얼음"처럼 무겁기 때문이다. "이승훈씨"는 "현실이 없다고 믿고"(「언어조립공 이승훈 씨」)−'현실이 없다면'이 아니라−"강의하고 […] 시를" 쓰는 '이승훈 씨'이다. 이승훈은 기억이 없는 현재, 즉 가상으로서의 현재가 유일한 현재라는 인식에 도달한 것으로 보인다. 혹은 도달하고 있는 것으로 보인다. 가상으로서의 현재에 있는 것은 기표뿐이다. 기의에서 해방된 기표뿐이다. 그래서 그는 스스로를 "언어조립공"이라고 불렀다.

6) 권택영, 「라깡의 욕망이론」, 실린곳 : 자크 라캉, 『욕망 이론』, 권택영 엮음, 민승기, 이미선, 권택영 옮김, 문예출판사, 14면 참조 ; 권택영, 『후기구조주의 문학이론』, 민음사, 57면 참조.

그는 언어조립공이다
그는 언어를 조립한다
그는 마치 언어를 조립하면
그는 한 채의 집이나
그는 한 대의 자동차나
그는 한 그루의 나무라도
그는 생긴다는 듯이
그는 언어를 가지고 논다
그는 현실에서 떨어져 나온
그는 언어라는 부속을 가지고
그는 백지에 조립한다 그럼
그의 만찬회가 시작된다
그의 만찬회엔
그의 사랑스런 악동들인
그의 희생된 과거와
그의 염소와 강아지와
그의 옛날 애인이 초대된다

-「언어조립공 이승훈 씨」(『길은 없어도 행복하다』) 부분

언어조립공으로서의 시인이라는 것을 명백히 한 것이다. 언어조립공으로서의 시쓰기를 명백히 한 것이다. 주목되는 것은 일곱 번째 줄의 "생긴다는 듯이"라는 구절이다. 이승훈은 언어를 조립하는 일이 "한 채의 집", "한 대의 자동차", "한 그루의 나무"를 만드는 일이라고 하지 않고 "한 채의 집", "한 대의 자동차", "한 그루의 나무"라도 "생긴다는 듯이"라고 한 것이다. "한 채의 집", "한 대의 자동차", "한 그루의 나무"를 부정하는 것이다. 가상으로서의 "한 채의 집", "한 대의 자동차", "한 그루의 나무"를 상정하고 있는 것이다. "그는"[시인은] 그냥 "언어를 가지고" 노는 시인이다. "현실에서 떨어져 나온" 언어를 가지고 노는 시인이다. 언어와 현실은

무관하다고 보는 시인이다.

언어에 의해 "염소와 강아지와 […] 옛날 애인이" "만찬회"에 "초대" 되었지만 염소는 죽은 염소이고 강아지는 죽은 강아지일 뿐이다. 옛날 애인은 헤어진, 혹은 죽었을지도 모르는 옛날 애인일 뿐이다. "희생된 과거" 일 뿐이다. (말 그대로의 의미에서의 기표로서만 남아있는, 실체가 없는 것들이다.) "희생된 과거"라는 말에 주목하는 것이다. '희생된 과거'라는 것은 능동문 으로 바꾸면 희생시킨 과거이다. 기억에서 퇴장시킨 과거이다. 기억에서 퇴장된 과거는 내용이 없으므로 기표로서의 과거이다. 기표로서의 언어이 다. 아프지 않은 언어들이다. 그래서 여유를 부린 걸까. 시인은 염소와 강 아지와 옛날 애인을 "사랑스런 악동들"이라고 여유를 부린 걸까. 기억을 상실한 자에게 옛날 애인은 정말 의미가 없다.

"염소", "강아지", "옛날 애인"을 聯想의 관계로 볼 수 있다. 환유의 연쇄로 볼 수 있다. 이 경우에도 기표는 기의에서 벗어나는 기표이다. 연 상은 가볍고 환유의 연쇄 또한 가볍기 때문이다. 연상과 환유의 연쇄는 기 의에서 계속 벗어나는 연상이고 환유의 연쇄이기 때문이다.

5. 주체 부정의 시

주체 부정은 소쉬르, 라깡, 데리다, 그리고 선사상 등의 영향을 받았다. 특히 최근의 시집 『인생』은 선사상을 통한 주체 부정이다. 이미 유명해진 서시 「어제 오는 눈」을 보자. 하나로 이어진 시지만 편의상 세 부분으로 나누었다.

　　서울에　오는　눈이　춘천에도　오고
　　춘천에　오는　눈　속엔　누가　있나

춘천에 오는 눈 속엔 춘천이 있
고 서울에 오는 눈 속엔 서울이
있네 서울에 오는 눈이 진주에도
오고 부산에도 오고 수원에도 오
네

오늘 하루종일 내리는 눈발
속에 하루가 내리고 오늘 오는
눈은 어제 오던 눈이 눈 속에
눈 속에 내가 있네

눈은 내리고 눈발 속에 내가 사라지네 눈발이
나를 덮네 간절함도 애절함도 눈
발에 파묻히는 불빛일 뿐

1. "서울에 오는 눈이 춘천에도 오고 진주에도 오고 부산에도 오고 수원에도" 온다. 서울의 눈이 다르다. 춘천의 눈이 다르다. 시인은 이것을 "춘천에 오는 눈 속엔 춘천이 있고 서울에 오는 눈 속엔 서울이 있"다는 것으로 표현했다. 눈은 다 다르게 존재한다. 세상 곳곳에 눈은 다 다르게 존재한다. 아니다. 곳곳의 눈이 다 다르다면 그것을 존재한다고 말할 수 없다. 무엇이 존재하는가. 다 다른데 '무엇이' 존재하는가. '다른 것'이 존재할 뿐이다.[7] 기표로서의 눈은 계속 미끄러지는 기표이다. 미끄러지는 기표 때문에 눈은 계속 확정되지 않는 눈이다. 기의로서의 눈은 계속 확정되지 않는다. 확정되는 순간 기표는 또 미끄러진다. 또 확정되는 순간 기표는 또 미끄러진다. 눈은 있는 것 같지만 없다. 그러나 없는 것 같지만 또 있다.

---

7) 데리다적으로 해석하면 눈은 차이로서 존재한다. 공간적 차이로서 존재한다. 흔적으로서 존재할 뿐이다.

눈은 있는 것 같지만 없고 없는 것 같지만 있다.

2. 오늘 오는 눈이 다르고 어제 오는 눈이 다르다는 것. 다르다는 것을 시인은 "오늘 오는 […] 눈 속에 […] 내가 있"기 때문이라고 표현했다. 내가 없던 어제의 눈과 오늘의 눈은 다르다는 것이다. 사실 내가 있던 없던 어제의 눈과 오늘의 눈은 다를 것이다. 오늘의 눈과 내일의 눈은 다를 것이다. 눈이 영원히 내린다면 눈은 하나로 규정할 수 없게 된다. 눈은 위에서처럼 확정되지 않는 눈이다. 확정되는 순간 내일이 온다. 내일의 눈은 다르다. 내일의 눈이 확정되는 순간 모레의 눈이 온다. 모레의 눈은 다르다.[8] 눈은 확정되지 않는 존재이다. 확정되지 않는 존재는 존재라고 할 수 없다. 위에서처럼 눈은 있는 것 같지만 없다, 그러나 '없는 것 같지만 또 있다'라고 말할 수 있다. '눈은 있는 것 같지만 없고 없는 것 같지만 있다'라고.

3. "눈발에 파묻히는 불빛"에 대해서 : 눈발 속에 있는 불빛은 불빛이 아니다. 눈발이 불빛이니까 불빛이 아니다. 눈이 더 환하니까 불빛이 불빛이 아니다. 은세계를 자동차 헤트라이트를 켜고 달리는 것과 같다. "눈발에 파묻히는 불빛", 즉 '눈발 속의 불빛'도 있는 것 같지만 없는 것과 같고 없는 것 같지만 있는 것과 같다.

---

8) 데리다적으로 말하면 눈은 계속 연기된다. 눈은 계속 연기됨으로써 존재한다. 눈은 시간적으로 계속 연기됨으로써 존재한다. 역시 흔적으로서 존재한다고 할 수 있다. 눈은 결국 '공간적 차이'(각주 7 참조)로서의 존재이고 '시간적 연기'로서의 존재이다. '차연'으로서의 존재이다. 흔적으로서의 존재이다. 정리하면 서울의 눈과 춘천의 눈이 다르므로, 공간적 차이로서 존재하는 것이므로, 흔적으로서 존재하는 것이고, 어제의 눈과 오늘의 눈은 다르므로, 시간적으로 계속 연기됨으로써 존재하는 것이므로, 흔적으로서 존재하는 것이다. 눈이 만약 '주체'라면 주체는 흔적으로서의 주체이다. 없다가 있고 있다가 없는 주체이다. 있고 없고가 중요하지 않은 주체이다. 있고 없고가 둘이 아닌 주체이다(不二思想). 있고 없고가 다른 것이 아닌 주체이다(不異思想). 이점이 데리다와 '불교의 선사상'이 만나는 접점이다.

1, 2, 3의 결론은 있는 것 같지만 없고 없는 것 같지만 있다고 하는 것이다. 묘유즉진공(妙有卽眞空), 진공즉묘유(眞空卽妙有), 혹은 색즉시공(色卽是空), 공즉시색(空卽是色)의 사유라고 할 수 있다. 묘유즉진공은 '있는 것 같으나 실제로는 없는 것이다'라는 뜻이다. 색즉시공 역시 비슷하게 해석할 수 있다. '색'을 '묘유'로 보는 것이다. 눈이 '나'이고, 불빛 또한 '나'라면 나는, 주체는, 있는 둥 마는 둥 존재한다는 것이다. 데리다의 말을 빌면 흔적으로서 존재한다는 것이다. 굳건하게 존재하지 않는다는 것이다. 궁극적으로 볼 때 무의 사유라고 할 수 있다. 주체 부정의 사유라고 할 수 있다.[9] '주체 부정'이라는 점에서 선사상과 데리다가 만나고 있다.

주체 부정은 프로이트로 거슬러 올라가, 라깡으로 이어지고, 다시 데리다로 이어진 것이다. 프로이트의 경우, '나'는 무의식이고, 그러므로 나는 타자이기 때문이다. '의식의 나'의 타자이기 때문이다. '의식의 나'는 없는 것이기 때문이다. 라깡의 경우,[10] '나'는, 나의 무의식은, 언어로 직조되어 있고, 언어는 정박하지 못하고 계속 미끄러지기 때문이다. 나는 언어의 연쇄로서 존재한다. 여기서 언어는 기표이다. 나는 기표의 연쇄로서 존재한다. 환유의 연쇄로서 존재한다. 기표의 연쇄이고 환유의 연쇄인 것은, 하나의 기의로 정박하지 못하는 것은, 결핍되었기 때문이다. 요컨대 결핍에 의한 욕망의 연쇄가 기표의 연쇄이다. 정박하지 못하는 언어를, 정박하지 못

---

9) 박찬일, 같은 책, 80~85면 참조.

10) 라깡의 경우도 무의식이 주체이다. "주체는 무의식의 영역에 자리하고 있다"(Le Séminaire XI). 그리고 무의식은 타자이다. "무의식은 초개인적이며 구체적인 담론의 한 부분이다"(『Écrits』)라고 말하고 있기 때문이다. 무의식이 초개인적이라는 것은 개인의 것이 아니라는 것이다. 무의식이 구체적인 담론의 한 부분이라는 것도 마찬가지다. 개인의 것이 아니라는 것이다. 타자의 것이라는 것이다. 무의식은 "타자의 담론"이라는 것이다. 나는 타자다, 주체는 타자다, '진리는 외부에 존재한다'는 라깡의 명제들도 그래서 성립하는 것이다(홍준기, 「라깡의 주체 개념」, 『현대 비평과 이론』, 1997 가을·겨울, 37~38면 참조).

하는 언어로 직조되어 있는 무의식을, 정박하지 못하는 언어로 직조되어
있는 무의식의 나를, 주체라고 할 수 없다.

　이미 위의 「어제 오는 눈」에서 제시되었듯이, '나'는 차이로서 존재하
고 연기로서 존재한다(데리다의 경우). 공간적 차이이고 시간적 연기이다. 즉
나는 흔적으로 존재한다. 흔적으로 존재하는 것을 존재한다고 할 수 없다.
주체라고 할 수 없다. 「언어」(『너라는 햇빛』, 2000)라는 시의 앞부분과 뒷부
분이다.

> 　내가 사는 곳은 언어, 언어 속에 내가 있다 아니 언어가 나다 […] 지
> 금 말하는 건 내가 아니라 언어, 그것, 알 수 없는 힘이다

　"언어가 나다"라고 한 것은 라깡식으로 이해하면, 나는 없다고 한 것
이다. 언어는 계속 미끄러지기 때문이다. 언어는 정박하지 않는 언어이기
때문이다. 주체를 부정하는 것이다. 주체 부정의 시이다. "지금 말하는 건
내가 아니라 언어, 그것, 알 수 없는 힘이다"에서는 더욱 노골적으로 프로
이트, 그리고 라깡을 드러내놓고 있다. '그것'은 독일어의 '에스es'로서 무
의식을 의미한다. 무의식은 "알 수 없는 힘"이다. 무의식은 힘이 매우 세
다. 무의식을 에스es로 한 것은 프로이트이다. 무의식 es를 언어와 병치시
켰으니 이것은 라깡이다. 라깡을 얘기한 것이다. 다시 말하지만 라깡에게
는 무의식의 질서는 언어의 질서였다. 프로이트, 라깡을 통해 주체를 부정
하고 있다.

　"지금 말하는 건 내가 아니라 언어"라고 한 것은, 말하는 것이 내가 아
니고 언어가 말하게 한다고 한 것이므로, 내가 시를 쓰는 것이 아니라 언
어가 시를 쓰게 한다고 한 것이다. '지금 내가 말하는 것'은 '시 쓰기'일
것이기 때문이다. 시 쓰기의 주체가 '나'가 아니라 '언어'라고 천명한 것이

다. 언어는 무의식(="그것, 알 수 없는 힘")이므로, 무의식의 언어는 미끄러지는 언어이므로, 정박하지 않는 언어이므로, 주체를 부정하는 것이므로, 내가 쓰는 시는 내가 쓰는 것이 아니라는 것이다. 타자가 쓰는 것이라는 것이다. 시에 대한 입장을 명백히 밝혔다는 점에서 메타시이다. '시쓰기는 타자의 시쓰기'라는 것을 명확히 밝혔다는 점에서 메타시이다. 프로이트, 라깡의 사상(?)을 통해 시의 입장을 밝혔으니까 메타 사상시이다.

주체가 없다는 인식에 도달한 자, 혹은 주체가 없다고 믿고 싶은 자의 시는 어떤 시인가. 『인생』의 다음과 같은 시가 아닐까.

스님은 하루 종일 땅을 두드리고 어리석은 난 시를 쓰네 오늘도 난 음식만 축내고 사네 저 햇빛 속엔 하루 종일 아이들 지껄이는 소리 머언 마을 닭 우는 소리 기차 지나가는 소리

—「시」 전문

"스님"이 "두드리"는 것은 목탁이다. 목탁을 두드리는 것이다. 도를 닦는 것이다. '나'를 찾는 행위이다. 내가 "시를 쓰"는 것도 나를 찾는 행위이다. 이승훈의 시쓰기는 '자아찾기의 긴 여정'이었다. 그러나 "어리석은" 것!, "음식만 축내"는 짓! 어리석은 것, 음식만 축내는 짓이라고 한 것은 '자아 찾기'가 쓸 데 없는 일이라고 하는 것이다. 이승훈은 또 자아(주체)가 없다는 것을 주장하려고 하는 것으로 보인다. 주체가 없다는 것을 주장하려고 했다는 것은 그 다음 구절들 때문이다. "아이들 지껄이는 소리", "닭 우는 소리 기차 지나가는 소리"는 비웃는 소리이다. 자아를 궁구하는 스님과 자아를 궁구하는 시적 자아의 힘을 빼는 소리이다(어리석은 일이라고 한 것, 음식만 축내는 일이라고 한 것에 이어 두 번째 힘 빼기이다). '나'를 궁구해도, 이와는 별도로, 나와는 별도로 "아이들 지껄이는 소리", "닭 우는 소리",

"기차 지나가는 소리"는 있다는 것이다. '나'가 없어도 세상은 존재한다는 것이다. '나'가 없어도 세상은 존재한다고 한 것이므로 '나'가 없다고 한 것이다. 나는 없는 것과 마찬가지이다.

6. 보론 : 자기 치유로서의 시쓰기

이승훈의 시는 전통적 의미의 보여주기 위한 시가 아니다. 독자에게 보여주기 위한 시가 아니다. 자기 자신에게 보여주기 위한 시이다. 송준영의 말을 빌면 "화자가 청자이고 청자가 화자인 독백"[11]의 시이다. 자기 자신에게 보여줌으로써 자기 자신을 치료하려는 시이다. 「너」(『너라는 햇빛』, 2000) 전문이다.

> 캄캄한 밤엔 아무것도 보이지 않는다 그러나 너를 만났을 때도 캄캄했
> 다 캄캄한 밤에 너를 만났고 캄캄한 밤 허공에 글을 쓰며 살았다 오늘도
> 캄캄한 대낮 마당에 글을 쓰며 산다 아마 돌들이 읽으리라

"허공에 시를 쓰며 살았다"? 누가 읽을 수 있었는가. 허공에 쓴 글을 누가 읽을 수 있었는가. "마당에 글를 쓰며 산다"? 누가 읽을 수 있는가. 마당에 쓴 글을 누가 읽을 수 있는가. "아마 돌들이 읽"을 것이다. 아니다. 시인은 기억하고 있다. 허공에 무엇을 썼는지를, 마당에 무엇을 썼는지를. 시인은 허공에 토해 놓았다. 시인은 마당에도 토해 놓았다. '병'을 토해 놓았다. 시인은 병으로부터 가벼워진다. 이것이 이승훈의 시쓰기이다. 치료로서의 시쓰기를 명확히 밝힌 곳은 「이 글쓰기」(『나는 사랑한다』, 1997)에서다. 부분이다.

---

11) 송준영, 「현대 선시의 새로운 기미」, 『현대시』, 2002. 11, 123면.

　　난 글쓰는 환자 불안 때문에 병이 든 이승훈 씨는 우울 때문에 병이
든 이승훈 씨다 그러나 어제부터, 꿈속에서 박목월 선생님이 나타나시고
난 글을 써야 한다고 생각했다 글쓰는 환자들은 행복하다 글쓰기는 병을
치료하는 한 가지 방법이다.

　　"불안"에 시달리는 "환자"이다. "우울"에 시달리는 환자이다. 그러나
"글쓰는 환자들은 행복하다"고 말한다. 글쓰기가 "병을 치료하는 […] 방
법"이기 때문이다. 글쓰기를 배설로 보는 것이다. 배설은 원래 동정과 공
포의 배설이었다. 즉 격정의 배설이었다. 그러나 이승훈의 경우에서는 불
안의 배설이다. 우울의 배설이다. 배설은 정화(카타르시스)이다. 이승훈에게
는 치료이다.

　　불안과 우울은 주체의 불안과 우울이다. 주체의 분열에서 오는 불안과
우울이다. 그러므로 모더니즘의 불안과 우울이다. 모더니즘은 주체의 분열
에서 성립되었기 때문이다. 그러나 주체가 약화되었다면, 있는 둥 마는 둥
하는 존재라면, 혹은 주체는 타자다, 혹은 '주체는 없다'라는 결론이 내려
진다면 불안과 우울은 사라지게 된다. 불안과 우울은 주체의 불안과 우울
이므로 주체가 없으면 따라서 없는 것이다. 이승훈의 시적 궤적이 주체 분
열의 시에서 주체 부정으로 간 것을 이러한 실증주의적 관점에서 접근할
수 있다. 즉 주체 분열에서 주체 부정으로 간 것을 '병'의 치유 과정으로
간주할 수 있다. 이승훈의 시쓰기는 자기 치유의 가장 모범적인 예인지 모
른다.12) 다르게 표현하면 "생활인으로서의 삶"을 "시인으로서의 삶",13) 즉
시로서 치유하려는 가장 모범적인 예인지 모른다.

---

12) 이에 대해서는 박찬일, 앞의 책, 80~85면을 참조할 것.
13) 윤호병, 「해체의 세계와 포스트모던의 세계 : 이승훈의 시세계」, 『현대시』, 2002. 11,
　　117면.

새관점과 개구리관점의 변증

김석준론

회생불능이다
실존을 걸고 문제와 맞서지만
삶은
길이 없다
정신착란이다
잘못 들어선 길은 벽이다
하늘에도
지하에도 길은 있지만
지상의 평화는 막다른 골목이다
— 김석준, 「벽」 부분

1. 들어가며

김석준은 시를(혹은 시인을) 어떻게 생각하고 있는가. 이를 알 수 있게 해 주는 시가 2편 있다.

> 시인은 직업이 아닙니다. 시인의 직업은 순수입니다. 여러분의 영혼에 사랑과 아름다운 세계를 채우고 싶습니다. 사랑하세요. 저는 사랑의 사자(使者)입니다. 시는 당신들의 영혼을 가꾸는 생명의 양식입니다.
>
> — 「시인통신(詩人通信)」 부분

"시인"을 "직업이 아"니라고 한 것은 시 쓰는 행위를 생산적 행위가 아닌 소비적 행위로 보는 것이다. "사랑의 사자(使者)"라고 하는 것도 주목된다. 사랑 역시 생산적 행위가 아닌 절대적 소비행위이기 때문이다. 돈을 벌려고 사랑하지 않는다. 대개 돈을 벌려고 시를 쓰지 않는다.

「술세 뜯는 사람 2」에서도 비슷한 애기를 하고 있다.

> 아내여! 미안타
> 시를 위해 한 평생 살아온 나의 삶이
> 미안타, 아내여!
> 가장 낮은 자리에서
> 가장 아름다운 꿈을 꾼다는 것이
> 이렇게 어려운 줄 몰랐다

-「술세 뜯는 사람 2」 부분

"시를 위해 한 평생 살아온 나의" 지난한 "삶"을 "아내"에게 토로하는 형식으로 썼다. "가장 낮은 자리에서 / 가장 아름다운 꿈을 꾼다는 것이 / 이렇게 어려운 줄 몰랐다"라고 한 것이 압권이다. 예수는 마굿간에서 태어나 세상을 구원하는 꿈을 꾸었다. 그리고 십자가형을 당했다. 김석준의 이 말을 현대의 시인의 위치에 대한 탁월한 요점정리라고 할 수 있다.

김석준의 시 세계를 관류하는 열쇠어들로 어머니, 새관점(혹은 개구리 관점), 허무주의를 말할 수 있다.

2. 구심력의 삶을 사는 자

김석준의 '남은 삶'은 시를 위한 삶인가, 어머니를 위한 삶인가. 시를 위한 삶은 다른 말로 하면 예술가적 삶이다. 시집 맨 앞에 둔 '기침소리'

연작을 읽고 하는 소리이다. 김석준은 어머니를 위해서라면 하지 못할 일이 없어 보인다. 어머니를 위해서라면 예술가적 삶도 포기할 것으로 보인다. 그동안 많은 예술가들에게 가정(혹은 가족)과 '예술의 죽음'은 같은 것으로 인식되었다. 많은 예술가들이 가정을 등한시했고 가정에서 벗어나려고 했다. 가정은 창조적 행위를 위험하게 하는 것이었다.

간단히 예술가들은 규율 규범을 준수하는 구심력의 삶을 사는 사람들이 아닌, 규율 규범을 위반하는 원심력의 삶을 사는 사람들이라고 할 수 있다. 원심력의 삶을 살아야 '예술이 잘 된다'고 생각했다.

> 지금은 새벽 두시
> 한 편의 불후 명작을 쓰기 위해
> 밤을 새우고 있다
> 머리에 떠오른 절묘한 한 구절의 어휘
> 잔기침이 몇 번 들리더니
> 이내 가래 끓는 소리가 그렁그렁 난다
> 외할머니가 그러셨던 것처럼
> 어머니는 해소를 앓고 계신다
> […]
> 나이 사십이 되도록 장가 못간 아들 걱정이
> 기침을 키우셨나보다
> […]
> 내 머리 속에 떠오른 한 구절의 아름다운 시는
> 어머니의 거친 기침소리에 박자를 맞추어
> 춤추고 노래하고 있다
> 산산이 흩어지고 있다

-「어머니-기침소리 1」

특히 후반부가 문제이다. "한 구절의 아름다운 시"가 "어머니의 […]

기침소리에 박자를 맞추어 / 춤추고 노래하고 있다”고 하였다. “산산이 흩어지고 있다”고 하였다. 김석준을 힘들게 하는 것은 그런데 ‘산산이 흩어진 한 구절의 아름다운 시’가 아니라, “아들 걱정”에 “기침을 키우셨”을 어머니의 “해소”였다. 한 구절의 아름다운 시가 원심력과 관계있다면 어머니의 해소는 구심력과 관계있다. 김석준을 끌고 가는 힘은 구심력이었다.

다음 시에서도 사정은 마찬가지이다.

> 정적을 깨는 누군가의 기침소리에
> 가슴 한 켠이 미어져 온다
> 박사 공부 시키면서
> 늘어지는 자랑 소리 귓가에 쟁쟁한데
> 어머니 기침소리는 잦아들지 않는데
> […]
> 어머니의 가래가 내 목구멍으로 넘어가고 있다
> 여전히 글자들은 춤추며 노래하며
> 남산 타워를 헤매고 있다.

−「도서관−기침소리 2」

압권은 “어머니의 가래가 내 목구멍으로 넘어가고 있다”고 한 것이다. 자신의 것이 아닌 다른 사람의 ‘가래’를 삼킬 수 있는 사람은 ‘어머니 이상의 사랑’을 가져야 한다. 김석준의 어머니에 대한 사랑을 어머니 이상의 사랑이라고 할 수 있다.

문제는 그동안, 어머니의 가래가 시적 화자의 목구멍으로 넘어가고 있는 동안, “글자들”이 “남산 타워를 헤매고 있다”고 한 것이다. 예술(혹은 학문)이 어머니 뒷전으로 다시 밀려나고 있는 형국을 보여주고 있다. ‘구심력으로서의 삶’은 김석준의 이번 시집이 보여주는 중요한 열쇠어 중의 하나이다. 구심력으로서의 삶을 ‘어머니를 향한 삶’이라고 고쳐 말할 수 있다.

시 「어머니」에서 김석준은 다음과 같이 쓰고 있다.

> 어머니는 차라리 종교다
> 삶의 피곤과 허무가 숨쉬는 나락에서도
> 생명이 늘 숨쉬는 곳
> 절망을 보다듬어
> 따뜻한 모음으로 자장가를 불러주는
> 지상낙원
> 어머니
>
> ―「어머니」 전문

어머니를 "종교"라고 격정적으로 토로하고 있다. 어머니를 "생명이 늘 숨쉬는 곳 [⋯] 지상낙원"이라고 격정적으로 토로하고 있다. 종교와 예술은 양립하기 힘든 것이다. 지상낙원과 예술 또한 양립하기 힘든 것이다. 종교와 지상낙원은 갈등을 지양려는 곳, 혹은 갈등이 지양된 곳이기 때문이다.

다음과 같은 시도 '구심력으로서의 삶'에 대한 직설적 토로이다.

> 권총 한 자루 가슴에 품고
> 가을 기침소리를 듣는다
> 쥐꼬리만한 강사료에 책 한 권 못사는데
> 어머니 약 한 첩 못 짓는데
> 남이야 보건 말건
> 냄새야 나건 말건
> 비닐 봉투에 한 가득 은행을 줍는다
> [⋯]
> 나는 내년 가을이 되면 또 은행 강도가 될 것이다
> 내후년 가을에도

또 그 다음 해에도
어머니 기침소리 들으며
악랄한 은행 강도가 될 것이다

―「은행 털기―기침소리 5」

가을의 노란 은행잎이―폴란드 망명정부의 지폐가 아니라―정말 지폐였으면 좋겠다는 생각을 한 적이 있었다고 어느 시인으로부터 들은 적이 있다. 김석준은 은행나무의 은행 열매를 터는(?) 것과 은행에 가서 은행을 터는 것을 일치시키고 있다. "비닐 봉투"에 "가득"한 "은행"이 정말 '은행돈'이었으면 좋겠다는 생각을 했으리라.

"어머니 약 한 첩 못 짓는" 처지를, 그리고 "책 한 권 못사는" 처지를 비관하여 쓴 시이다. '가난'을 격정적으로 토로하였다고 할 수 있다. 좀 더 솔직하게 말한다면 "은행강도"가 되어서라도 어머니의 기침소리를 낮게 하고 싶은 마음을 피력하였다고 할 수 있다.

3. 동고(同苦)의 시, 혹은 분열

'기침소리' 연작들을 '구심력으로서의 삶'에 대한 직설적 토로가 아닌 '동고(同苦)의 시'로서 접근할 수 있다.

어머니 기침소리 점점 커져만 가는데
가을은 어머니 사랑만큼 높아져만 가는데
나는 어두운 길목 어스름을
홀로 배회하고 있다
사랑한다는 말 한 마디 하지 못하고
그저 어머니 등골만 파먹고 있다

―「은행 굽기―기침소리 6」 부분

"어머니 등골만 파먹고 있"는 자아를 학대하는 시이다. "어머니 기침 소리"를 멎게 하지 못하는 자신의 무능함을 탄식하는 시이다. 그러나 가난 이 어찌 김석준 하나만의 경우이겠는가. 문제는 '이웃의 불행'에 무관심한 사회이다. 김석준이 어머니의 기침에 동고하는 것처럼 이웃의 불행에 동고 하지 못하는 이 나라 이 사회이다. 김석준이 어머니의 기침에 동고하고 있 다면 그는 또 이웃의 기침에 동고하는 자라고 할 수 있다. 동고의 능력은 그냥 얻어지는 것이 아니라, 연습을 통하여 얻어질 수 있다고 한 자는 계 몽주의 시대의 레싱이었다. '비극(Trauerspiel)'의 목표는 동고(혹은 연민)을 연 습시켜 이웃의 불행을 감소시키는 데 있었다. 김석준은 많이 동고하는 자 라고 할 수 있다. 「기침소리 3」을 보자.

어머니의 기침소리 들으면
잠들지 못한다
나도 내 몸 안에 지병을 키우고 있다
밤새 뒤척이면서
창가를 지나는 새벽달을 보고 있다

-「불면증-기침소리 3」 부분

시적 화자는 "기침소리"에 동참하고 있는 자이다. 그리하여 "불면증" 이라는 "지병을 키우고 있"는 자이다. 이 시를 '이웃의 불행에 대한 동참' 의 알레고리로 볼 수 있다. 더 과격한 시도 있다.

한 땀 한 땀 짜여진 수의는
지상에서 가장 화려한 옷
삶의 종착지에 온몸이 죄여지는
순간,
뼈마디에서 떨어지는 눈물은

새관점과 개구리관점의 변증 189

차라리 기쁨으로 밀려오는 서러움

-「염」 부분

동고(同苦)가 지나쳐 죽고 싶다고 한 것으로 볼 수 있다. "수의"를 "지상에서 가장 화려한 옷"이라고 하였다. 죽음 예찬이 아닐 수 없다. "기쁨으로 밀려오는 서러움"은 모순어법의 백미이다. 서러움도 기쁨이 될 수 있다?

총명한 정신들은 때로 모순된 태도를 취한다. 김석준은 가난에 절망하는 '기침소리' 연작을 쓰면서 다음과 같은 구절 또한 선보이고 있다.

바리때 하나 걸치면
온 천하가 자비(慈悲)로 가득한데
무얼 탐하고
무엇을 탓하겠는가

-「눈 내리는 내소사」 부분

"무얼 탐하고 / 무엇을 탓하겠는가"라고 하였다. 앞의 '기침소리' 연작에서는 가난으로부터 벗어나고 싶은 갈망과 함께 이런 가난을 벗어나지 못하는 시적 화자의 무능함을 토로했었다. 그런데 "무얼 탐하고 / 무엇을 탓하겠는가"라니?

살아 숨쉰다는 것만으로 기뻐하고 싶다

-「나는 무엇인가」 부분

삶을 예찬하는 것은 또한 앞의 죽음 예찬과 모순된다. 모순은 분열과 인접의 관계에 있다. 인간은 분열의 존재이기도 하다. 아침에는 살고 싶어

하다가 저녁에는 죽고 싶어 한다.

4. 새관점

　김석준의 시를 얘기하면서 '새관점(Vogelperspektive)'을 꺼내지 않을 수 없다. 새관점의 다른 말은 헤겔 관점, 루카치 관점, '전체를 보려는 관점'이다. 과거 현재 미래를 말하는 역사철학적 관점이기도 하다. 간단히 조감도(鳥瞰圖)라고 할 수도 있다. 김석준의 시들이 철학자의 관점을 가진 것은 그가 본시 철학도였다는 점에서 간단히 그 이유를 찾을 수 있다(물론 역사철학적 거시적 철학만이 있는 것은 아니다). 문제는 철학도에서 문학도로의 변화이다. 문학에서는 철학의 거시적 관점, 새관점이 통하지 않는다는 것이다. 「운명」이라는 시를 보자.

　　　보이지 않는 속박 속에서
　　　그것이 속박인 줄 모르고 인간들은 산다
　　　연못은 물고기들의 우주
　　　삶은 한 점을 향하여 내달리지만
　　　아무도 모른다
　　　그것이 죽음이란 것을

　　　씨가 땅을 딛고 뿌리를 내리는 순간에도
　　　그 곳은 또 하나의 멍에인 것을
　　　너희들의 우주가 한 줌 흙이라는 것을
　　　아무도 모른다

　　　나의 우주는 초라함 아니 위대함
　　　서로 다른 이상의 뿌리를 가슴 속에 심어내며
　　　많은 꿈들을 꾸지만

> 꿈은 나의 우주
> 또 나의 멍에
>
> 인간들은 모른다
> 꿈조차 속박이라는 것을
> 우리들의 모든 삶이
> 생명으로 오는 모든 것들이
> 허무라는 것을

전문을 인용하였다. 김석준의 새관점, 철학적 관점이 모범적으로 예시되었다고 판단하였기 때문이다.

① "속박인 줄 모르고 인간들은 산다"고 단정지었다. 어느 문학인은 이렇게 소리칠 것이다 : 속박인 줄 모르고 사는 인간들의 모습을 보여 달라.

② "삶은 […] 죽음"이라는 "한 점을 향하여 내달"린다고 하였다. 그 문학인은 다시 소리 지를 것이다 : 죽음이라는 한 점을 향해 내달리는 비극성을 구체적으로 보여 달라.

③ "씨가 […] 뿌리를 내리는 […] 곳"이 "하나의 멍에"라고 또 단정지었다. 그 "한 줌 흙"이 씨의 "우주"라고 하였다. 어느 시인은 이렇게 소리칠지 모른다. 한 줌 흙에 갇혀 이전투구하는 '씨'의 모습을 보여달라.

④ "꿈은 나의 우주"이며 또한 "나의 멍에"라고 말하였다. 어느 시인이 또 소리친다 : 그것이 도대체 무슨 뜻이냐고. 구체적으로 구체적으로 적시해달라고!

⑤ 문제는 또 있다. 독자들에게 노골적으로 설교를 한다. 그것도 이해

가 잘 안 되는 설교를. "인간들은 모른다 / 꿈조차 속박이라는 것을 / 우리들의 모든 삶이 / 생명으로 오는 모든 것들이 / 허무라는 것을". 무슨 뜻인가. 이것은 필자의 질문이다.

오늘의 편함을 위해서가 아니라
내일의 행복을 위해서 글을 쓴다

―「왼손으로 쓰는 글―명상을 위한 소곡」 부분

여기에도 "편함"과 "행복"이라는 관념이 들어가 있다. 물론 새관점으로서의 관념이다. 새관점은 큰 관념을 보는 것이다. 책상 아래의 작은 관념들은 보지 못한다. 설명하지 못한다.

산다는 것은 죽음에 가까워지는 존재의 아이러니일 뿐이다

―「종로 5가 양약상―신설동에서 광화문까지 4」 부분

역시 새관점, '새관념'일 뿐이다. "죽음에 가까워지는 존재의 아이러니"를 화가가 그림으로 보여주듯, 작곡가가 음악으로 들려주듯, 구체화시켜 보여주고 들려주지 않고 있다.
형이상학적 태도 역시 새관점과 관련 있다.

세상의 모든 심판은
인간이 내리지만
영원한 심판은 신이 내립니다

―「자기백서―소크라테스의 변명 1」

"영원한 심판"이라는 말이 대홍수, 묵시록, 최후의 심판처럼 형이상학

적으로 들린다.

시는 새관점이 아니라 개구리관점(Froschperspektive)과 인접의 관계에 있다는 것이 필자의 생각이다. 물론 김석준의 시편들에서 개구리관점에 의해 쓰여진 것들이 없는 것이 아니다. 어머니에 대한 시편들 대부분 개구리관점에 의해 쓰여졌다(이점에서 김석준의 시세계를 새관점과 개구리관점의 변증이라고 간단히 정의할 수 있다). 몇 소절 예를 들어보자.

> 어머니 겨울입니다
> 차창 밖으로 밀려오는 그리움 사이로
> 원시의 탯줄이 잘리었을 때
> […]
> 알 수 없습니다
> 스물 여섯 해를 넘긴 의미와
> 꿈에 이른 한 마리 토끼가
> 눈 덮인 산야에서
> 굶어 죽는 이유를
>
> −「절대 고독−26살의 자서전」

어머니의 "탯줄"에서 "잘"려진지 "스물 여섯 해"가 지났다고 하고 있다. 그런데 "꿈"에서 '그 "토끼"'가 "굶어 죽"었다고 하고 있다. 눈물겨운 이야기가 아닐 수 없다. 「만행」 및 「벽 2」에서의 다음과 같은 구절들에서도 개구리관점을 중시하는 태도를 읽을 수 있다.

> 사미야 눈을 뜨럼
> 세상을 보려므나
> 사람 사이에 구도의 길이 있지 않느냐
>
> −「만행」 부분

벽창호처럼 벽만 바라본다
길은 없다
혼란한 머리
심란한 마음
밝은 눈을 틔우고 세상을 보자
사람 사이에 길이 있다
도(道)가 있다

―「벽 2」 부분

"사람 사이에 구도의 길이 있"다는 태도는 개구리관점을 권유하는 태도이다. 개구리관점으로 세상을 보라는 태도이다.

개구리관점과 새관점이 공존하는 시도 있다. 「새와 폭포」이다. 내용에서는 개구리관점이 승하고 형식에서는 새관점이 승하다. 전체적으로 개구리관점이 우세해보이는 것은 폭포의 관점에서 시가 진행되고 있기 때문이다. 폭포는 위에서 아래로 떨어지는 폭포이기 때문이다. 아래를 중시한다는 점에서 개구리관점과 인접해 보인다.

너희들은 모른다
아래로 떨어지는 것이
진정한 삶이라는 것을
하늘로 오르는 것이
허무라는 것을

추락은 내면에 이르는
사랑의 흰 피톨들의 아름다운 춤이라는 것을
너희들은 모른다

―「새와 폭포」 부분

"아래로 떨어지는 것"이 "진정한 삶"이라고 하고 있다. 일견 개구리관
점으로 보인다. '아래'에 정말 진정한 삶이 있기 때문이다. 그러나 '왜 아
래로 떨어지는 것이 진정한 삶인가'라는 질문에 이 시는 대답하고 있지 않
다. "너희들은 모른다"라는 대답만 들을 수 있을 뿐이다. 이 시를 살린 것
은 "추락은 […] 사랑의 흰 피톨들의 아름다운 춤"이라는 은유이다. 추락
을 구체적으로 예찬하고 있다. 추락은 개구리와 인접의 관계에 있다. 개구
리는 이미 '추락되어진' 존재이기 때문이다.

5. 허무주의

허무주의로서의 김석준의 시를 언급하지 않을 수 없다. 많은 시인들이
허무주의자들이다. 김석준이 다른 것은 허무주의만을 얘기하고 있지 않기
때문이다. 출구 없는 상황만을 얘기하고 있지 않기 때문이다.

> ① 인간도 그 모를 신의 그물에 걸려 허우적인다
>   허우적인다!
>
> —「명태 1」 부분

> ② 그러나 이 세상엔 아무런 의미가 없다
>
>   마지막 주검으로 삶을 불사르는
>   그래서 안주 되고 노래가 되는 명태
>   삶의 뒤켠 그늘엔 한줌의 뼈마디가
>   먼지에 쌓여서 흙으로 돌아간다
>
> —「명태 3」 부분

> ③ 달릴수록 피곤한 명태

　　　　피곤한 여행의 마지막에서
　　　　우리는 영원한 잠에 이른다

-「명태 7」 부분

　　④ 영구차는 벽제로 향하여 달린다
　　　　인생이라는 열차가
　　　　죽음을 향해 달리듯

-「명태 8」 부분

　간단히 명태 연작의 시들이 '인생이라는 열차가 죽음을 향해 달린다'(「명태 8」)는 메시지를 전달하고 있다고 할 수 있다. 허무주의에 대한 절창은 「어떤 죽음」이다.

　　　　떠난다는 것은 차라리 가슴 아픈 기쁨
　　　　탐욕의 옷을 벗어버리고, 무위의 수의를 입는
　　　　저 오묘한 순간을 위하여
　　　　모든 생명이 내밀한 사랑으로 왔듯이
　　　　그렇게 우는 소리는 소리 없이 사라지는구나

-「어떤 죽음」 부분

　"가슴 아픈 기쁨"이라는 모순어법은 아이러니이면서 역설이다. 아프지만 또한 기쁘다고 한 것이기 때문이다. 실제로 기쁜 일일 수 있기 때문이다. "탐욕의 옷을 벗어버리고, 무위의 수의를 입는" 순간이 기쁨과 관계있다. 시인은 이 순간을 "오묘한 순간"이라고 명명하였다.
　허무주의의 끝에서 김석준은 다시 어머니를 만나고 있다.

　　① 돌아가고 싶다, 어머니 자궁 속으로. 생각도 없고, 의미도 모르는

존재의 시원으로 돌아가고 싶다

-「광화문-신설동에서 광화문까지」 부분

② 어머니 자궁이 그립습니다
지금 입고 있는 옷은
내 옷이 아닙니다
다만 꽉 조이는
탐욕의 옷일 뿐입니다

-「옷」 부분

①에서 김석준은 "돌아"갈 곳이 "어머니의 자궁"이라고 명시적으로 밝히고 있고, ②에서도 "내 옷"은 "어머니 자궁"이라고 명시적으로 밝히고 있다. 구원은 어머니의 자궁에 있다고 한 것이다. 수작은 「외로움」이다.

남풍이 전하는 파란 소식에
근원을 알 수 없는 기쁨은
놀란 가슴이 되어 자궁으로 돌아간다

-「외로움」 부분

"근원을 알 수 없는 기쁨"과 "자궁"을 대면시키고 있다. 삶은 고역("탐욕")이고 고역에서 벗어나는 길은 자궁으로 돌아가는 길 뿐이라는 상투적 인식을 넘어 근원을 알 수 없는 기쁨의 탓을 '자궁의 기억' 탓으로 돌리고 있다. 근원을 알 수 없는 기쁨에 어쩔 줄 몰라 하는 시적 화자의 모습이 눈에 선하다. 놀란 가슴으로 어머니 자궁의 기억을 떠올리는 것이 눈에 선하다. 김석준의 허무주의가 간단히 '출구 없는 상황으로서의 허무주의'라고 말할 수 없다면 바로 이 시 때문이다.

'소극적 허무주의의 시'가 아닌 '적극적 허무주의의 시'라고 말할 수 있는 시가 있다. 니체를 생각나게 한다.

> 우린 아무 의미도 가치도 아닙니다
> 사랑하세요
> 그리고 존재의 의미를 느껴보세요
> 마음으로
> 영혼으로
> 세상을 보세요
> 눈은 밝게 트이고, 마음은 영혼으로 달려갑니다
> 명부에 든 자에겐 슬픔이란 없어요

-「하데스의 명부-소크라테스의 변명 5」 부분

압권은 "명부에 든 자에겐 슬픔이란 없어요"이다. 슬픔이 없다는 것은 기쁨이 없다는 것과 같다. 기쁨이 없는데 슬픔이 있을 리가 없다. 니체의 대지 긍정의 철학은 이 부분에서 출발한다. 니체는 가장 나쁜 나무를 '십자가 나무'라고 하였다. 십자가만을 바라보게 하고 내세만을 바라보게 하기 때문이다. 현세를 외면하라고 하기 때문이다. 현세에는 슬픔이 있고, 따라서 기쁨이 있는데 말이다.

6. 나가며

「백일홍」을 언급하지 않고 논의를 끝낼 수 없다.

> 꿈속에 보았네
> 나는 보았네
> 그리운 임 기다려
> 망부석 되어버린 백일홍 한 송이

어부의 아내는 늘 근심스럽다
회색빛 하늘 아래로 통통배 타고
떠나간 임 걱정에
가슴은 한줌 재로 변하여 버렸네
[…]
백일간의 백일홍이
태양의 회전과 같이 맞돌 때
하루에 하나의 꽃잎 떨굼을
꿈속에 보았네
나는 보았네
그리운 임 기다려 망부석 되어버린
그 망부석이 백일홍이 되는
그 사랑
그 진실을 나는 보았네

수작이다. "백일간의 백일홍이 / 태양의 회전과 같이 맞돌"며 하루에 하나씩의 붉은 꽃을 피우는 것이 아니라, 혹은 백일 간 붉음을 내뿜는 것이 아니라, "하루"에 "하나"씩의 "꽃잎"을 "떨"군다고 하고 있다. 백 개의 꽃잎으로 "망부석"을 만드는 장관을 연출하였다고 할 수 있다.

혹은 '백일홍'에 새로운 모습을 부여했다고 할 수 있다. 백 개의 꽃잎으로 이루어진 백일홍!

인간의 마음은 두 개 이상이다

오세영의 최근 시(집)들에 나타난 몇 가지 테제들

오세영의 최근 시집 『봄은 전쟁처럼』(2004)에는 주목할만한 테제가 여럿 존재한다. 여러 테제들이 서로 변증하고 있다. 테제들을 나열하면 다음과 같다.

'자연'을 통한 도시의 알레고리
'문명'을 통한 人間事의 알레고리
컴퓨터 문명 시대의 '비가'
'전쟁'을 통한 자연의 알레고리

그러나 본고에서 먼저 고찰하려는 것은 2001년의 시집 『적멸의 불빛』의 주요 테제인 '자연을 통한 人間事의 알레고리'이다. 오세영은 그동안 '자연'을 통해 人間事를 알레고리하는 시들을 주로 써왔다. 人間事는 '인류 보편적 人間事'이다. 오세영이 즐겨 쓰는 말을 빌면 '형이상학적 충족

(metaphysical fullfilment)'으로서 개별적인 것과 보편적인 것의 균형을 찾으려는 노력이다. '자연을 통한 人間事의 알레고리'는 전통적 서정시의 가장 중요한 세목이다.

1. '자연'을 통한 人間事의 알레고리

『적멸의 불빛』의 많은 시편들에서 '자연'을 통한 人間事의 알레고리가 발견된다. 序詩부터 그렇다.

> 고독할 때
> 내 육신은 무한에 떠 있는 섬
> 살갗에서 이는
> 밀물과 썰물의 적막한
> 호흡소리를 듣는다.

—「영원」 부분

"밀물과 썰물의 적막한 / 호흡소리"와 "무한에 떠 있는 섬"의 공존이다. 청각적 이미지와 시각적 이미지의 공존이다. 문제는 내용이다. '자연'을 통한 人間(事)의 알레고리이다. 인간은 무한에 떠 있는 섬과 같다는 것이다. 무한 속에서 내는 밀물과 썰물과 호흡소리와 같다는 것이다. '인간의 고독과 적막함'이 우주적 무한과 만나는, 혹은 우주적 무한이 '인간의 고독과 적막함'과 만나는 '찰나'를 포착하였다. 그 찰나는 사실 '무서운 찰나'이다. '무한한 적막' 속에 내맡겨져 있는 자신을 생각해보시라.

다음의 시도 '자연'을 통한 人間事의 알레고리이다.

> 태양은 우주의 눈

오늘도 호수를 들여다보고 있다.

자욱한 안개를 걷고
뛰노는 백조를 날리고
물결마저 잔잔히 잠재운 수면에
그지없이 맑게 비치는 그의 얼굴.
우주도 무구한 順行을 위해서는 가끔
자신을 성찰해야 한다.

—「흐린 눈」 부분

호수 위에 떠 있는 태양을 보고 "태양"이 "호수를 들여다보고 있"는 것이라고 하였다. 태양이 호수를 들여다보는 것을 태양이 "성찰"하고 있는 것이라고 하였다. 물론 태양의 성찰을 통해 '인간의 성찰'을 말하는 것이다. 성찰하는 인간 역시 人間事의 주요 세목이다. 다음의 시들도 '자연'을 통한 人間事의 알레고리이다.

무작정
앞만 보고 가지 마라.
절벽에 막힌 강물은
뒤로 돌아 전진한다.

조급히
서두르지 마라.
폭포 속의 격류도
소(沼)에선 쉴 줄을 안다.

—「강물」 부분

흐르는 물도 때로는
스스로 깨지기를 바란다.

까마득한 낭떠러지 끝에서
처연하게
자신을 던지는 그 절망.

―「폭포」 부분

"강물", "격류"들을 통해 "뒤로 돌아 전진"할 줄 아는 人間事, 때로는 "쉴 줄"도 아는 人間事를 알레고리하고 있다. 혹은, 뒤를 돌아 전진할 줄도 알아야한다고 가르치고 있다. 때로는 쉴 줄도 알아야 한다고 가르치고 있다. 알레고리를 '교훈적 알레고리'로 이해하는 것은 잘못이다. 일회적 비유, 역사적 비유는 모두 알레고리이다. 역사적 알레고리가 교훈적 알레고리를 포함한다. 교훈도 역사적 교훈, 가변적 교훈이다.

人間事에는 "스스로 깨지"고 싶어하는 욕망이 포함된다. 스스로 죽고 싶어하는 욕망도 포함된다. 「폭포」의 "폭포"는 절망의 욕망, 죽음의 욕망에 대한 알레고리이다.

2. '자연'을 통한 도시의 알레고리

『봄은 전쟁처럼』의 여러 테제들 중 필자가 우선 주목한 것이 '자연'을 통한 도시의 알레고리이다.[1] 자연이 시를 쓰게 하는 것이 아니라, 도시가 시를 쓰게 하고 있다. 도시는 다른 말로 하면 '현대적 삶의 요소'이다. '현대적 삶의 요소'가 시를 쓰게 하고 있다. 가령, '인터넷의 도시'가 시를 쓰게 하고 있다.

한밤의 고층 빌딩
인터넷 키보드를 두드리다 문득 창 밖을

---

1) 이하 인용한 시들은 별도의 언급이 없으면 『봄은 전쟁처럼』의 것들이다.

내려다본다.
꽃들인가. 계곡에 난만히 핀
네온의 불빛,
강물인가. 까마득히 아래에서 반짝거리는
헤드라이트 물결,
일순, 도시는 원시의 정글인데
홀로 홈페이지를 검색하는 나는
야행성 동물,
말에 굶주린 숲 속의 타잔같이
늘어진 한 가닥 코드에 매달려
절벽과 절벽을 건너뛴다.

—「타잔」 부분

"홈페이지를 검색하는 나"를 "야행성동물"에, 그리고 "절벽과 절벽을 건너"뛰는 "타잔"에 비유하고 있다. "네온의 불빛"을 "꽃들"에 비유하고 있다. "헤드라이트 물결"을 "강물"에 비유하고 있다. 도시적 삶의 요소들을 자연을 통해 알레고리하고 있다. 알레고리의 내용은 생동감(혹은 약동)이다. 야행성 동물, 타잔, 꽃들, 강물은 모두 '움직이는 것들', 그러므로 생동감을 표상한다. 자연의 생동감으로 도시의 생동감을 전달하고 있다. 이 시에서 도시의 생동감을 대표하는 것은 물론 "인터넷"이다. 인터넷이 「타잔」을 쓰게 하였다. 또 하나의 알레고리의 내용은 '일회적 허무주의'이다. 벤야민에 의하면 알레고리는 일회적 허무주의와 관계있다. 먼 훗날의 독자들이 (현재의) 도시적 삶의 요소들을 이미 끝나버린 것으로, 더 이상 존재하지 않는 것으로 인식한다. '일회적 도시적 삶의 요소들에 대한 시'라고 인식하는 먼 훗날의 독자들에 의해 알레고리는 완성된다. 네온 불빛, 헤드라이트, 홈페이지, '홈페이지를 검색하는 나'들은 모두 역사적 네온 불빛, 역사적 헤드라이트, 역사적 홈페이지, 역사적 '홈페이지를 검색하는 나'들이다.

영원한 네온 불빛, 영원한 헤드라이트, 영원한 홈페이지, 영원한 '홈페이지를 검색하는 나'들이 아니다. 꽃, 강물, 야행성 동물, 타잔들이 영원하지 않은 것과 같다. 일회적 비유는 모두 알레고리 제국의 식민지이다.2)

客觀的 語調를 유지하고 있다는 점에서 이 시를 '의미 부재의 알레고리'로 볼 수 있다. 'So what?'이라는 질문을 던질 수 있기 때문이다. 의미가 없다는 것은 다른 말로 하면 傳言이 없다는 말이다.

客觀的 語調의 다른 말은 중립적 관점이다. 중립적 관점의 시는 열린 형식의 시이다. 열린 형식의 시들은 독자들이 판단하게 하는 시이다. '열린 형식' 또한 주목에 값한다. 열린 형식은 현대적 실험시의 주요 항목이고 닫힌 형식은 전통적 서정시의 주요 항목이기 때문이다. 오세영은 그동안 '자연'에 대한 화자의 감정이입이 고스란히 독자에게 전환되는, 전통적 서정시를 쓰는 시인으로 간주되었다. 감정이입은 전통적 서정시의 주요 기법이었다.

「서울은 불바다 2」, 「물의 사랑」들도 중요하다.

> 말쑥한 키에 하늘거리는 가로등은
> 코스모스.
> 멀리 아파트 창마다 아른거리는 등불은
> 안개꽃.
> 담 너머 어두운 하늘을 향해 비치는 서치라이트는
> 해바라기.
> 어느새 감쪽같이 내려왔을까.
> 낮 동안 산과 들에 지천으로 깔린 꽃들은
> 밤들어 도시를 불 밝힌다.
> 튤립과 장미로 현란하게 피어나는

---

2) 벤야민에 기대어 말하면 人類史는 소멸의 人類史이다. 역사적 알레고리 역시 '소멸'의 알레고리이다. 소멸을 내용으로 한다는 말이다.

　　도심의 네온사인.

　　서울은 불바다, 지구의 꽃밭, 이 계절의 축제에
　　우리 춤을 추자.
　　가슴에 꽃들을 하나씩 달고
　　손에 손들을 마주 잡고
　　팡파레가 울리면 아마도
　　노동 1호는 축포를, 노동 2호는 꽃불을
　　하늘 높이 쏘아 올릴 것이다.

―「서울은 불바다 2」 부분

　　"가로등"은 "코스모스"로, "등불"은 "안개꽃"으로, "서치라이트"는 "해바라기"로, "네온사인"은 "튤립과 장미"로 비유되고 있다. 「타잔」에서처럼 도시적 삶의 요소들을(혹은 도시적 물상들을) '자연'을 통해 알레고리했다고 할 수 있다. 「타잔」에서처럼 알레고리의 내용은 '생동감'이거나 '일회적 허무주의'이다.

　　또 하나의 알레고리의 내용이 있다. 시의 뒷부분에서 "노동 1호"를 "축포"로 "노동 2호"를 "꽃불"로 비유하고 있다. 미사일 노동 1호와 노동 2호는 '전쟁'의 환유이다. 「서울은 불바다 2」를 구체적 역사적 현실과 관계있다고 보는 것이다.

　　전쟁과 평화는 동전의 앞뒷면 관계에 있다. '전쟁에 대한 알레고리'[전쟁을 내용으로 하는 알레고리]와 '평화에 대한 알레고리'[평화를 내용으로 하는 알레고리]도 동전의 앞뒷면 관계에 있다. 전쟁에 대한 알레고리는 그 자체가 아이러니의 특성을 지닌다. 평화주의를 背面에 갖고 있다. '평화주의에 대한 알레고리'를 뒷받침하는 것이 후반부의 "우리 춤을 추자. / 가슴에 꽃들을 하나씩 달고/ 손에 손들을 마주 잡고/ 팡파레가 울리면"이라는 구절들이다. '춤', '가슴에 단 꽃', '손과 손을 마주 잡는 것'들을 평화주의에 대한 알레고리로 보는 것이다. 물론 '춤', '가슴에 단 꽃', '손과 손을 마주 잡는 것'들은 알레고리를 넘어 상징의 문을 노크한다. 물론 평화의 상징이다. 알레고리는 역사적 알레고리이고, 상징은 초역사적 상징이다.

이 시를 쓰게 한 것이 도시적 물상들인가. 자연적 물상들[꽃들]인가. 아니면 노동 1호, 노동 2호인가. 서울을 불바다로 만들겠다고 한 북한의 엄포인가(시인은 「서울은 불바다 3」의 註釋에서 "1994년 이른 봄날, 남북회담에서 북은 서울을 불바다로 만들겠다고 했다"고 밝히고 있다). 노동 1호 및 노동 2호, 혹은 북한의 엄포가 이 시를 쓰게 한 계기라면 여러 개의 알레고리의 내용 중 가장 무게가 나가는 것은 역사적 현실에 대한 알레고리, 전쟁에 대한 알레고리, 평화에 대한 알레고리이다.

「물의 사랑」 또한 문제이다. 이를테면 시인이

> 등꽃 가로등 밑을 분주히 오가는 토끼 자동차,
> 아카시아 조명등 아래서 야근하는 일벌 노동자,
> 백목련 탐조등을 따라 막 이륙하는 뻐꾹 비행기,
>
> ―「물의 사랑」 부분

라고 했기 때문이다. 두 개의 알레고리가 가능하기 때문이다. 이를테면 "토끼"를 통한 "자동차"의 알레고리라고 볼 수 있고, 자동차를 통한 토끼의 알레고리라고 볼 수 있다. 알레고리의 내용은 앞의 「타잔」의 경우와 같다. 생동감의 알레고리, 일회적 허무주의의 알레고리, 혹은 의미부재의 알레고리들이다.

그렇다고 오세영이 전통적 서정시에서, 즉 자연의 요소들로 人間事를 알레고리하는 것에서 등을 돌린 것은 아니다. 최근의 '꽃'에 대한 연작시집 『꽃 피는 처녀들의 그늘 아래서』에 실린 대부분의 시들에서 '자연'을 통한

人間事의 알레고리가 '유지'되고 있다. 인간의 마음은 두 개 이상이다.

     살을 에는 추위와
     눈보라
     그 계절엔 아무도 믿지 않았다.
     기적 같은 너의 환생을……
     이른 봄,
     아직 언 땅 채 풀리지 않았는데
     길섶에서, 돌 틈에서, 맨 흙에서
     빠끔히 고개를 내민 꽃,
     한 치의 빛만 있다면 결코
     죽음은 없으리라.

―「제비꽃」 부분

'자연'["제비꽃"]을 통해 人間事를 노래하고 있다. '개별적인 것'을 가지고 '보편적인 것'을 노래하고 있다. "죽음"은 人間事 중에서 가장 보편적 人間事이다. "한 치의 빛"이 표상하는 '희망' 또한 죽음에 못지 않은 보편적 人間事이다.

3. '문명'을 통한 人間事의 알레고리

「봄은 전쟁처럼」에서 주목되는 또 하나의 테제는 '문명'을 통한 人間事의 알레고리이다.

     때와 장소를 가리지 않고
     싸워야 한다.
     걸어오면 받아쳐야 할 한마디 말을

폐부 깊숙이 감추고
집을 나서는 이 아침,
지하철역 플랫폼을 울리는 휴대폰의
신호음 소리.
한번 빼면
썩은 무라도 쳐야 하는 칼인데
승산을 저울질하며
뺄까 말까 망설인다.

―「말의 칼」 부분

비 오는 날
커브길을 돌던 기차가
궤도를 이탈해 나뒹굴었다.
역부(驛夫)는 달려와 사고라 했지만
아니다.
그것은 기차의 오랜 음모가 실천한
회심의 탈출,
비로소 쟁취한 자유의 체험이다.
새나 짐승이나 인간은
우천(雨天)을 피하기가 매일반인데

―「사고」 부분

대학로 좁은 광장의 양지바른 한켠
아이들 힙합을 춘다.
카세트 녹음기에서 연방 흐르는
목쉰 랩은 흡사
독립만세를 부르다가 일본 순사에게 붙잡힌
우리의 유관순 누나가
옥중에서도 해방!, 해방! 외치는
목소리 같다.

녹음기는 언어의 감옥,
카세트 리듬에 맞추어 아이들
몰아지경 힙합을 추는 것은
정녕
자유에의 몸부림일 거다.

—「몸부림」 부분

흔히 하듯 '자연'을 통해 人間事를 알레고리하는 것이 아니라, '문명'을 통해 人間事를 알레고리하고 있다. 「말의 칼」은 人間事는 싸움事라고 하고 있다. '만인에 대한 만인의 투쟁'을 "휴대폰"이라는 '문명'을 통해 알레고리하고 있다. 만인에 대한 만인의 투쟁에 대한 알레고리는 다른 말로 하면 '性惡의 인간'에 대한 알레고리이다.[3] 「사고」에서는 "자유"를 "새나 짐승", 혹은 "인간"이 아닌, 문명을 통해 알레고리하고 있다. 문명은 "기차"이다. 「몸부림」도 문명을 통한 정신의 알레고리이다. 문명은 "카세트 녹음기", "힙합"들이고, 정신은 역시 "자유"이다.

'문명'을 통한 人間事의 알레고리에서도 시적 화자의 客觀的 語調(혹은 중립적 관점)는 유지되고 있다. 시적 화자의 당파성은 존재하지 않는다. 열린 형식을 취하고 있다. 판단을 독자에게 맡기고 있다.

'새로운 문명'에 의한 '새로운 人間事'에 대한 알레고리도 있다. 새로운 人間事의 '대표'는 '새로운 사랑'이다.

지하철 전동차 객석에 앉은
젊은이들을 한번 살펴본다.
저마다 손에 손에 든 휴대폰

---

3) 「도시의 사내」에서도 "오늘도 하루의 생활을 위하여 / 칼을 갈듯 이빨을 가는 / 출근길 / 도시의 사내"라며 도시 생활을 만인에 대한 만인의 투쟁이라고 하고 있다.

> 혹자는 열심히 통화를 하고,
> 혹자는 오불관언 문자판을 두들기고,
> 혹자는 무아지경 음악을 듣고,
> 혹자는 애견을 안 듯 품에 끼고서
> 오매불망 따뜻한 손길로 그 잔등을 쓰다듬고 있나니,
>
> 드디어 인간 사랑의 시대를 넘어서,
> 애완동물의 시대를 넘어서
> 애완기계의 시대가 왔구나

—「휴대폰 4」 부분

人間事를 자연을 통해 알레고리하는 것이 아니라, '문명'을 통해 알레고리하기는 마찬가지이다. 다른 것은 "사랑"이라는 人間事가 '새로운 문명'을 통해 새롭게 정의되고 있다는 점이다. 사랑은 인류 보편의 感情事. 사랑은 그동안 주로 '자연'을 통해 알레고리되었다. '달도 차면 기운다'라는 말처럼. 그러나 현대인들이 사랑하는 것은 '사랑하는 사람'인가, 사랑하는 사람과 연결시켜주는 "휴대폰"인가. 시인은 현대의 사랑을 '"애완기계"의 사랑'으로 명명하고 있다.

> 패스워드를 바꾸어 버렸구나.
> 두드려도 이미 열리지 않는,
> 네 방으로 가는 길……
> [⋯]
> 그 어느 빈 방 창 밑에 앉아
> 잃어버린 첫사랑을 탐색한다.
> 귀뚜라미 우는 가을 밤에 홀로
> 컴퓨터 키보드를 두드린다.

—「홈페이지」 부분

역시 사랑이라는 人間事를 '새로운 문명'을 통해 새롭게 정의하고 있다. 구체적으로 말하면 人間事는 "첫사랑"이고 새로운 문명은 "컴퓨터 키보드"이다. 인터넷이고 "홈페이지"이다.

"잃어버린 첫사랑"을 "컴퓨터 키보드"를 통해 "탐색한다"? 탐색되는 잃어버린 첫사랑은 더 이상 잃어버린 첫사랑이 아니다. 컴퓨터 문명 시대의 첫사랑이 '옛 시대'의 첫사랑을 기억하게 하고 있다. 여기서 주목되는 구절이 "창 밑에 앉아"이다. 창 밑에 앉아 컴퓨터 키보드를 두드리며 잃어버린 첫사랑을 탐색한다고 한 것은 창 밖에서 세레나데를 부르는 식의 사랑은 지나갔다고 하는 것이다. '좋았던 옛날 / 나쁜 오늘'이라고 한 것이라면 이것은 분명 비가이다.

4. 컴퓨터 문명 시대의 '비가'

『봄은 전쟁처럼』의 또 하나의 중요한 열쇠어는 '비가'이다. 비가는 객관적·중립적 자세와 거리가 멀다. 쉴러에 기대어 말하면 비가는 '도달하지 못한 이상', '잃어버린 자연'에 대한 '슬픈 노래'이다. '도달하지 못한 이상'을 아쉬워하고, '잃어버린 자연'을 그리워한다. 비극적 세계 인식이 그 안에 내포되어 있다. 비극적 세계 인식은 '비판적 자세'와 인접의 관계에 있다.

오세영의 비가는 컴퓨터 문명 시대의 비가이다. '잃어버린 자연'(혹은 '좋았던 옛날')에 대한 그리움이다.

편지란
쓰인 내용보다도 그 필체와 행간의
흔적들이 더 소중한 법.

쓰다가 막히면 지우고
당신을 배려해서 다시 고쳐 쓴
그 아픈 상처.

깨끗하게 프린트된
A4 용지의 인쇄체 활자보다
원고지에 삐뚤삐뚤 꾹꾹 눌러쓴
그 필기체 연필 글씨.

―「이메일」 부분

창조는 자유에서 오고,
자유는 고독에서 오고,
고독은 비밀에서 오는 것.
사랑하고, 글을 쓰고, 생각하는 일은
모두 숨어서 하는 일인데
어디에도 비밀이 쉴 곳은 없다.
[…]
사랑하다가도, 글을 쓰다가도,
벨이 울리면
지체없이 달려가야 할 나의 수용소 번호는
016-909-3562.

―「휴대폰 2」 부분

그때 너와 나의 운명을 엮어준 그 약속을
우리는 양피지 위에다 진한 핏방울로
꾹꾹 눌러썼다.
그러나 지금은 모두 어디 갔을까.
한 줄의 노래, 한 통의 연서, 한 권의
자서전은……

그리고 문득 나는 오늘 너에게
간단히 문자메시지를 보낸다.
"사랑해"
그러나 또 다음의 메시지를 보내기 위하여
지울 수밖에 없는 그 "사랑해"

-「휴대폰 3」 부분

「이메일」에서는 "A4 용지의 인쇄체 활자"에 의해 대체된 "필기체 연필 글씨"를 그리워하기 때문에 비가이다. "편지란 / 쓰인 내용보다도 그 필체와 행간의 / 흔적들이 더 소중한 법"이라며 필기체 연필 글씨에 대한 호감을 분명히 하였다. 「휴대폰 2」에서는 "휴대폰"에 의해 잃어버린 "자유", "고독", "비밀"을 그리워하고 있다. 휴대폰이 자유, 고독, 비밀을 빼앗아갔다고 하고 있다. 휴대폰 번호를 "수용소"에 비유하였다. 「휴대폰 3」에서는 "문자메시지"에 의해 잃어버린 '일회적' 아우라를 그리워하고 있다. '사랑한다'라는 말만큼 1회적 아우라의 속성에 부합하는 것이 있을까. "양피지 위에" 쓰여진, 혹은 "한 줄의 노래, 한 통의 연서, 한 권의 / 자서전"에 쓰여진, '사랑해'라는 말은 지워질 수도 없고 복제될 수도 없는 1회적 아우라의 표현이었다. 그러나 문자메시지로 보내는 "사랑해"라는 표현은 흔적 없이 사라질 수도 있고—"다음의 메시지를 보내기 위하여 / 지울 수밖에 없"기 때문이다—수없이 복제될 수도 있다. 우리는 "오랜 기다림 끝에 / 맨 몸과 맨 몸이 하나로 어울려 / 웃음과 울음과 신음이 범벅된 / 한 밤의 / 정사(情事)" (「정사(情事)」)가 사라진 시대에 살고 있다. '너무 많은 情事'의 시대에 살고 있다.

'컴퓨터 문명 시대의 비가'에서 중요한 시가 「곧은 길」이다.

인간의 이성은 직선과 같아서

> 곡선을 허용하지 않는 법.
> A에서 B로 백지에 금을 긋듯
> 한 가지로 똑바르게 가야 할 뿐이다.
> 흐르는 계곡물은
> 굽이치고 휘돌아서 바다에 이르는데
> 전깃줄인지 전화선인지
> 인간의 힘과 생각은 항상
> 허공에 직선을 긋고 있구나.
>
> ―「곧은 길」 부분

컴퓨터 시대의 도시 생활을 도시의 "전깃줄 […] 전화선"들을 통해 알레고리하고 있다. "직선"의 전깃줄, 직선의 전화선은 "이성"처럼 "곡선을 허용하지 않는"다. 이성의 인접어로 '목적합리주의(Zweckrationalismus)'라는 말이 있다. 목적을 효율주의, 최대이윤의 법칙으로 달성하는 것이다. 이를테면 독가스와 원자폭탄을 사용하는 것이다. 시인은 「새로운 신」에서 전깃줄, 전화선의 "전파"를 "새로운 하느님"으로 비유하고 있다. 옛날, 하느님의 "말씀"으로 살았듯이 지금은 전파의 말씀으로 살아가고 있다고 하였다. 탁월한 비유가 아닐 수 없다.

5. '전쟁'을 통한 자연의 알레고리

『봄은 전쟁처럼』에는 주목할만한 테제가 여럿 존재한다고 하였다. 그 중의 하나가 '전쟁'을 통한 자연의 알레고리이다. 표제시 「봄은 전쟁처럼」을 보자.

> 산천(山川)은 지뢰밭인가
> 봄이 밟고 간 땅마다 온통

지뢰의 폭발로 수라장이다.
대지를 뚫고 솟아오른, 푸르고 붉은
꽃과 풀과 나무의 여린 새싹들.
전선엔 하얀 연기 피어오르고
아지랑이 손짓을 신호로
은폐 중인 다람쥐, 너구리, 고슴도치, 꽃뱀……
일제히 참호를 뛰쳐나온다.
[…]
봄은 잠간의 휴전을 파기하고 다시
전쟁의 포문을 연다.

'顚倒의 알레고리'라고 할 수 있다. 문제는 '자연'이지 '전쟁'이 아니기 때문이다. "대지를 뚫고 솟아오른 […] 꽃과 풀과 나무의 여린 새싹들", 그리고 "일제히 […] 뛰쳐나온" "다람쥐, 너구리, 고슴도치, 꽃뱀" 등 자연을 노래하고 있는 것이지 "지뢰의 폭발", "전선", "은폐", "참호", "휴전", "전쟁의 포문" 등이 상기시키는 전쟁을 노래하고 있는 것이 아니기 때문이다. 다시 말해 보통 자연을 통해 전쟁을 알레고리하지 전쟁을 통해 자연을 알레고리하지 않기 때문이다. 예를 들어 '면류관'은 '자연'을 통한 전쟁의 알레고리였다. 비록 나중에 '승리의 상징'으로 굳어졌지만. 사회주의적 전투가 '문제'였을 때 성탄절은 '사회주의 탄생'의 알레고리였고, 부활절은 '사회주의 승리'의 알레고리였다. 이점에서 「서울은 불바다 1」도 주목에 값한다. 여기에서도 顚倒의 알레고리가 사용되었다.

적 일개 군단
남쪽 해안선에 상륙,
전령이 떨어지자 갑자기 소란스러워지는
전선(戰線),
참호에서, 지하 벙커에서

> 녹색 군복의 병정들은 일제히 하늘을 향해
> 총구를 곧추세운다.
> 발사!
> 소총, 기관총, 곡사포, 각종 총신과 포신에
> 붙는 불,
> 지상의 나무들은 다투어 꽃들을 쏘아 올린다.
> 개나리, 매화, 진달래, 동백……
> 그 현란한 꽃들의 전쟁,
>
> ─「서울은 불바다」 1 부분

"다투어 꽃들을 쏘아올"리는 "개나리, 매화, 진달래, 동백" 등의 생명력을 "전령", "전선", "참호", "지하 벙커", "녹색 군복의 병정들", "총구", "발사", "소총, 기관총, 곡사포" 등 전쟁 용어들을 통해 알레고리하고 있다. '자연'을 통한 '전쟁'의 알레고리가 아닌, '전쟁'을 통한 '자연'의 알레고리는 '자연을 통한 도시의 알레고리'에서처럼 중립적 알레고리이다. '자연을 통한 도시의 알레고리'의 여러 내용들이 '전쟁을 통한 자연의 알레고리'에도 적용된다. 생동감, 일회적 허무주의들이 그것들이다. 생동감은 '전쟁'의 생동감이다.

6. 나가며

그동안 오세영의 많은 시편들에서 주목되었던 것은 '자연'을 통한 人間事의 알레고리였다. '자연을 통한 人間事의 알레고리'는 전통적 서정시의 주요 세목이다. 자연을 통한 인간사의 알레고리가 오세영을 "천부적으로 타고난 서정시인"(김영철), "서정시의 정도를 지키는 시인"(이숭원)이라고 부르게 하였다. 그러나 시집 『봄은 전쟁처럼』에는 주목되는 몇 가지 테제들이 있었다. '자연'을 통한 도시의 알레고리, '문명'을 통한 人間事의 알레고리, '전쟁'을 통한 자연의 알레고리들이 그것이다. '컴퓨터 문명 시대의 비가' 또한 또 하나의 테제였다.

오세영의 시를 이해하는 또 하나의 열쇠어는 '현실주의적 서정시'이다. 현실주의적 서정시는 다른 말로 하면 현실반영적 서정시, 혹은 현실비판적 서정시이다.

알리바이는 현장 부재이다. 알리바이를 증명하는 것은 현장 부재를 증명하는 것이다. 현장 부재를 증명하는 시를 썼다는 '말'을 들은 시인들이 있었다. 이광호는 김춘수의 시편들을 "부재증명으로서의 시"4)라고 하였다. '알리바이 증명의 試圖'라고 한 것이다. 알리바이는 물론 '역사적 현장' 부재, '삶의 현장' 부재이다. 임우기는 서정주의 시에는 '그늘이 없다'고 하였다. 그늘은 '삶의 그늘', '역사의 그늘'이었다. "나그네 정신, 途上의 정신"5)이 만드는 그늘이었다. 김춘수, 서정주의 얘기를 꺼내는 것은 최근 어느 자리에서 '오세영의 시에도 역사적 현장이 없지 않은가'라는 말을 들어서이다.

오세영의 시에 역사적 현장이 없다?

문제는 현장이다. '시적 현실'이 꼭 정치적 현장이어야만 하는 것은 아니다. '좌의 현장', 혹은 '우의 현장'이어야만 하는 것은 아니다. 이를테면 문명의 현장도 현장이다. 시집 『봄은 전쟁처럼』의 '역사적 현장'은 도시 문명이다. 우선, 컴퓨터 문명 시대를 비극으로 간주하는 시들이 있었다. 이른바 비가들이다. 「이메일」, 「휴대폰 2」, 「휴대폰 3」, 「곧은 길」 등이 여기에 속했다. 둘째, 문명의 利器를 통해 '무형의 정신'들을 비판적으로 알

---

4) 이광호, 「부재증명으로서의 시」, 실린 곳 : 김춘수, 『壺』, '현대시 · 현대시학 공동기획 시선', 1996, 77면.
5) 임우기, 「눈 속의 그늘, 그늘 속의 눈」, 『문예중앙』, 1996 봄, 272면.

레고리한 시들이 있었다. 「휴대폰 4」, 「홈페이지」 등이 여기에 속했다. '비가'는 현실에 대한 비극적(혹은 비판적) 인식이고, 문명의 利器를 통해 '무형의 정신'들을 알레고리한 시들 역시 비판적(혹은 비극적) 현실 인식과 무관하지 않다. '자연'을 통해 도시를 알레고리한 시들 중에서도 역사적 현실과 관계있는 시들이 있었다. 「서울은 불바다 2」를 구체적 역사적 현실과 관계있다고 보았다.

'현장의 시'는 사실 시집 『꽃들은 별을 우러르며 산다』(1992)에서 분명하게 예고되었다. 『꽃들은 별을 우러르며 산다』에는 '정치적 현장'에 자극받아 쓴 시들이 여러 편 있다. 「철쭉」은 "4·19 29주기를 맞으며" 쓴 시이고, 「나팔꽃」은 "6月 항쟁을 보고" 쓴 시이고, 「장미」는 "광주항쟁을 보고" 쓴 시이다.

> 목에 칼을 대도 할 말을 하는
> 서슬 푸른 장미의
> 가시.
> 진흙밭 일궈 자갈밭 일궈
> 이 세상 꽃길 만드는 게 죄라면
> 나는 즐겁게
> 칼을 받겠다.

-「장미」 부분

"진흙밭"과 "자갈밭"은 어두운 정치적 상황에 대한 은유이다. "목에 칼을 대도 할 말을 하는 [⋯] 장미"는 앙가주망의 장미이다. 앙가주망의 시적 화자이다. "즐겁게 / 칼을 받겠다"고 한 것은 '기꺼이 칼을 쓰겠다'라고 한 것이다.6)

---

6) 김영철은 『꽃들은 별을 우러르며 산다』의 해설에서 앙가주망의 여러 시편들이 오세영

　물론 앞에서 언급했듯이 시적 화자에 의한 중립적 관점, 혹은 客觀的 語調가 유지되고 있는 시편들 또한 강조되어야 한다. ‘자연’을 통해 도시를 알레고리한 시들, ‘전쟁’을 통해 ‘자연’을 알레고리한 시들은 시적 화자에 의한 중립적 관점, 혹은 객관적 거리가 유지되고 있다는 점에서 ‘열린 형식의 시’였다. 인간의 마음은 두 개 이상이다.

의 “시세계의 중요한 변화를 예고하는 것”일 수 있다고 하였다. 김영철, 「존재의 시학과 인식의 시학」, 실린 곳 : 오세영, 『꽃들은 별을 우러르며 산다』, 시와시학사, 1992, 117면 참조

‘단일한 목소리’의 시와 ‘다양한 목소리’의 시

최동호의 최근의 시들을 중심으로

1. 들어가며

‘단일한 목소리’의 시가 있고 ‘두 개 이상의 목소리’의 시가 있다. 두 개 이상의 목소리를 바흐친은 ‘말의 다양성(heteroglossia)’이라고 했다.[1]

서사적 시[2]에는 적어도 두 개의 목소리가 존재한다. 서사적 자아의 목소리가 따로 존재하기 때문이다. 브레히트의 다음 시를 보자.

> 호숫가 나무 아래 작은 집
> 지붕에서 연기가 올라간다.
> 아 연기가 없다면

---

1) 바흐친은 ‘말의 다양성’을 소설적 담론에 국한시켰지만 필자는 말의 다양성을 시적 담론에도 적용시킬 수 있다고 본다. 바흐친 이후의 시적 전개에서 말의 다양성이 나타났기 때문이다. 이에 대한 자세한 것은 필자의 「문학의 카니발화」, 『詩를 말하다』, 연세대학교 출판부, 2007 참조.

2) 사사적 요소가 시에 침투한 경우 이렇게 부르기로 한다. 기왕의 서사시와 구분해야 하기 때문이다. 잘 알려진 ‘서사극’은 서사적 요소가 드라마에 침투한 경우이다.

집과 나무와 호수는
얼마나 쓸쓸할까

―「연기」 전문

두 개의 목소리가 존재한다. "호숫가 나무 아래 작은 집 / 지붕에서 연기가 올라간다"라고 말하는 목소리, "아 연기가 없다면 / 집과 나무와 호수는 / 얼마나 쓸쓸할까"라고 말하는 목소리. 앞의 경우는 묘사하는 목소리이고 뒤의 경우는 서술하는 목소리이다. 묘사는 객관적 묘사이고 서술은 주관적 서술이기 때문이다. 뒤의 목소리를 서사적 자아의 목소리라고 할 수 있다. 무대를 그려보자. 호숫가 나무 아래 작은 집 지붕에서 연기가 올라가고 있다. 목가적 풍경이다. 이때 "아 연기가 없다면 / 집과 나무와 호수는 / 얼마나 쓸쓸할까"라는 목소리가 들려온다. **'목가적 풍경은 중지되고', 관객은 새로운 목소리의 의미에 대해 생각하기 시작한다. 관객까지 포함하여 세 개의 목소리가 서로 대화한다.** 무대에서 '새로운 목소리'는 가수의 노래, 혹은 합창에 의해 전달될 수 있고, 현수막이나 간판에 의해 전달될 수 있다. 가수의 노래, 합창, 현수막, 간판들의 목소리는 서사적 자아[연출자의 목소리]의 목소리이다. 극적 환상을 깨뜨리는 목소리로서 관객으로 하여금 '거리'를 갖게 한다. 변증법적 인식에 도달하게 한다.[3] 중단, 거리, 변증법적 인식은 '서사극'(혹은 '낯설게 하기 효과')의 주요 구성 요소이다.

'패러디 시'에도 두 개 이상의 목소리가 존재한다.

그대 한 송이 국화꽃을 피우기 위해
전 우주가 동원된다고 노래하는 동안
이 땅의 어느 그늘진 구석에

---

3) 「연기」에서의 변증법적 인식은 연기의 '새로운 의미'에 대해서이다. 연기를 '인간의 노동'에 의한 연기로 보는 것. 문제는 자연이 아니라, 인간이라고 한 것.

한 술 밥을 구하는 주린 입술이 있다는 것을 아는가?
결코 가난은 한낱 남루가 아니다
입었다 벗어버리는 그런 헌옷이 아니다
목숨이 농울쳐 휘여드는 오후의 때
물끄러미 청산이나 바라보는 풍류가 아니다
가난은 적, 우리를 삼켜버리고
우리의 천성까지 먹어버리는 독충
옷이 아니라 살갖까지 썩혀버리는 독소
우리 인간의 적이다 물리쳐야 할 악마다
쪼르륵 소리가 나는 뱃속에다
덧없이 회충을 기르는 청빈낙도
도연명의 술잔을 빌어다
이백의 술주정을 흉내내며
괜찮다! 괜찮다! 그대 능청 떨지 말라
가난을 한 편의 시와 바꾸어
한 그릇 밥과 된장국을 마시려는
저 주린 입을 모독하지 말라
오 위선의 시인이여, 민중을 잠재우는
자장가의 시인이여.

-「가난」 부분

미당의 「국화 옆에서」, 「무등을 보며」, 「내리는 눈 밭에서」들에 대한 패러디이다. **미당의 목소리와 시적 화자의 목소리의 대화이다. 물론 시적 화자는 미당의 목소리에 대해 풍자적으로 비판하고 있다. 시적 화자와 미당의 대화에 독자가 끼어들 수 있다.** 시적 화자의 풍자적 비판에 동의할 수 있고 동의하지 않을 수 있다.[4] 예를 들어 시적 화자는 미당이 「국화 옆에서」에서 "한 송이 국화꽃을 피우기 위해 / 전 우주"를 "동원"하

---

4) 미당의 목소리를 세분할 수 있다. 독자는 「국화 옆에서」와 「무등을 보며」와 「내리는 눈 밭에서」에 대한 시적 화자의 해석에 대해 따로 따로 접근할 수 있다.

였다고 비판적으로 접근하였는데 이것에 대해 다시 비판적으로 접근할 수 있다. 생명에 대한 경이, 혹은 생명에 대한 존중이 "가난은 […] 물리쳐야 할 악마"라는 이 시의 전체 테마와 모순되지 않는 것으로 보는 것이다.

독자의 목소리도 목소리이다. 문학의 주요 구성 요소들인 작가, 작품, 독자 중에서 독자의 입장을, 문학 연구의 주요 방법론들인 실증주의적 방법론, 작품내재적해석 방법론, 수용미학 중에서 수용미학을 강조하는 것이다.

최동호의 여러 시에서 두 개 이상의 목소리를 들을 수 있다. 두 개 이상의 목소리가 서로 대화하고 있다. 음악으로 말하면 2중주곡, 3중주곡들로서 바이올린과 비올라가 서로 대화하고, 바이올린, 비올라, 첼로가 서로 대화하는 것과 같다. '청자'는 이들 대화에 끼어드는 '제3의 목소리'이다.

「여름 바다」, 「몽당연필」, 「벽」, 「소금의 피」 등은 '단일한 목소리'의 시였다. 단일한 목소리의 시는 시적 화자의 단일한 의도가 구현된 시이다. 폐쇄적이고 완결적이다. 전통적인 '통일적 구조'의 시, 혹은 '상호 긴밀한 내적 상호연관성'을 가진 시이다.

2. '다양한 목소리'의 시

다음의 「마술피리」는 다양한 목소리의 시이다.[5]

피리 부는 사람이 마을 한 바퀴 돌자
아이들은 모두 그를 쫓아 피리소리 들리는
울창한 숲 속의 황금나라로 갔다
해리 포터가 빗자루를 타고 하늘을 날자
아이들은 모두 빗자루를 붙잡고

---

5) 이후 인용된 시는 전부 최동호의 것.

꿈 속 하늘을 날았다
어떤 부모들은 아직도 노동운동을 하고
어떤 부모들은 해직되는 무상한 세월이 가는데
카드 빚에 발목 잡힌 아이들은

마술 피리를 불고
빗자루를 타고 하늘을 날았다
마술카드에 신들린 아이들이 꿈나라에서
집으로 돌아오지 않는데

전생의 빚에 목 졸린
부모들은 가위눌려 잠들지 못했다
신기루를 좇는 죄 없는 아이들이

보물섬을 찾아 숲속의 황금나라로 가고
이승의 마술카드를 돌려막지 못한 부모들은
등에 진 업보를 털어 내듯
노란 은행잎 빗자루로 쓸어야한다

−「마술피리−자녀들의 카드 빚에 목 졸린 부모들을 위하여」 전문

그림 형제의 동화 「하멜론의 피리 부는 사나이」가 하나의 목소리이고 조앤 롤링의 『해리 포터』가 하나의 목소리이다. 로버트 루이스 스티븐슨의 『보물섬』이 하나의 목소리이다. "자녀들의 카드 빚에 목 졸린 부모들"에 대한 이야기가 하나의 목소리이다.

누구나 알고 있는 목소리를 사용하였다는 점에서 패러디로 볼 수 있다. 패러디로 볼 수 있는 또 하나의 이유는 "마술피리" 이야기, "해리 포터" 이야기, "보물섬" 이야기들은 자녀들의 카드 빚에 시달리는 부모들의 이야기를 돋보이게 할 목적으로 사용되었기 때문이다. 다름 아닌 패러디의 목

적인 풍자적 비판의 의도로 사용하였기 때문이다. 풍자적 비판의 내용은 물론 "마술카드"가 상징하는 황금만능주의이다.6) 마술피리가 끌고 간 곳을 "황금나라"라고 하였다. '보물섬'을 또한 "황금나라"라고 하였다. 무엇보다도, 현대에 마술을 발휘하는 것은 '황금'이라고 하고 있다. 황금으로할 수 없는 것은 없기 때문이다. "노란 은행잎"도 황금에 대한 메타포이다. 황금은 황금으로만 갚을 수 있다.

> 시작품 속에 들어가는 모든 것은 레테의 강물에 몸을 담가야 한다. 이전의 다른 문맥에서 가졌던 의미는 잊어야 한다. 오로지 시적 문맥에서의 의미만을 언어는 기억할 수 있다.7)

생산미학적으로 그럴 수 있다. 그러나 수용미학적으로도 그럴까. 독자들은 언어가 "이전의 […] 문맥에서 가졌던 의미"를 잊고 읽게 될까. 「하멜론의 피리 부는 사나이」의 의미, 『해리 포터』의 의미, 『보물섬』의 의미를 잊고 읽게 될까. 「하멜론의 피리 부는 사나이」의 스토리, 『해리 포터』의 스토리, 『보물섬』의 스토리들을 되새기면서 이 시를 읽게 되지 않을까. 다름 아닌, 원래의 「하멜론의 피리 부는 사나이」와 시에서의 「하멜론의 피리 부는 사나이」가 대화하고, 원래의 『해리 포터』와 시에서의 『해리 포터』가 서로 대화하고, 원래의 『보물섬』과 시에서의 『보물섬』이 서로 대화하지 않을까.

이 시의 핵심 모티브는 변주(變奏)이다. "마술피리"는 황금에 홀리게 하는 마술피리로 변주되었고, "빗자루"는 황금에 도달하게 하는 빗자루로 변

---

6) 패러디 시의 '풍자적 비판'은 문병란의 「가난」의 경우처럼 원전에 대한 풍자적 비판일 수 있고, 「마술피리」의 경우처럼 '시대 정신'에 대한 풍자적 비판일 수 있다. '시대 정신」에 대한 풍자적 비판의 모범적 예로 김수영의 「죄와 벌」을 들 수 있다.

7) M. Bachtin, Das Wort im Roman, in : ders., Die Ästhetik des Wortes. Aus dem Russischen von R. Grübel u. S. Reese. Hrsg. v. R. Grübel, Frankfurt/M. 1979, 188면.

주되었고, "보물섬"은 황금을 좇게 하는 보물섬으로 변주되었다. 이러한 '생산미학적 변주'에 대한 인식을 가능하게 하는 것이 다름 아닌 수용미학적 대화이다. 「하멜론의 피리 부는 사나이」와 시에서의 「하멜론의 피리 부는 사나이」의 대화, 원래의 『해리 포터』와 시에서의 『해리 포터』의 대화, 원래의 『보물섬』과 시에서의 『보물섬』의 대화들이 없었다면 '변주'에 대한 인식도 없다.

생산미학적 대화와 수용미학적 대화가 일치하지 않을 수 있다. 문병란의 「가난」의 경우처럼 시적 화자와 「국화 옆에서」의 대화에 대해 수용미학적 이의를 제기할 수 있다. 「마술피리」에서 생산미학적 대화의 내용과 수용미학적 대화의 내용이 일치하는 것은 「마술피리」가 「하멜론의 피리 부는 사나이」, 『해리 포터』, 『보물섬』들에 대한 풍자적 비판이 아니라, 현재의 황금만능주의에 대한 풍자적 비판이기 때문이다. 황금만능주의에 대한 비판은 '보편적 이해'에 속하는 일이기 때문이다. 텍스트는 다른 텍스트에 의해 계속 다시 태어난다. 황금에 홀리게 하는 마술피리, 황금을 좇게 하는 보물섬, 황금에 도달하게 하는 빗자루들도 다른 텍스트에 의해 다시 태어나게 되리라.

「카프카와 석가와 장자」에서는 카프카의 『성』과 『변신』, 장자의 「胡蝶夢」, 석가모니의 '空虛 사상' 등 몇 개의 목소리가 등장한다. 그냥 카프카의 목소리, 장자의 목소리, 석가모니의 목소리라고 할 수 있다.

안개 속에서 끝내 성으로 들어가지 못한
KAFKA는
어느 날 아침
벌레가 된 흉측한 자기의 몰골을
보았다.
하늘이 하는 일을 알고 있던

莊子는
어느 날 꿈 속에서 나비가 되어
날았다. 꿈 속의 나비가 자기인지
꿈꾸는 그가 자기인지 경계를 알 수 없었다.

벌레가 나비가 되고
나비가 벌레가 되니
석가모니는
없음에서 비롯된 생이
진정한 내가 없는 기나긴 환영이라 깨달았다.

―「카프카와 석가와 장자」 부분

카프카의 목소리, 장자의 목소리, 석가모니의 목소리들이 별개로 존재하는 것이 아니라. 正反合으로 존재한다고 할 수 있다. 『변신』과 「호접몽」을 正反의 관계로, '공허 사상'을 『변신』과 「호접몽」의 止揚으로 보는 것이다. 석가모니 사상이 변증법적 결론이고, 동시에 이것이 시적 화자의 생각과 일치한다면, 전통적인 '통일적 구조'의 시, 혹은 전통적인 '상호 긴밀한 내적 긴장관계'에 있는 시에서 벗어났다고 할 수 없다. '다양한 목소리의 시'라고 할 수 없다. 그러나 『변신』과 「호접몽」이 대화하고 다시 『변신』과 「호접몽」'이 '공허 사상'과 대화한다고 보면 양상은 달라진다. 다양한 목소리가 서로 대화하고 있는 것이다. 여기에 시적 화자의 목소리, 독자의 목소리까지 끼면 다섯 개의 목소리가 서로 대화하고 있는 것이다. 다시 말하지만 독자의 목소리도 목소리이다.

물오른 봄나무 가지에 아름다운
새 한 마리가 날아와 울었다.
울음소리 애처로움 달래려고 요람처럼

어린 나무는 푸른 싹을 틔웠다.

무성한 나뭇잎 속에서 울던 새는 날아가고
가을 단풍이 바람에 다 날렸다.
새도 날아오지 않는 매서운 겨울
바람 회초리가 나무를 후려쳤다.

이제는 새가 날아오지 않을 거야
나무는 조용히 자신에게 속삭였다.

그러나, 눈물겨운 눈으로
빈 하늘을 자꾸 바라보니
물먹은 햇살이 반짝반짝 가늘게 뿌려지고

어디선가 새가 날아와 울었다.
기쁨에 넘친 나무는 잎을 피우지 않겠다는

결심을 뒤바꿔 나무이파리를 서둘렀다.
제멋대로 길게 자란 여름나무 숲에서
무심한 새는 다시 날아가고 돌아오지 않았다.

돌아올 것이라고 믿었던 늙은 나무는 지금도
눈물겨운 눈으로 먼 하늘 바라보고
자신의 나뭇가지가 길게
그림자 드리운 지상에 외로이 서 있었다.

―「나무의 기다림은 지상에 서 있다」 전문(강조는 필자)

나무를 통해서 시적 화자의 '사연'을 풀어놓은 시이다. 사연은 첫 번째
만남과 첫 번째 이별, 그리고 두 번째 만남과 두 번째 이별이다. 첫 번째
만남 / 이별과 두 번째 만남 / 이별이 동일한 대상과의 만남과 이별인지는

확실하지 않다. 확실한 것은 시적 화자는 세 번째 만남을 고대하고 있다는 점이다.

시적 화자의 사연을 나무의 사연으로 바꾸어서 말했다고 해서 두 가지 목소리가 존재하는 것은 아니다. 나무의 사연과 시적 화자의 사연이 다르지 않기 때문이다. '바꾸어서 말하기'는 시의 본령 중의 하나이기 때문이다.

또 하나의 목소리는 다른 곳에 있다. 정지용의 목소리가 들어가 있다. 정지용의 잘 알려진 「유리창」이라는 시를 보자.

> 유리에 차고 슬픈 것이 어린거린다.
> 열없이 붙어서서 입김을 흐리우니
> 길들은 양 언 날개를 파다거린다.
> 지우고 보고 지우고 보아도
> 새까만 밤이 밀려나가고 밀려와 부딪히고,
> **물먹은 별**이, 반짝, 보석처럼 백힌다.
>
> ―「유리창」 부분(강조는 필자)

"물먹은 햇살"(넷째 연)을 「유리창」의 "물먹은 별"(끝 행)과 상호텍스트성의 관계에 있다고 보는 것은 둘 다 그리움의 '물먹은 햇살' 그리움의 '물먹은 별'이기 때문이다.

풍자적 비판의 의도가 없으므로 패러디는 아니다. 인용이거나 중성모방[패스티쉬]이라고 할 수 있다. 인용의 목소리, 혹은 중성모방의 목소리는 '또 다른 목소리'이다. 독자로 하여금 시에 거리를 두게 한다는 점은 패러디와 같다.

다음 "이육사 탄생 100주년을 기리며"라는 부제를 달고 있는 「겨울 무지개」에도 두 개 이상의 목소리가 뒤섞여서 존재한다. 이육사의 목소리(정확히 말하면 이육사의 「절정」과 「광야」의 목소리)와 시적 화자의 목소리이다.

금강심에서 차갑게 뿜어져 나온
겨울 무지개 서늘하게
서릿발 칼날 위에 홀로 설 때

바다를 연모해 광음의 세월을
휘달려온 산맥들도
태고의 까마득한 어둠을 찢는

금빛 닭울음 처음 들었으리라
골 깊은 먹구름이 하늘과
바다를 향해 머흘대는 예는 지금

천년 노래의 씨 큰 강물을 열어
웅혼한 그대의 강철 눈동자
무지개 너머 광야를 선연히 빛낸다.

—「겨울 무지개」 전문

이육사의 「절정」과 「광야」를 리메이크하면서 육사의 삶을 칭송하고 있다. 두 가지 의미에서 오마주(Hommage)이다.8) 이육사의 삶을 기리고 있으므로 말 그대로의 의미에서 오마주[헌사]이다. 이육사의 삶에 대한 오마주이다. 또 하나는 이육사의 삶을 기리면서 그의 시 「절정」과 「광야」를 리메이크하고 있으므로 오마주이다. 이 경우 오마주는 「절정」과 「광야」에 대한 오마주이다. 「절정」 및 「광야」에 대한 공경이(혹은 찬사가) 기본 자세이기 때문이다.

---

8) 패러디가 아닌 것은 패러디의 제1조건인 '형식의 모방', '내용의 변용'에는 부합하나 패러디의 제2조건인 '풍자적 비판'에는 부합하지 않기 때문이다.

3. '단일한 목소리'의 시

발밑 보도블럭을 들어보라

거기 땀에 젖은 바다가 있다

−「여름 도시」 전문

"여름"의 "발밑 보도블럭"은 뜨거운 보도블럭이니까 "땀에 젖은" 보도블럭이다. 땀에 젖은 보도블럭이 "땀에 젖은 바다"를 불러냈다. ㅂ이 ㅂ을 불러냈다고 할 수 있다. 모두 ㅂ으로 시작하는 '발밑', '보도', '블럭'들이 다시 ㅂ으로 시작하는 '바다'를 불러냈다고 할 수 있다. 내용으로 보나 형식으로 보나 통일적 이미지 시의 혐의가 짙다. 통일적 이미지 시는 단일한 목소리의 시이다. 전통적 서정시의 대부분이 단일한 목소리의 시였다. 「여름 도시」라는 제목도 이미지의 통일에 한 몫 하였다.

다음 「몽당연필」도 단일한 목소리의 시이다.

백지 위에 톡톡 부러진
까만 연필심같은

송사리 떼들
하얀 눈동자 깜박거리며

구름 일기장 맑은 물가에서
산들바람 친구와 놀다.

−「몽당연필」 전문

"까만 연필심"이 "송사리 떼들"을 불러내었고 "송사리 떼들"이 "하얀 눈동자"를 불러내었고 "하얀 눈동자"가 "구름"을 불러내었고 "구름"이

"맑은 물가"를 불러내었고 "맑은 물가"가 "산들바람"을 불러내었다.

다음의 「벽」은 어떤가.

　　움푹 파인 못자국
　　녹슨 물냄새

　　비늘 빠진 물고기
　　붉은 생살 아프다

-「벽」 전문

"벽"의 "움푹 파인 못자국"에서 "녹슨 물냄새"를 맡았고-그냥 냄새라고 하지 않고 '물냄새'라고 한 것은 '습기'가 녹슬게 하기 때문이다-동시에 "비늘 빠진 물고기"를 보았다. "물냄새"가 "물고기"를, 그것도 "비늘 빠진 물고기"를 불러낸 것이다('못'이 빠졌기 때문에 '비늘'도 빠졌다?). "비늘 빠진 물고기"는 '비늘'이 없으므로 "붉은 생살"이 "아"플 것이라고 하였다. 앞의 시보다 복잡한 것은 공감각이 복잡하게 얽혀 있기 때문이다. 시각적 이미지, 후각적 이미지, 촉각적 이미지들이 공존하고 있기 때문이다. 공감각이 단일한 목소리의 시를 현란하게 하고 있다.

「벽」을 두 개의 목소리의 시로 볼 수 있다. 다름 아닌 묘사적 자아의 목소리와 서술적 자아의 목소리이다. 앞의 세 행을 객관적 묘사적 자아의 목소리로 보고 "붉은 생살 아프다"를 주관적 '서술적 자아'의 목소리로 보는 것이다.9)

---

9) 맨 처음에 인용한 브레히트의 「연기」에서처럼 "붉은 생살 아프다"를 서사적 자아의 목소리로 들을 수 있다. 시적 환상(혹은 시적 그림)을 중단시켰으며, 거리를 두게 하였으며, 동의를 구하고 있기 때문이다. 독자는 "붉은 생살 아프다"라는 주관적 표명에 동의할 수도 있고 동의하지 않을 수도 있다(동의하는 것도 인식에 도달하는 것이고 동의하지 않는 것도 인식에 도달하는 것이다). 「연기」의 서사적 자아의 목소리("아 연기

다음의 「소금의 피」도 통일된 이미지의 시이다.

내 피에는 여름
바다의 소금이 녹아있다.

선풍기 날개에서 날아가 박힌
섬

한 입에 바다를 삼킨 물고기
내 피는 등이 푸르다.

앞의 시들과 다른 것은 첫째 연이 둘째 연을 불러낸 것이 아니고 둘째 연이 셋째 연을 불러낸 것이 아니기 때문이다. 둘째 연이 첫째 연을 불러냈고, 둘째 연이 또 셋째 연을 불러냈다고 보는 것이다. (여름의) "선풍기 날개"가 "섬"을 불러내었고 "섬"이 "여름／바다의 소금"을 불러내었고 "바다를 삼킨 물고기"(여기서 물고기는 시적 화자의 은유이다)를 불러내었다.

여름이다. 최동호 시인은 땀을 많이 흘리는가보다. 여름을 많이 타는가보다. 바다(「여름 도시」, 「소금의 피」), "물가"(「몽당연필」), "물"(「벽」)들을 자꾸 불러내는 것을 보니. 아니면, 땀을 많이 흘리는 독자에게, 여름을 유난히 타는 독자에게, 보시하려고 했을까. 물들을 불러내어 보시하려고 했을까.

4. 나가며

최동호 시인은 단일한 목소리의 시와 두 가지 이상의 다양한 목소리의

가 없다면 / 집과 나무와 호수는 / 얼마나 쓸쓸할까")보다 폐쇄적인 것은 단정적(斷定的) 어조 때문이다. '다'와 '까'의 차이이다.

시를 비교하게 하였다. 단일한 목소리의 시는 전통적인 서정시 계열에 가깝고, 두 가지 이상의 다양한 목소리의 시는 현대적 실험적 계열의 시에 가깝다. 단일한 목소리의 시는 폐쇄 형식의 시이다. 창작미학적으로도 폐쇄적이고 수용미학적으로도 폐쇄적이다. 다양한 목소리의 시는 열린 형식의 시로서 독자로 하여금 시적 환상에 빠지지 않고 거리를 두고 성찰하게 한다. 최동호 시인은 다양한 목소리를 내기 위해 패러디, 패스티쉬, 오마주 등 다양한 기법을 선보이고 있다. 패러디, 패스티쉬, 오마주 등의 상위 개념이 상호텍스트성이다.

과연 '단일한 목소리'는 단일한 목소리인가. 모든 텍스트들은 "인용의 모자이크"이거나, "다른 텍스트의 흡수, 다른 텍스트의 변형"(J. Kristeva)[10] 이 아닌가. "무한한 텍스트의 바깥에서 살기가 불가능하다는 것, 이것이 상호텍스트이다. 그 텍스트가 프루스트의 텍스트이든, 일간신문의 텍스트이든, 텔레비전의 텍스트이든."[11] 바르뜨의 말이다. "태양 아래 새로운 것은 존재하지 않는다." 솔로몬의 말이다.

---

10) M. Pfister, Intertextualität, in : D. Borchmeyer u. V. Žmegač(Hg.), Moderne Literatur in Grundbegriffen, Frankfurt/M. 1987, 197~198면에서 재인용.
11) R. Barthes, Die Lust am Text, Frankfurt/M. 1974, 53~54면.

기형도 시에 대한 몇 개의 진술

1. 희망 제로 지대

기형도는 하늘을 "두꺼운 […] 종잇장"(「안개」)이라고 하였다. "딱딱한 널빤지"(「白夜」)라고 하였다.

딱딱한 널빤지, 혹은 두꺼운 종잇장이 세계내적 존재와 세계외적 존재 사이에 놓여 있다고 한 것으로 볼 수 있다. 인간과 신의 소통을 부인한 것으로 볼 수 있다. 신이 세계의 운행에 관여하지 않으므로 인간을 절대적 비극적 존재라고 한 것으로 볼 수 있다.

> 빈 골목은 펼쳐진 담요처럼 쓸쓸한데
> 싸락눈 낮은 촉광 위로 길게 흔들리는
> 기침 소리 몇. 검게 얼어붙은 간판 밑을 지나
> 휘적휘적 사내는 어디로 가는 것일까
> 이 밤, 빛과 어둠을 분간할 수 없는
> 꽝꽝 빛나는, 이 무서운 白夜

—「白夜」 부분

특히 "휘적휘적 사내는 어디로 가는 것일까"를 신의 부재에 대한 알레고리로 볼 수 있다. "빛과 어둠을 분간할 수 없는 […] 白夜" 역시 신의 부재에 대한 알레고리로 볼 수 있다. 빛과 어둠을 분간할 수 없는 세상은 혼돈의 세상이다. 하늘과 땅이 구분되지 않는다고 한 것과 같다. 세계외적 존재와 세계내적 존재가 구별되지 않는다고 한 것과 같다. '사내'는 '신이 부재하는 상황'을 빠져나가지 못할 것으로 보인다.

신의 부재는 희망의 부재를 말하는 것이다. 신과 희망은 가장 가까운 관계에 있는 쌍 중의 하나이다.

> 내가 살아온 것은 거의
> 기적적이었다
> 오랫동안 나는 곰팡이 피어
> 나는 어둡고 축축한 세계에서
> 아무도 들여다보지 않는 질서
> […]
> 두려움이 나의 속성이며
> 미래가 나의 과거이므로

-「오래된 書籍」 부분

희망이 없이 사는 자가 "기적적"으로 사는 자이다. 희망이 아닌 "두려움"으로 사는 자가 기적적으로 사는 자이다. "두려움이 나의 속성이며 / 미래가 나의 과거"라고 한 것은 희망 부재를 분명히 천명한 것이다. 과거의 두려움이 미래에도 계속된다고 한 것이다. 희망 제로 지대에서의 삶이 기형도의 삶이었다.

신의 부재, 혹은 인간과 신의 소통 부재도 중요한 열쇠어이고, 인간 사이의 소통 부재도 중요한 열쇠어이다.

나를
한번이라도 본 사람은 모두
나를 떠나갔다, 나의 영혼은
검은 페이지가 대부분이다, 그러니 누가 나를
펼쳐볼 것인가

—「오래된 書籍」 부분

모퉁이에서 마주친 노파, 술집에서 만난 고양이까지 나를 거들떠보지
도 않았다

—「여행자」 부분

"나를 / 한번이라도 본 사람은 모두 / 나를 떠나갔다"? "나의 영혼은 / 검은 페이지가 대부분이다, 그러니 누가 나를 / 펼쳐볼 것인가"? "모퉁이에서 마주친 노파, 술집에서 만난 고양이까지 나를 거들떠보지도 않았다"? 신에 의한 소외에 이어 사람(혹은 생물)에 의한 소외를 말하고 있다. 정확히 말하면 절대적 소통의 부재이다. 절대적 고독이다.

문제는 소통 부재의 이유이다. 왜 소통이 부인되느냐는 것이다. "두려움이 나의 속성"이라고 했으므로 '두려움'이 소통 부인의 이유라고 말할 수 있다. 그래도 문제는 남는다. 그러면 무엇에 대한 두려움이냐는 것이다. 대상이 있는 두려움이냐, 아니면 대상이 없는 원초적 두려움이냐는 것이다. 원초적 두려움이라고 가까스로 말할 수 있는 것은 어디에서도 두려움의 내역에 대해 말해주고 있지 않기 때문이다.[1] 원초적 두려움은 사실 기형도만의 것은 아니다. 많은 시인들이 원초적 두려움 앞에 서서 원초적 두

---

[1] "그는 말을 듣지 않는 자신의 육체를 침대 위에 집어던진다 / 그의 마음속에 가득찬, 오래된 잡동사니들이 일제히 절그럭거린다 / 이 목소리는 누구의 것인가"(「여행자」 부분). 두려움의 대상으로서 "말을 듣지 않는 자신의 육체"를 말할 수 있다. 규율 규범의 수퍼 에고의 말을 듣지 않으려고 하는 욕망의 이드에 대한 두려움이 두려움의 내용이라고 말할 수 있다. "목소리"는 이드의 목소리였다.

려움에 떨고 있다. 원초적 두려움을 고백하고 있다.

원초적 두려움과 무엇보다도 죽음이 인접의 관계에 있다. 원초적 두려움은 '죽음 앞에서의 원초적 두려움'이라고 할 수 있다.

기형도는 죽음의 시인이었다. 정확히 말하면 이미 죽어있는 시인이었다. 두 가지 접근이 가능하다. 첫째, 죽음을 말함으로써 죽음에 대한 두려움에서 벗어나려고 했다는 것이다. 둘째, 정말 늙었다고 인식하고, 혹은 죽었다고 인식하고, 이에 대해 절망하는 것이다. 문제는 '둘째'이다. 기형도는 스스로를 정말 늙었다고 인식하고, 혹은 죽었다고 인식하고, 이에 대해 절망하고 있는 것으로 보인다.

나는 불행하다
이런 것은 아니었다, 나는 일생 몫의 경험을 다했다,

ㅡ「진눈깨비」 부분

"나는 일생 몫의 경험을 다했다"라고 한 것은 희망 부재를 말하는 것이기도 하고, 스스로에게 죽음을 선고하는 것이기도 하다.

2. 죽은 자의 시, 혹은 늙은 자의 시

기형도의 시는 죽은 자의 시이다. 혹은 늙은 자의 시이다. 늙은 자의 시를 늙은 아이의 시라고 말할 수 있다. 늙은 기형도의 시라고 말할 수 있다. 기형도의 생물학적 나이를 고려한 것이다.[2]

---

2) 김현은 일찍이 기형도의 유고시집 『입 속의 검은 잎』(1989)의 해설에서 기형도를 "죽음만을 마주하고 있는 늙은이"라고 정의한 바 있다.

　　나에게는 낡은 악기가 하나 있다. 여섯 개의 줄이 모두 끊어져 나는 오래 전부터 그 기타를 사용하지 않는다. '한때 나의 슬픔과 격정들을 오선지 위로 데리고 가 부드러운 음자리로 배열해주던' 알 수 없는 일이 있다. 가끔씩 어둡고 빈 방에 홀로 있을 때 그 기타에서 아름다운 소리가 난다. 나는 경악한다. 그러나 나의 감각들은 힘센 기억들을 품고 있다. 기타 소리가 멎으면 더듬더듬 나는 양초를 찾는다. 그렇다. 나에게는 낡은 악기가 하나 있는 것이다. 그렇다. 나는 가끔씩 어둡고 텅 빈 희망 속으로 걸어 들어간다. 그 이상한 연주를 들으면서 어떨 때는 내 몸의 전부가 어둠 속에서 가볍게 튕겨지는 때도 있다.

　　먼지투성이의 푸른 종이는 푸른색이다.
　　어떤 먼지도 그것의 색깔을 바꾸지 못한다.

—「먼지 투성이의 푸른 종이」 전문

　　"한 때 […] 격정들"을 얘기하고 있다. 격정들을 '지나간 격정들'이라고 하고 있다. 격정들은 젊음의 격정이기 쉬우므로 젊음이 지나갔다고 한 것으로 볼 수 있다. "어둡고 텅 빈 희망"을 노래하는 자 또한 "낡은 악기"처럼 늙은 자이다.

　　"푸른색"도 과거의 푸른색이었다. 기형도가 그것에 결코 도달하지 못하는 과거의 푸른색이었다. "어떤 먼지도 그것의 색깔을 바꾸지 못한다"라고 한 것은 과거는 바꾸지 못한다고 한 것이다.

　　「먼지 투성이의 푸른 종이」에서 중요한 것은 과거는 바꿀 수 없다는 인식이다. 혹은 바꿀 수 없는 과거에 묶여 살 수밖에 없는 운명에 대한 인식이다. 보통 바꿀 수 없는 과거를 털어버리고 미래에 대한 기대를 짊어지고 사는데, 기형도는 미래에 대한 기대를 털어버리고 바꿀 수 없는 과거를 짊어지고 산다. 과거에 집착하는 자는 늙은 자이다. 늙은 자들이 미래를 보지 않고, 과거를 본다.

'늙은 아이'의 증거는 이외에도 많다. 불안에게 '얼마든지 머물다 가라'는 자는 늙은 자이다. 불안을 떨쳐버리려고 하는 자는 젊은 자이다. 다시 말하면 불안과 동행하려고 하는 자는 늙은 자이다. 늙은 자는 고독하여 불안과 친구하기를 서슴치 않는다.

> 내 희망을 감시해온 불안의 짐짝들에게 나는 쓴다
> 이 누추한 육체 속에 얼마든지 머물다 가시라고
> [⋯]
> 나는 이미 늙은 것이다
>
> —「정거장에서의 충고」 부분

'늙은 자'는 자연적으로 된 것이 아니라, '불가피하게' 된 것이다. 주목되는 것은 "내 희망을 감시해온 불안의 짐짝들에게 나는 쓴다 / 이 누추한 육체 속에 얼마든지 머물다 가시라고"이다. 불안을 용납할 수밖에 없다는 것을 인식한 자의 말이다. 불안에게는 패배할 수밖에 없다는 것을 인식한 자의 말이다. 많은 경우 '의지'는 불안에게 지게 되어 있다 하더라도 용납과 패배를 말하는 것은 젊은 자가 아닌, 늙은 자이기 쉽다.

늙음을 강령적으로 노래한 시가 「病」이다. 「病」에서 화자는 늙음을 자청하고 있고, 늙음을 선언하고 있다.

> 내 얼굴이 한 폭 낯선 풍경화로 보이기
> 시작한 이후, 나는 主語를 잃고 헤매이는
> 가지 잘린 늙은 나무가 되었다.
>
> 가끔씩 숨이 턱턱 막히는 어둠에 체해
> 반 토막 영혼을 뒤틀어 눈을 뜨면
> 잔인하게 죽어간 묽은 세월이 곱게 접혀 있는

단단한 몸통 위에,
사람아, 사람아 단풍든다.
아아, 노랗게 단풍든다.

—「病」 전문

"노"란 "단풍든" "늙은 나무"가 기형도 자신이었다. 문제 되는 표현이 "主語를 잃고 헤매이는/가지 잘린 늙은 나무"라고 한 것이다. 主語를 잃었다는 것은 다른 말로 하면 능동성을 잃었다는 것이다. 객체가 되었다는 것이다. 늙은 존재, 혹은 죽은 존재들이 객체들이다. 주검은 객체로서 존재한다.

늙은 존재, 혹은 죽은 존재가 죽음을 예찬하는 것 또한 하등 이상한 일이 아니다.

이봐, 죽지 않는 것은 오직
죽어 있는 것뿐, 이젠 자네 소원대로 되었네
[…]
나는 딱딱한 과자를 좋아해
이건 나무

—「나무공」 부분

"죽지 않는 것은 오직/죽어 있는 것뿐, 이젠 자네 소원대로 되었네"라고 한 것은 영원한 것은 죽음이라고 한 것이다. 그리고 그 영원한 죽음을 예찬한 것이다. "딱딱한 과자를 좋아"한다고 한 것도 죽음을 예찬한 것이다. 딱딱한 과자와 "나무"는 인접의 관계에 있다. 부드러운 것은 삶을 표상하고 딱딱한 것은 죽음을 표상한다. '죽은 자'를 명시적으로 표명한 시들이 「10월」, 「이 겨울의 어두운 창문」 등이다.

한 때 절망이 내 삶의 전부였던 적이 있었다
[…]
자고 일어나면 머리맡의 촛불은 이미 없어지고
하얗고 딱딱한 옷을 입은 빈 병만 우두커니 나를 쳐다본다.

-「10월」 부분

어느 영혼이기에 아직도 가지 않고 문밖에서 서성이고 있느냐.
[…]
공중에는 빛나는 달의 귀 하나 걸려 고요히 세상을 엿듣고 있다.

-「이 겨울의 어두운 창문」

"절망이 […] 삶의 전부"인 자가 죽음의 幻影을 보고 있는 듯하다. "하얗고 딱딱한 옷"은 수의인 것으로 보인다. 시적 화자는 수의를 입은 자, 이미 죽은 자로 나타난다. 「이 겨울의 어두운 창문」에서는 죽은 자가 죽은 자의 처소로 돌아가지 못하고 삶의 주변을 "서성이"는, 혹은 삶의 "세상을 엿듣"는 장관을 연출해보이고 있다. "달의 귀"는 죽은 자의 "영혼"의 은유였다.

뒤엉켜 죽은 망초꽃들이 휘익휘익 공중에서 말하고 지나갔다.
'그것 봐' '그것 봐'

-「沙江里」 부분

"그것 봐"라는 소리를 듣는 자는 '운명'을 알고 있는 자이다. 운명을 알고 있을 뿐만 아니라, 그 운명을 곱씹고 되씹고 있는 자이다. 운명은 물론 소멸의 운명이다.

기형도에게는 삶이 없다고 말할 수 있다. '죽음'으로부터 벗어나있는 삶이 없다고 말할 수 있다.

흐린 알 전구 아래 엉망으로 취한 군인은
몇 해 전 누이 얼굴을 알아보지 못하고, 여자는
자신의 생을 계산하지 못한다

—「봄날은 간다」 부분

"취한 군인"과, 그리고 취한 군인과 마찬가지로, "여자"는 세월을 의식하지 못하는 자들로 보인다. 세월을 의식하지 못하는 자들이 어울리고 있다. 이것이 보통의 인생이다. 기형도는 그런데 이런 보통의 인생에서, 혹은 이런 '삶의 한가운데'에서, 비켜 서있다. 그에게는 "누이 얼굴을 알아보지 못하"는 취한 군인이 없다. 취한 군인에게 몸을 맡기는 여자가 없다. 삶이 없다. 이미 늙은 자(혹은 죽은 자)이기 때문이다.

무老의 이유에 대해서 말할 수 있다.

누이여
또다시 은비늘 더미를 일으켜세우며
시간이 빠르게 이동하였다
[…]
하나의 작은 죽음이 얼마나 큰 죽음들을 거느리는가

—「나리 나리 개나리」 부분

"죽음"은 누이의 죽음이었다. 문제는 누이의 죽음에서 빠져나가지 못하고 있다고 한 것이다. 누이의 죽음이 여러 개의 "큰 죽음들"을 거느리는데 그들 중에 나의 죽음도 포함되어 있다고 한 것이다. 살아있다고 다 살아 있는 것은 아니다. 다시 말하지만 이미 죽은 자가 있는 것이다. 혹은 죽음 바로 앞에 있는 자가 있는 것이다. 죽음 바로 앞에 있는 자는 늙은 자이다. 늙은 자는 죽음에 대해 더 자주 생각하기 마련이다. 시한부 인생이 죽음에 대해 더 자주 생각하기 마련인 것과 다를 바 없다.

3. 삶을 동경하는 자의 시

'늙은 기형도'는 모순이다. 기형도의 시를 '늙은'과 '(젊은) 기형도'의 길항으로 볼 수 있다. 기형도의 시를 「이 겨울의 어두운 창문」의 예에서 보듯이 죽음과 삶의 길항으로 볼 수 있다.

기형도의 시를 죽은 자(혹은 늙은 자)의 시임과 동시에 삶을 동경하는 자의 시로 볼 수 있다. 죽음을 삶의 반어로 보는 것이다. 앞에서 인용한 "나를 / 한 번이라도 본 사람은 모두 / 나를 떠나갔다. 나의 영혼은 / 검은 페이지가 대부분이다. 그러니 누가 나를 / 펼쳐볼 것인가"(「오래된 書籍」)에서 "검은 페이지가 대부분이다. 그러니 누가 나를 / 펼쳐볼 것인가"를 주목하는 것이다. "누가 나를 펼쳐볼 것인가"라고 한 것을 반어로 보는 것이다. 누가 나를 '죽음의 세계'("검은 페이지"의 세계)에서 삶의 세계로 꺼내주기를 바라고 있는 것으로 보는 것이다. 「빈집」도 이렇게 볼 수 있다.

> 장님처럼 나 이제 더듬거리며 문을 잠그네
> 가엾은 내 사랑 빈집에 갇혔네
>
> —「빈집」 부분

'검은 페이지'처럼 "빈집"은 죽음(혹은 종말)의 공간이다. "빈집에 갇혔네"라고 한 것은 죽음의 공간에 갇혀있다고 한 것이다. 문제는 "가엾은 사랑"이다. '가엾다'에는 빈집에서 빠져나오기를 바라는 심정이 포함되어 있다.

비슷한 반어가 「흔해빠진 독서」와 「植木祭」에도 있다.

> 휴일의 대부분은 죽은 자들에 대한 추억에 바쳐진다
> […]
> 때때로 죽은 자들에게 나를 빌려주고 싶을 때가 있다
> […] 그들이 선택할 삶은 이제 없다
>
> —「흔해빠진 독서」 부분

> 어디쯤일까 내가 연기처럼 더듬더듬 피어올랐던
> 이제는 침묵의 목책 속에 갇힌 먼 땅
> 다시 돌아갈 수 없으리, 흘러간다
>
> —「植木祭」 부분

"그들이[죽은 자들] 선택할 삶은 이제 없다"고 한 것이 문제이다. 선택할 삶이 있을 때가 좋다고 한 것이다. '삶'이 좋다고 한 것이다. 그리고 "다시 돌아갈 수 없으리"라고 한 것이 문제이다. 다시 돌아가고 싶다고 한 것이다. 「植木祭」에서 "연기"는 사람 사는 세상, 혹은 행복했던 목가적 세계를 표상한다.

죽음 예찬과 삶의 예찬 또한 멀리 떨어져 있지 않다. 죽음을 예찬할 수 있는 자는 삶을 예찬할 수 있는 자이다. 삶의 소중함을 예찬할 수 있는 자이다.

> 세상은 온통 크레졸 냄새로 자리잡는다. 누가 떠나든 죽든
> 우리는 모두 위대한 혼자였다. 살아 있으라, 누구든 살아 있으라.
>
> —「비가·2」 부분

죽음["크레졸"]을 홀로 담당할 수 있는 자는 위대한 자이다. 마찬가지로 삶을 홀로 담당할 수 있는 자 또한 위대한 자이다. 모든 홀로 살아있는 자는 위대한 자이다. 기형도에게 인생은 '"위대한 혼자"로서의 인생'일 때

가치가 있다.

잃어버린 청춘을 애석해하는 것도 삶의 예찬과 관계있다.

나는 어디로 가서 내 나이를 털어야 할까? 지나간 봄 화창한 기억의 꽃밭 가득 아직도 무우꽃이 흔들리고 있을까? 사방으로 인적 끊어진 꽃밭, 새끼줄 따라 뛰어가며 썩은 꽃잎들끼리 모여 울고 있을까.

-「도시의 눈」 부분

"나는 어디로 가서 내 나이를 털어야 할까?"는 '늙은 나이'로부터 '잃어버린 나이'로 돌아가고 싶은 욕구의 표현이다. 뒤 이은 "기억의 꽃밭"이란 표현 또한 이러한 해석에 동의하게 한다. 문제는 잃어버린 청춘의 모순된 내용이다. "무우꽃이 흔들리"는 아련한 청춘일 수 있고 "인적 끊어진 꽃밭"에 "썩은 꽃잎들"만 있는 험한 청춘일 수 있다. 험한 청춘? 험한 청춘이라도 좋다. 험한 청춘으로라도 돌아가고 싶다고 한 것?

"대학을 떠나기가 두려웠다"(「대학시절」)도 젊음을 '제대로' 겪지 못한 기형도를 말하고 있는 것이다. "대학시절"을 제대로 겪지 못하고 늙어버린 기형도를 아쉬워하고 있는 것이다.

이 지점에서 삶을 직접적으로 거론한 시를 말할 수 있을 듯하다. 사회적 삶에서 나온 시를 말할 수 있을 듯하다.

안개가 걷히고 정오 가까이
공장의 검은 굴뚝들은 일제히 하늘을 향해
젖은 총신을 겨눈다. 상처 입은 몇몇 사내들은
험악한 욕설을 해대며 이 폐수의 고장을 떠나갔지만
재빨리 사람들의 기억에서 밀려났다. 그 누구도
다시 읍으로 돌아온 사람은 없었기 때문이다.
[…]

　　아침 저녁으로 샛강에 자욱이 안개가 낀다.
　　안개는 그 읍의 명물이다.
　　누구나 조금씩은 안개의 주식을 갖고 있다.
　　여공들의 얼굴은 희고 아름다우며
　　아이들은 무럭무럭 자라 모두들 공장으로 간다.

−「안개」 부분

　　“안개”와 “공장의 검은 굴뚝들”에서 뿜어대는 연기는 대체의 관계에 있다. 이때 안개는 사회적 비판의 대상이 된다. “폐수의 고장”의 폐수처럼 사회적 비판의 대상이 된다. 이 시를 산업화 시대의 ‘대도시시’라고 부를 수 있는 이유가 된다.

4. 대도시시

　　기형도 시에 접근하는 또 하나의 열쇠어는 익명성이다. 대도시의 익명성이다. 기형도의 많은 시들을 ‘대도시시’로 읽을 수 있다. 시적 화자는 ‘나’로 등장하거나 혹은 ‘그’로 등장한다. 수많은 그 중의 그로 등장한다. 한 편의 시에서도 나와 그가 공존한다.

　　어리석었던 청춘을, 나는 욕하지 않으리

　　흰 김이 피어오르는 골목에 떠밀려
　　그는 갑자기 가랑비와 인파 속에 뒤섞인다

−「가수는 입을 다무네」 부분

　　“나”는 “그”로 변주되었고, “인파 속에 뒤섞인” 그가 되었다. 보들레르를 비롯한 하임의 대도시시들의 주요 특성 중의 하나가 군중이었다. 군중이라는 익명성이었다.

> 움직이지 못하는 건물들은 눈을 뒤집어쓰고
> 희고 거대한 서류뭉치로 변해갔다
> 무슨 관공서였는데 희미한 불빛이 새어나왔다
> 유리창 너머 한 사내가 보였다
> 그 춥고 큰 방에서 書記는 혼자 울고 있었다!
>
> —「기억할만한 지나침」 부분

"건물", "서류뭉치", "관공서", "유리창" 등이 대도시와 관계있다. 특히 "거대한 서류뭉치"가 대도시와 관계있다. "거대한 서류뭉치" 중의 한 장의 서류처럼 익명의 한 사내가 등장하고 있다. 그리고 그 사내는 울고 있다. 그러나 그 울음은 수많은 서류뭉치 중의 한 장의 서류뭉치와 같은 울음으로 들린다. 대량생산적 울음으로 들린다. 기형도의 여러 시에서 등장하는 "김" 또한 익명성의 혐의에서 벗어날 수 없다.

> 김은 주저앉는다 어쩔 수 없이 이곳에
> 한 번 꽂히면 어떤 건물도 도시를 빠져나가지 못했다
> 김은 중얼거린다. 이곳에는 죽음도 살지 못한다
>
> —「오후 4시의 희망」 부분

익명성으로서의 "김"을 말하고 있다. 대도시의 "건물"을 말하고 있다. 그러나 이 시에서 무엇보다도 주목되는 것은 대량생산적 죽음이다. 대도시에서의 죽음이 대량생산적 죽음이라는 것을 알리고 있다. "죽음도 살지 못한다"라고 한 것을 '고유한 죽음'을 맞지 못한다고 한 것으로 읽는 것이다. 고유한 죽음은 개별적인 장엄한 죽음이다. 이에 반해 병원에서의 죽음, 장

례식장에서의 주검들이 대량생산적 죽음, 대량생산적 주검이다.

　무엇보다도 「종이달」의 다음과 같은 구절이 대도시시의 전형성을 보여주고 있다.

　　　블라인드를 내리고 있는 金을 본다.
　　　자네가 무엇을 생각하는지 모르겠어.
　　　수백 개 명함들을 읽으며
　　　일일이 얼굴들을 기억할 순 없지.
　　　[…]
　　　각자의 소유만큼씩 가늠해보는 가치의 면적

−「종이달」 부분

　「오후 4시의 희망」에서처럼 "金"은 익명성을 강조하기 위한 것이다. "수백 개 명함"은 익명성과 함께 대도시의 군중성을 강조한 것이다. "일일이 얼굴들을 기억할" 수 없다고 한 것은 익명성과 군중성을 동시에 강조한 것이다. 혹은 대도시의 '둔감, 냉담, 혐오' 등을 강조한 것이다. "각자의 소유만큼씩 가늠해보는 가치의 면적"도 대도시와 관계있다. 대도시는 '분열(혹은 분업)의 대도시'이다. 각자의 소유만큼만 가늠할 수 있을 뿐이다. 전체를 가늠하기가 쉽지 않다. 서울은 가늠하기가 쉽지 않다. 「종이달」의 다음과 같은 구절도 대도시(시)와 관계있다.

　　　사람들은 조금씩 빨라진다.
　　　속도가 두려움을 만날 때까지.

　대도시의 특징 중의 하나가 빠름이다. 빠른 지나침이다. 짐멜은 이것을 지각 작용의 변화로 설명하였었다. 벤야민에게는 경험과 체험을 나누는 기준이 되었다. 체험은 대도시의 수많은 체험으로서 망각과 관계하고, 경험은 '느린 시대'의 경험으로서 회상과 관계하는 것이었다. 「종이달」의 다음과 같은 구절도 주목되었다.

> 소리나는 것만이 아름다울 테지.
> 소리만이 새로운 것이니까 쉽게 죽으니까.
> 소리만이 변화를 신고 다니니까.
> 그러나 무엇을 예약할 것인가. 방이 모두
> 차거나 모두 비어 있는데. 무관심만이
> 우리를 쉬게 한다면 더 이상 기억할 필요는
> 없어진다. 과거는 끝났다. 즐거움도
> 버릇 같은 것. 넥타이를 고쳐 매면서 거울 속의 키를
> 확인하고 안심하듯이 우리는 미혼이니까.
> 속성으로 떠오르는 달을 보면서 휘파람불며

'"새로운" "소리"'와 새로운 소리의 "쉽게" 오는 "죽"음에 대해 얘기하고 있다. 혹은 소리의 "변화"에 대해 얘기하고 있다.

"무관심" 또한 대도시의 특징적 양상 중의 하나이다. 무관심 및 무관심에 의한 망각("더 이상 기억할 필요는/ 없어진다")이 없으면 '생활'을 영위하기 힘들기 때문이다. 자아가 존립하기 힘들게 되기 때문이다.

이 시의 압권은 "속성으로 떠오르는 달"이다. 대도시에 걸맞는 달이 아닐 수 없다.

5. 補遺

기형도는 슬픔이 쾌락으로 변하는 삶의 내밀한 비밀을 알고 있었다. 슬픔이 추려져서 기쁨이 될 수 있다는 것을 알고 있었다.

어떠한 슬픔도 그 끝에 이르면 짓궂은 변증의 쾌락으로 치우침을 네가 아느냐. 밤들이 생쥐를 물어뜯는 더러운 달빛 따라가며 휘파람 부는 작은 풀벌레들의 그 고요한 입술을 보았느냐. 햇빛은 또 다른 고통을 위하여 빛나는 나무의 알을 잉태하느니 從者여, 그 놀라운 보편을 진실로 네가 믿느냐.

—「포도밭 묘지·2」

그러나 아는 것과 아는 대로 사는 것은 별개. 기형도는 기다리지 못했다. "슬픔"이 "쾌락"이 될 때까지 기다리지 못하고 슬픔에 영원히 잠겨버렸다.

주체 부정 : 다양한 목소리의 시
이낙봉론—시집 『미안해, 서정아』를 중심으로

시마가 발생하면, 쓰지 않으면 견딜 수 없는 충동이 발생하면, 시를 쓴다. 일기가성으로 한 편의 시가 다 쓰여질 때가 있고 몇 줄 쓰여지다가 말 때가 있다. 몇 줄 쓰여지다가 만다는 것은 물론 미완으로 그쳤다는 것이다. '몇 줄 쓰여지다가 만 것들'도 물론 소중한 것들이다. 이미 굵직한 시상이 자리 잡은 것이기 때문이다.

시마, '쓰지 않으면 견딜 수 없는 충동'이긴 하지만 조금은 다른 시마, 다른 '쓰지 않으면 견딜 수 없는 충동'이 있다. 고급 독자를 의식한 시 쓰기, 이를테면 '실험적 시 쓰기'가 여기에 해당된다. 이 경우에서는 사실 시마, 쓰지 않으면 견딜 수 없는 충동보다 착상이란 말이 더 어울린다. 실험적 새로운 시에 대한 착상이라고 말할 수 있다. 착상을 아이디어로 바꿀 수 있다. 아이디어가 실험적 새로운 시를 만든다고 말할 수 있다. 이낙봉의 많은 시들이 고급 독자를 위한 것들이다. 이낙봉은 기존의 서정시를 무시하는(혹은 넘어서는) 새로운 실험적 시에 도전하고 있다. 서시 「041016」
에는 독자가 채워 넣어야 할 것으로 보이는 빈 공간이 시의 한 가운데에
'턱' 버티고 있다(독자가 채워 넣어야 할 빈 공간이라고 한 것은 빈 공간에 이어
"독자가 시를 다 쓰다, 아멘"이라는 말이 뒤따르고 있기 때문이다. 서시 「041016」은
'독자가 시를 다 쓰다, 아멘'이라는 말로 끝을 맺는다). 시인 자신이 아닌, 독자로
하여금 시를 쓰게 하다니! 그의 이런 의도가 먹혀들지는 모르겠지만, 진짜
시를 채워 넣는 독자가 있을지 모르겠지만, 새로운 착상임은 틀림없다. 전
복적 발상임은 틀림없다. 전복과 신성모독은 인접의 관계에 있다. 서시 「0
41016」은 다음과 같이 시작한다.

> '머리가 무거워 눈을 감는다'라고 쓰다가
> 예수님의 이름으로 초록이라고 쓰다가 빨강이라고 쓰다
> 가 노랑이면 어떤가로 고쳐 쓰다가 그렇게 구불구불 시
> 한줄 쓰려고 애쓰다가 독자를 위하여

'예수님의 이름으로 기도합니다'를 "예수님의 이름으로 초록이라고 쓰다
가……"로 바꾸었다. 신성모독이라고 하지 않을 수 없다. 다시 말하지만 서
시 「041016」은 "독자가 시를 다 쓰다, **아멘**"(강조는 필자)으로 끝맺고 있다.
　시 「050730」은 더욱 가관이다. 시 쓰는 과정을 '의도적으로' 보여주고
있다. 물론 이낙봉의 시 쓰는 과정이다. 다른 많은 시인들이 이렇게 시를
쓰지 않는다.
　먼저 "처음쓰기"가 나온다. 열쇠어들이 등장한다. 다음, "미리쓰기"가
나온다. 초벌구이와 같다. '모양'을 갖추고 있다. 세 번째, "고쳐쓰기"가 나
온다. 단점이 발견되고 단점을 보완한 모양이다. 이낙봉의 시쓰기는 그러
나 여기에서 끝나지 않는다. 마음에 안들었는지 네 번째, "다시쓰기"가 등
장한다. '다시쓰기'에서도 시는 끝나지 않는다. "다시쓰기"에서 무슨 영감

을 받았는지 이낙봉은 마지막으로 "되받아쓰기"를 첨가한다.

처음쓰기, 미리쓰기, 고쳐쓰기, 다시쓰기, 되받아쓰기를 처음부터 끝까지 이낙봉 시인 혼자 행하고 있다. 이낙봉은 이제 마지막 카드를 빼든다. "또쓰기"이다. '또쓰기'의 내용은 다음과 같다.

6. 또쓰기

--- 고도의 私記 事機 詐欺

詐欺라니? 결국은 사기였다는 것이다. 여태까지의 행위가 사기였다는 것이다.

詐欺라고 했지만 사실 크게 충격 받을 일은 아니다. 詐欺는 픽션, 혹은 가상공간과 인접의 관계에 있다. 문학을 보통 픽션, 혹은 가상공간이라고 말한다.

「050730」을 쓸 수 있었던 것은 '분열의 존재' 때문이다. 분열의 존재가 '처음쓰기'에서부터 '또쓰기'까지 끌고 갔다고 할 수 있다. 1분 전의 '나'와 2분 전의 나와 지금의 나가 다르고 1분 후의 나와 2분 후의 나가 다른 것이다. 이러한 분열의 존재를 자인한 시가 있다. 「050106」이다. 전문을 인용한다.

> 지금 시를 쓰려는 내가 식은 커피 잔 가위 구두 종이 의자 책 연필 벗
> 어놓은 양말 살비듬으로 떨어지고, 지금 시를 쓰는 내가 흐린 하늘 고층
> 아파트 마을버스 보도블럭 세탁소 약국 부동산 찢어진 비닐봉지로 휘날
> 리고, 지금 시를 쓴 내가 머리카락 담배 베게 이불 불 꺼진 전등 재떨이
> 멈춘 시계 구겨진 잠옷으로 늘어지고, 지금 시를 지우는 내가 어제의 내
> 가 디지털시계의 1, 2, 3, 4, 5, 6, ······ 쪼개지고 부서져 바다로 뛰어들고,

지금 시를 지우는 내가,

지금 이 시에는 적어도 5개의 주체들이 등장한다. "지금 시를 쓰려는 내가", "지금 시를 쓰는 내가", "지금 시를 쓴 내가", "지금 시를 지우는 내가", "어제의 내가" 등이 그것들이다. 주체들은 각기 다른 모양을 하고 있다. 이것을 이낙봉은 의도적으로 보여주고 있다. 축약해서 말하면 '지금 시를 쓰려는 내가'는 "살비듬으로 떨어지고", '지금 시를 쓰는 내가'는 "찢어진 비닐봉지로 휘날리고", '지금 시를 쓴 내가'는 "구겨진 잠옷으로 늘어지고", '지금 시를 지우는 내가'와 '어제의 내가'는 "디지털시계의 1, 2, 3, 4, 5, 6, …… 쪼개지고 부서져 바다로 뛰어들고" 있다. 분열된 주체의 적나라한 모습이 아닐 수 없다. 이낙봉은 분열된 주체를 형상화하는데 성공한 것으로 보인다.

이낙봉의 시에 접근하는 또 하나의 키워드는 '파편적 글쓰기'이다. 파편적 글쓰기의 모범적 예는 詩史에서 보통 리히텐슈타인(A. Lichtenstein, 1889~1914)의 「황혼」을 꼽는다.

한 창문에 한 뚱뚱한 남자가 달라붙어 있다.
한 젊은이는 다감한 한 여자를 방문할 생각이다.
한 백발의 광대가 장화를 신는다.
한 유모차가 소리를 지르고 개들이 저주한다.

－「황혼」 부분

첫째 행과 둘째 행, 둘째 행과 셋째 행, 셋째 행과 넷째 행이 전통 서정시에서처럼 상호 긴밀한 관계에 놓여 있지 않다. 파편적 관계에 놓여있다고 할 수 있다. 어느 행이 먼저 나와도 상관없으므로 동시성의 원리, 우연성의 원리가 개입하였다고 할 수 있다. 인용된 시행들 전부가 상호 이질적인 것의 결합이므로 콜라주의 시라고도 할 수 있다.

이낙봉의 「041112」를 비교해보자.

　　신문이 앓는다, 전공노 "총파업 강행"이 앓고, "李총리는 정치적 파면"이
앓고, 與 '4개 쟁점법안' 숨고르기가 앓고, 여고생 실종 한달 후 다른 여고생
피살이 앓고, 경인지역 실업급여 신청자 급증이 앓고, 獨善이란 이름의 罪가
앓고, "맞고 맞고 또 맞았습니다"가 앓고 무의미한 日常이 앓고,

―「041112」 부분

신문을 크로스 리딩한 것으로 위의 리히텐슈타인의 「황혼」과 형식 상
의 큰 차이가 없다. 상호 긴밀한 내적 긴장관계가 존재하지 않는다. 각각
의 정보들이 파편적 관계에 있을 뿐이다. 역시 어느 것이 앞에 나와도 상
관없을 것 같으므로 동시성의 원리, 우연성의 원리가 개입하였다고 할 수
있다. 이 시의 맨 밑에는 "고딕체는 2004. 11. 11. 목 조선일보 기사 제목
을 그대로 따온 것임"이라는 각주가 붙어있다. "與 '4개 쟁점법안' 숨고르
기"를 맨 처음 보았으면 이것이 시의 앞부분을 차지하였을 것이다.

이낙봉의 이번 시집의 시들에서 또한 주목되는 것은 콤마의 전경화이
다. 거의 모든 구절, 문장, 시의 끝이 콤마로 끝나고 있다. 상호 긴밀한 내
적 긴장관계에 대한 의도적인 거부라고 할 수 있다. 상호 긴밀한 내적 긴
장관계는 '완전성'과 인접의 관계에 있다. 콤마는 완전성에 대한 의도적인
거부였다. 파편적 글쓰기에 대한 의도적인 是認이었다.

상호 긴밀한 내적 긴장관계의 훼손에 관한 한 「050530」도 주목된다.
각 연의 첫 구절만 인용해보자.

　　서울의 밤은 늘 깊은 밤이고, 내 말은 늘 막막하고,
　　[…]

막걸리를 즐겨 마시던 고래의 시절이 있었지,

[…]

미안해, 57Kg의 내가 67Kg이 되고, 49Kg의 이승훈 선생님이 45Kg이
되어 어지러운 것도 미안해,

[…]

미안해, 경인미술관 입구에서 교보문고를 지우고, 교보문고 계단 밑에
서 구름을 지우고,

[…]

서정의 알맹이를 지우려고, 미안해, 서정아,

상호 밀접한 관련이 전혀 존재하지 않는다. 마치 다다이스트들의 언어
유희 같다.

문제는 맨 끝 연이다. "서정의 알맹이를 지우려고, 미안해, 서정아,"로
구성된 맨 끝 연이다. 이낙봉은 이 지점에서 이번 시집의 방향을 선언조로
천명한 듯 보인다. 그 한 마디가 '미안해, 서정아'이다. '미안해, 서정아'는
겸손한 어조이지만 서정시와 결별하겠다는 결연한 의사 표시로 보인다.

언어유희 또한 이낙봉의 이번 시집의 여러 특징들 중의 하나라고 할
수 있다. 언어유희는 「060131」에서 돋보인다.

동동동

이상李箱을 읽고
이상異相으로
이상異常으로
이상異象으로
이상異狀을 읽고

"동동동"은 다다이스트들이 즐겨 사용했던 '소리시'와 같은 것이다. 기

의는 없고 기표만 남아있는. 이 시에서 주목되는 것은 무의미와 유의미이
다. 무의미시로도 읽을 수 있고 유의미시로도 읽을 수 있다는 것이다. "이
상"의 변주들을 언어유희로만 보면 무의미시이지만 한자의 뜻을 고려하면
유의미시이기도 하다. 처음의 "李箱"만 빼고 한자어 이상들의 첫 문자를
전부 異자로 표기했기 때문이다. 다른 李箱, 별난 李箱을 강조했다는 것이
다. 물론 이낙봉 본인의 시도 이상의 시처럼 '별나다'라는 의사 표시로 읽
을 수 있다.

리얼리즘 시대에서 최고 신경 쓰는 일들 중의 하나는 주체를 드러내지
않는 것이었다. '진짜'처럼 보이게 하는 일이었다. 루카치는 이것을 "예술
적으로 덮어 가리는 일"이라고 하였다. 지금은 어떤가. 이낙봉은 다음과
같은 시를 쓰고 있다.

겨울하늘을 그린다
새 없는 하늘
바람 없는 하늘
구름 없는 하늘
흰 도화지를 겨울하늘이라고 부르면
일단 그림 완성
색깔이 조금 문제지만
흰색을 하늘색이라고 부르면 해결

화창한 오늘
작업 끝,

-「050227」 전문

"화창한 오늘 / 작업 끝", "색깔이 조금 문제지만 / 흰색을 하늘색이라고
부르면 해결", "흰 도화지를 겨울하늘이라고 부르면 / 일단 그림 완성"에서

보듯이 작업하는 주체가 '노골적으로' 작품에 개입하여 작품의 완성(?)에 기여하고 있다.

이낙봉이 쓰지 않은 것으로 보이게 한 시도 있다. 이낙봉이 썼지만 마치 딴 사람이 쓴 것처럼 보이게 했다는 말이다. 이것은 주체 부정과 관계 있다.

2

바삭바삭 말라가는 대국 / 꽃잎 떨어지는 소리에 놀라 / 깊은 잠을 자지 못하던 그날 밤 / 진딧물끼리 수런수런 / 사랑 나누는 소리를 듣는다 / 꿈속에서도 들어보지 못한 소리 / 그 황홀한 소리에 가슴 두근거려 / 긴 밤 내내 다시 잠들지 못한다.

—이낙봉, <나는 진딧물의 변호인> 부분

1

쥐새끼의 핏줄에는 쥐새끼의 피가 흘렀다 / 늑대새끼의 핏줄에는 늑대새끼의 피가 흘렀다 / 그리고, 인간의 핏줄에는 당연히 인간의 피가 흘렀다 / 태초 이래로, 흐르는 물은 / 거슬러 흐르는 법이 없다는데 / 빈손으로 태어나 내 주름진 손등을 보며 / 노래 한 가락쯤 흘릴 줄 생각했는데 / 내 핏줄에는 가난한 하늘의 노래 대신 / 늦바람 난 인간 슬픔의 피, 그 뜨거운 피가 / 혼탁하게 뒤섞여 흐르는데 / 뜨락에 뒹구는 낙엽, 스스로 피를 말리고 있다

—이낙봉, <낙엽, 스스로 피를 말리고> 전문
—「050723」 부분

두 절 전부에서 이낙봉의 시가 인용되어 있는 형태를 취하고 있다. 이를테면 첫 절은 "이낙봉, <나는 진딧물의 변호인> 부분"으로 끝나고 있고, 두 번째 부분은 "이낙봉, <낙엽, 스스로 피를 말리고> 전문"으로 끝나고 있다. 이 '시'를 쓴 사람은 그렇다면 누구란 말인가. 셋째 절은 다음

과 같다.

> 0
>
> 나는 늘 고양이를 피해 달아난다, 베란다에서 담배 피울 때 고양이가
> 다가오면 거실로, 거실에서 TV를 볼 때 옆에 앉으면 컴퓨터 속으로, 다시
> 베란다로, 식탁으로, 커피도 마시고, 책도 읽고, 밖으로 나가 술도 마시고,
> 그것도 싫증나면 잠 속으로 달아난다, 꿈 속에서도 고양이는 개를 쫓는다,

앞의 두 절을 참조하면 '나'는 어느 문학평론가로 짐작하게 된다. 그러나 셋째 절의 내용을 보면 "나"는 문학평론가가 아니라 시인이라는 것이 드러난다. 셋째 절은 이낙봉이 쓴 것이라고 할 수밖에 없다. 이 시에는 적어도 두 개의 자아가 있다. 이낙봉의 시를 인용하면서 평론을 쓰는 자아, 그리고 시인 이낙봉이라는 자아. 하나의 시에 두 개의 자아를 보여주는 진경을 연출하였다.

이낙봉의 시들 대부분을 '바흐찐'적 의미에서 '단일한 목소리의 시'가 아닌 '다양한 목소리의 시'로 간단히 정의할 수 있다. 파편적 글쓰기에서도 다양한 목소리가 연출되었었다. 「051013」에서도 구절초 얘기를 하다가 끝에서 다음과 같이 딴청을 피우고 있다.

> 서정의 눈으로 여기까지,
> '막막한 새벽의 목숨'이나
> '불면의 강한 내성'이란 관념을 지우고 구절초를 썼는데
> 아리아리 난 비빔밥이 먹고 싶다,

이낙봉의 시를 관류하는 다양한 목소리의 시, 파편적 글쓰기, 분열된 주체 등이라는 키워드들은 전부 주체 부정과 밀접한 관계가 있다. 주체는 전통적 '상호 긴밀한 내적 긴장관계'의 시들에서 흔히 볼 수 있는 것들이

었다. 주체 부정의 시들을 몇 편 더 보자.

> 거울 뒷면에서
> 속이 텅텅 빈 달을 두드리며
> 하늘과 몸을 섞는다.
>
> ─「040728」 부분

"거울 뒷면"에 비친 나는 없다. "속이 텅텅 빈 달"도 없는 달이다. '나'가 없는 것과 같다. "하늘과 몸을 섞는다"는 것도 예사롭지 않다. 하늘 역시 빈 하늘이기 때문이다. 빈 하늘에 빈 몸을 섞는다고 하였다.

> [⋯] 밤마다 땀 흘리는 내 알몸이 술에 섞이고 말에 섞여 누더기가 되고, 환상 속에서 꽃 향기에 섞이고, 갸르릉 갸르릉 고양이 울음소리가 빗소리에 섞이고.
>
> 거울 뒷면에서
> 겹겹이 접힌 나는
> 주둥이가 작은 병 속에 갇혀
> 막막한 하늘과 몸을 섞는다,
>
> ─「040728」 부분

"술에 섞"인 몸, "말에 섞"인 몸, "꽃 향기에 섞"인 몸들도 온전한 몸이 아니다. "거울 뒷면에서 / 겹겹이 접"혀 있다는 것은 분열되어 있다고 한 것이다. 분열되어 있는 주체는 모순된 주체이다. 온전한 주체가 아니다. "주둥이가 작은 병 속에 갇혀" 있는 주체도 없는 것과 마찬가지인 주체이다. 말을 못하는 주체는 없는 것과 마찬가지인 주체이다.

몸 속에 개를 두고 사는 자도 온전한 주체를 회의하게 한다.

　　50, 칙칙한 데드마스크를 TV에 걸고 보면 개가 보인다, 낑낑, 너무 오
래된 혹은 너무 쓸쓸한 아니 너무 누추한,
　　[…]
　　50, 얼마를 더 살아야 개가 사라질까, 날이 저물고, 낑낑, 너무 오싹한
혹은 너무 쌀쌀한 아니 너무 배고픈,

- 「051104」

　　"개가 사라질까"라고 기대하고 있지만 50까지 더불어 있던 개가, 혹은
병균이, 쉽게 나가줄까.

　　무수한 개,

　　겹치고 갈라지고 희미하고 또렷하고 짧고 길고 구부러지고 일그러지
고 벌떡 일어서기도 하다가 맥없이 눕기도 하다가 달아나는 무서운,

　　개,

- 「050610」 부분

　　개도 한 마리가 아니다. "무수한 개"라고 하였다. 살고 있는 모양도 다
다르다. "겹치고 갈라지고 희미하고 또렷하고 짧고 길고 구부러지고 일그
러지고 벌떡 일어서기도 하다가 맥없이 눕기도 하다가 달아나는"이라고
하였다. 달아나는 것도 하나의 살아 있는 포즈로 보아야지 말 뜻 그대로
사라진다고 한 것 같지 않다. "무서운 // 개"로 끝맺었기 때문이다.

　　(언제나 개소리를 끌고 다니며 살았다. […] 기웃거릴 때마다 개소리는
쿵쿵 적대적인데, 적대적인 개소리를 잡았다 놓쳤다 잡았다 놓쳤다 반복
하면서 살았다.)

- 「040704」 부분

또 개다. 이번에는 "개소리"라고 한 것이 다르다. "언제나 개소리를 끌고 다니며" 산 자는, 혹은 "적대적인 개소리를 잡았다 놓쳤다 잡았다 놓쳤다 반복하면서" 산 자는, 사람인가, 개인가. 혹은 개이면서 사람인가. 개(소리)에 관한 시편들은 주체 분열의 시이거나 주체 부정의 시들이었다.

물론 개의 시편들에 대해 다르게 접근할 수 있다. 이낙봉에게 개는 과거의 기억과 관련있는지 모른다. 이낙봉에게 과거는 개로서 기억되고 있는지 모른다. 이에 대한 단서를 주는 시가 「050824」이다.

독하게 술을 마실 때마다 개의 꼬리에 노래를 매달았다, 노래를 매달자 달랑달랑 싹이 나고 넝쿨을 뻗고 열매가 맺혔다, 허기를 위하여 씹어봤더니 시큼했다, 시큼한 허기 허기 허기의 80년대,

−「050824」 부분

개는 시적 화자로 보인다. 그러므로 개의 꼬리는 시적 화자의 꼬리라고 할 수 있다. "개의 꼬리에 노래를 매달았다, 노래를 매달자 달랑달랑 싹이 나고 넝쿨을 뻗고 열매가 맺혔다, 허기를 위하여 씹어봤더니 시큼했다"고 하였다. 먹을 것이 없었다고 한 것으로 이해할 수밖에 없다. 뒤에서 "허기의 80년대"라고 하지 않았는가. 이낙봉은 80년대에 '허기의 개'와 함께 살고 있었다. 트라우마라고 하지 않을 수 없다. 기억 속의 허기의 개이지만 여전히 살아 있는 개!

한 마디 부기하면 이낙봉의 이번 시집들의 시에는 전통적인 제목이 없다. 날짜를 대신하는 것으로 보이는 숫자 6개가 제목 자리에 위치하고 있을 뿐이다. 주체 부정을 넘어서 시 자체를 부정하고 있다고 말할 수 있을까. 변별성을 부정하는 것을 시 자체를 부정하는 것으로 보는 것이다.

모더니즘의 여러 기법들

박유라론 — 시집 『푸른 책』을 중심으로

1. 들어가며

형식주의자가 있고 내용주의자가 있다. 박유라는 내용주의자에서 형식주의자로의 행로를 가고 있는 것으로 보인다. 『야간병동』, 『갈릴레이를 생각하며』 등 이전의 시집에서는 내용주의가 두드러졌으나, 이번 시집에서는 형식주의가 두드러지고 있다. 내용주의자에서 형식주의자로의 행로를 가는 것은 허무주의 때문이라고 할 수 있다. 김춘수는 '허무'가 형식의 문을 두드리게 했다고 하였다.1) 무의미시는 형식의 무의미시였다. 태양 아래 새로운 내용은 없다고 하는 것이 허무주의이다. 사랑, 죽음, 불의 등이 있지만 반복된 사랑, 반복된 죽음, 반복된 불의일 뿐이다.

형식주의자의 박유라가 사용한 것은 동시적 記述(혹은 병렬 양식)과 시간확대경 기술, 그리고 공감각 등이다. 시간확대경 기술과 병렬 양식, 그리고 공감각들은 모두 모더니즘의 주요 기법들이다. 확대, 병렬, 공존은 부분이

---

1) 김춘수, 「意味에서 無意味까지」, 『金春洙詩選』, 정음사, 1981, 196~197면 참조.

아닌 전체와 관계하기 때문이다. 모더니즘은 '잃어버린 전체'를 전제하기 때문이다. '창공의 빛나는 별'을 따라가며 '큰 지도'를 만들려고 하기 때문이다. 되블린이나 조이스들은 그들의 소설들에서 이것저것을 얘기하는데 많은 공을 들였다. 그들의 소설은 구성의 소설이었다. '전체'의 소설이었다.

모더니즘이 전체와 관계한다고 하더라도 전체 그 자체는 아니다. 전체에 도달하지 못한다. 모더니즘은 내용의 모더니즘이 아니라, 형식의 모더니즘이다.

2. 동시적 기술

먼저 동시적 기술을 보자. 예를 들어 「대명사 '그'」에서

> 주말판 「책의 향기」 행간에 굵은 밑줄이 그어진다
> 유리창 너머 흔들리는 밑줄처럼 바람이 지나가고
> 저 타블로이드판 크기의 풍경 속 한없이 '그'가 가고 있다

라고 한 것은 3개의 동시적 행위를 보여준 것이다. "굵은 밑줄"을 긋는 행위, "유리창 너머 […] 바람이 지나가"는 것을 보는 것, "타블로이드판 크기의 풍경 속"에 있는 "'그'"를 생각하는 것 등이다.

> 소리없이 차오르기 시작하는 밤을 자박자박 누르며
> 비행기가 흘러간다
> 흐르는 난바다 푸른 거북을 따라잡지 못하는 토끼처럼
> 구름 한 덩이 가물가물 졸면서 가고 […]
> 벗어두고 온 나의 외로움만이 한 장 희게 펄럭이고 있을 그곳
> 비어 있는 방 한 칸이 가고 있다
> 마시다 남은 물과 옷과 체취와 자주 듣던 애절한 노래 한 곡과

침대 위 머리카락 몇 올이 함께 가고

―「흘러가는 서울, 북위 38°―사진 4」 부분

"비행기"가 가고 "구름"이 "가고 […] 방 한 칸이 가고" 있다고 하였다. 방 한 칸에 있는 여러 것들도 "함께 가고" 있다고 하였다. '비행기'와 '구름'은 인접의 관계에 있다 하더라도, 그리고 '방 한 칸'은 "마시다 남은 물", "옷", "체취", "자주 듣던 애절한 노래 한 곡", "침대 위 머리카락 몇 올"을 포괄하고 있다 하더라도, 비행기, 구름들과 '방 한 칸' 및 방 한 칸 속의 마시다 남은 물, 옷, 체취, 자주 듣던 애절한 노래 한 곡, 침대 위 머리카락 몇 올들은 서로 관계가 없다. 병렬의 관계이다.

3. 시간확대경 기술

동시적 사건들은 또한 '시간확대경 기술'[순간문체]로 상세히 묘사되고 있다. 탁월한 묘사는 탁월한 서술만큼 쉬운 일이 아니다. 탁월한 서술에 감탄하는 것은 내용에 감탄하는 것이고 탁월한 묘사에 감탄하는 것은 형식에 감탄하는 것이다. 이를테면 다음과 같은 묘사에 탄복하는 것은 형식에 탄복하는 것이다.

무균의 햇살 알갱이들이 비수처럼 반짝인다. 텔레비전에서는 '히말라야 통신'이 디지털 시험방송 중이고 강아지는 제 그림자를 보며 엎드려 있다. 눈부신 방의 한 순간, 눈썹과 눈썹 사이에서 장면들이 잘게 떨린다. 1000분의 1초쯤. 티벳의 흰 돌집과 화면 밖 강아지 숨소리, 그 아리아리한 것들을 포를 뜨듯 살짝 저며낸다면, 30도 각도로 칼집 넣는 소리는 나지 않게, 피 한 방울도 나지 않게, 겨울 오전 10시 15분의 적막이 난자 당한다.

―「점멸하는 겨울 오전 10시 15분」 부분

　"무균의 햇살 알갱이들"이라고 하였다. "아리아리한 것들을 포를 뜨듯 살짝 저며낸다"고 하였다. 시인의 말을 빌면 "1000분의 1초"에 대한 묘사이다. 말 그대로 시간확대경 기술이다. 주목되는 것은 "눈썹과 눈썹 사이"라고 한 것이다. '시간확대경기술'은 '사이'를 포착하는 것이라고 할 수 있다. 시인은 "밀물과 썰물 사이"(「내소사 일주문」), "날숨과 들숨 사이"(「통증」)를 포착한다고 하였다. 밀물을 포착하고 썰물을 포착하는 것이 아니라. 날숨을 포착하고 들숨을 포착하는 것이 아니라.[2]

　시간확대경기술은 '사진' 연작 시편들에서 두드러진다. '철저자연주의'의 시간확대경 기술은 사진술과 밀접한 관련이 있다. 사진처럼 복사하자는 것이 철저자연주의의 정신이었다.

> 순식간에 지나가는 한 컷
> 고양이가 껍질 벗긴 장어 한 마리를 훔쳐 물고 달아난다
> 명산장어에서 한 칸 공터를 지나 오동도횟집까지
> 햇살을 파닥이며 바람이 재빨리 불고 간다
> 피복 벗겨진 고압선처럼
> 몸에서 꺼낸 한 줄기, 그림자가 시뻘겋게 감전되는
> 오후 1시 30분
>
> 　　　　　　　　　－「가을이 주머니에서-사진 1」 부분

　"고양이가 껍질 벗긴 장어 한 마리를 훔쳐 물고 달아"나는 모습을 시인의 표현대로 "순식간에" 촬영하고 있다("순식간에 지나가는 한 컷"). "햇살을 파닥이며 바람이 재빨리 불고 간다"는 어떤가. 묘사의 절정 아닌가. 고양이의 달아나는 속도를 느낄 수 있지 않은가. 박유라의 '특출'은 하나를

---

2) 시인은 사이를 보는 자라고 할 수 있다. 행간을 보는 자라고 할 수 있다. 사이와 행간을 보는 자는 시인의 사명에 충실한 자이다. 시인의 사명 중의 하나는 보지 않는 것을 보게 하는 것이다. 프루스트와 조이스도 그랬다.

하나로서 말하는 데에 있지 않다. 하나를 복합적으로 말하는 데에 있다. 내부와 외부의 복합이다. 철저자연주의의 정신은 '내부와 외부의 복합'이었다.

「능소화가 지고 있다」가 무엇보다도 순간문체의 시이다.

저 꽃, 찬연한 열반

산산이
햇빛이 쏟아지고 있다.
눈부신 혁명처럼
꽃이 튀어나간다
서늘한 비명을 끼얹으며
뜨거운 대낮을 휩쓸고 가는 그림자
꽃을 태운 구급차 한 대 바삐 사라지고 있다
이어서 바람이 튀어나간다

― 「능소화가 지고 있다」 부분

묘사는 단순한 풍경에 대한 것이 아니다. 풍경과 심정이 한데 어우러져서 형성된 묘사이다. 평면적 묘사가 아니라 입체적 묘사이다. 물질에 정신이 들어간 것이므로 '외부와 내부의 복합'이다. 헤겔의 '객관적 유머'와도 관계있다.

4. 공감각

공감각도 모더니즘과 관계있다. 공감각은 하나의 감각이 아닌, 두 개 이상의 감각이기 때문이다. 모더니즘은 '복수형'의 모더니즘이다.

① 가도 가도 그 자리
　　풀밭 벽에서 반야를 되새김질하는 염소들
　　눈조리개 몽롱히 열어 옴쭉옴쭉 방정맞게
　　여기서도 옴 저기서도 옴 옴을, 오물거리며

　　해가 가마솥 풀빵만큼 부풀어오른 정오
　　라디오에서는 흘러간 옛노래가 메들리로 나온다

　　　　　　　　　　　　　　　　　　　－「언덕 위의 염소」 부분

② 쇼팽이 건반 위에 바람을 하나씩 누르며
　　'녹턴'을 내려 놓을 때
　　못견디며
　　나비 떼가 날아오른다
　　꼴딱꼴딱 숨 넘어갈 듯 연한 이파리들이 떨고
　　눈물을 긁어낸 꽃눈의 붉은 흔적을 뚫고
　　날카롭게 진달래가 피어난다

　　　　　　　　　　　　　　　　　　　　　－「눈물이 마렵다」 부분

③ 싸이렌이 내 입 속 노랗게 중앙선을 끌고간다

　　　　　　　　　　　　　　　　　　　　　　　　－「봄비」 부분

④ 물컹 밟히는 햇살
　　소실되어가는 한 점 가을
　　[…]
　　바람 한 자락 분탕질로
　　너무 많이 쏟아지는 남자

　　　　　　　　　　　　　　　　　　　　　－「은행털이」 부분

　　①에서 앞부분은 시각적 이미지를 제공하고 있고, 뒷부분은 청각적 이
미지를 제공하고 있다. "염소들"의 "오물"거림이 시각적이며, "흘러간 옛

노래"의 "메들리"가 청각적이다. ②에서도 청각적 이미지와 시각적 이미지가 공존하고 있다. 첫 두 행의 청각적(혹은 촉각적) 이미지가 "나비 떼가 날아오른다", "연한 이파리들이 떨고", "진달래가 피어난다" 등의 시각적 이미지로 변주되었다. ③도 청각적 이미지와 시각적 이미지의 공존이다. "싸이렌"과 "노"랑이 공존하였다. ④에서는 촉각적 이미지와 시각적 이미지가 공존하고 있다. "물컹 밟히는 햇살"이 촉각적 이미지이고 "소실되어 가는 한 점 가을", "너무 많이 쏟아지는 남자" 등이 시각적 이미지이다.

5. 조화 · 화해의 공감각

①의 「언덕 위의 염소」는 형식뿐만 아니라, 내용으로도 모더니즘과 관계한다. 공존의 공감각은 조화·화해의 공감각이기도 하다. "풀밭" 위의 염소들에 대한 묘사는 다음과 같이 이어진다.

손가락 장단을 한 번씩 퉁겨 올릴 때마다
부드럽게 흐르는 턱과 턱 능선에서
침에 섞여 노래와 풀들이 잘게 으깨지고
한나절 언덕이 잘 반죽되고 있다
부풀어 올라라 부풀어 올라라 풀 풀 풀
해가 서쪽 목책에 종잇장처럼 가볍게 걸릴 때까지
내일 아침 한 통 하얀 젖이 흘러나올 때까지

"풀"과 "노래"가 합쳐져서 "잘게 으깨지고" 있다고 하였다. "잘 반죽되고 있다"고 하였다. "내일 아침 한 통"의 "하얀 젖"으로 변용되어 "나" 오게 하기 위하여. 풀과 노래가 잘 반죽되고 있다고 한 것이 압권이다. 두 개(풀과 노래)가 하나를 지향하였다. '하나'는 조화·화해로서 유토피아에

‘근접’한다. 잃어버린 유토피아에 대한 갈구 또한 모더니즘의 정신이다.

　　조화·화해, 혹은 ‘완전’에 대한 지향은 다음과 같은 시편에서도 나타
난다.

ㅡ「과녁 ㅁ에서 ㅇ까지」 부분

　　특히 ‘괄호(　)’가 문제이다. “(컴퓨터를 켜 두지만 나는 왠지 ‘켜둔다’
를 ‘벗긴다’로 쓰고 싶다)”, “(‘저기 팜파스다’라는 문장을 어딘가에 끼워
넣으려 했으나 실패했다)”들을 끼워 넣은 것이 문제이다. 괄호 안과 괄호
밖을 공존(혹은 보완)의 관계로 보는 것이다. 시각과 청각이 공존하는 공감
각처럼 공존(혹은 보완)의 관계로 보는 것이다. 괄호 안의 것들은 창작의 과
정을 ‘다’ 밝히려는 의도의 소산이다. 창작미학은 시작메모, 대담, 편지들
에서 밝히는 것이 보통이다. 시에서 직접 밝히는 것은 절박한 느낌을 준다.
‘분열’이 절박하고 분열의 극복이 절박하다고 한 것이다.

6. 데페이즈망

데페이즈망의 시들도 모더니즘과 관계있다. 데페이즈망은 轉置로 번역되는데 있어야 할 자리에 있지 않고 있지 말아야 할 자리에 있을 때 쓴다. 어울리지 않는 것의 병치이므로 역시 모더니즘과 관계있다. 하나에 대한 것이 아니고 둘 이상에 대한 것이기 때문이다. 데페이즈망은 동시적 기술, 공감각들과 인접의 관계에 있다.

> 그림자를 벗어두고 햇빛 아래 눕는다
> 내가 한 점 소실되는 짧은 바람 동안
> 가지마다 바싹거리는 꽃잎들
> 지고 또 지는 봄눈처럼
> 차가운 정오 저 멀리
> 1972년 4월 16일 투명하게
> 소설 <설국>의 작가 가와바타 야스나리가 자살했다
> 입에는 가스관을 물고 쓰다만 원고지에 '또'자를 남긴 채
>
> 캄캄한 체관 끝 흩날리는 하얀 숨결

-「벚꽃 아래 잠들다」 전문

"벚꽃"이 분분히 "흩날리는" 것을 보며 "가와바타 야스나리"의 "자살"을 떠올리고 있다. 분분히 흩날리는 벚꽃 속에 자살한 가와바타 야스나리를 갖다놓은 것이 데페이즈망이다. 분분히 날리는 벚꽃 사이에 있는 '자살한 가와바타 야스나리'를 떠올려보라. 데페이즈망은 '그로테스크'의 다른 말이다.

7. 불투명 · 모호

　박유라의 시편들은 많은 경우 불투명한 이미지를 제공하고 있는데 이
것도 하나의 전략으로 보인다. 투명한 이미지들보다 불투명한[모호한] 이
미지들이 '전체'와 더 가까이 있는 것으로 보이게 하기 때문이다. 투명한
이미지들은 단일한 이미지이기 쉽기 때문이다. 예를 들어보자.

> 마라도수산에서 우성상가 꽃집까지
> 내 잃어버린 반지를 찾아보지만
> 눈물이었을까
> 그동안 거쳐온 무수한 틈새와 바람
> 바다에서 시작해 꽃에서 지워진 발자국
> 남은 눈썹을 하얗게 그을며
> 나는 각성되고 있다
> 그리운 幻,
>
> 　　　　　　　　　　　　　　　　　　　－「幻」 부분

　불투명한 이미지들의 나열이라고 하지 않을 수 없다. 불투명한 이미지
들이 전체와 관계있을지도 모른다는 추측을 낳게 하고 있다. 그러므로 불
투명, 모호 또한 모더니즘의 주요 세목들이다. 위의 시에서 시인은 "그리
운 幻"이라고 함으로써 '불투명', '모호'들에 대한 호의를 명시적으로 표명
하였다.

　철새의 비행을 구도적 자세에 비유한 「철새」에서 '모더니즘적'은 절정
에 도달한다.

> 언제나 으뜸음 '도'를 찾아 흔들리고 있다
> [⋯]

> 언제나 흔들리지 않을 '도'를 찾아
> 높고 낮은 음계 사이를 날아다닌다
>
> ―「철새」 부분

"높고 낮은 음계 사이를 날아다"니는 것은 두 개 이상을 날아다니는 것이다. 물론 "흔들리지 않을" 완전한 "으뜸음 '도'"를 찾기 위해서이다. 완전을(혹은 전체를) 찾는 행위가 모더니즘 정신에 부합한다. 절창이다.

8. 「푸른 책」과 「카페에서 책 읽기」

위의 여러 경향들이 집대성되어 나타난 곳이 바로 序詩 「푸른 책」이다. '여러 경향들의 집대성'이 「푸른 책」을 시집의 맨 앞에 놓게 하였다. '여러 경향들'을 의식하지 않더라도 「푸른 책」은 충분히 아름답다. '일회적' 아우라가 넘쳐난다.

> 늦가을 부부까치가 나뭇가지 베란다에 앉아 있다
>
> 아파트 9층 높이에서 잘게 부서지는 햇빛과
> 달그락거리는 그릇 소리, 물 내리는 소리,
> 풍경은 풍경끼리 소리는 소리끼리 아른거리며 떠올라
> 저 창 너머 푸른 책 속에 쟁여지겠다
>
> 내가 한 페이지 가뿐히 넘겨지는 찰나,
>
> ―「푸른 책」 전문

첫째, 순간문체, 혹은 시간확대경 기술에 대하여 : "부부까치가 나뭇가지 베란다에 앉아 있다"고 한 것, "아파트 9층 높이에서 잘게 부서지는 햇빛과 / 달그락거리는 그릇 소리, 물 내리는 소리"라고 한 것 등이 순간문체이다. 특히 뒤의 표현이 그렇다. 누가 아파트 9층 높이에 있는 햇빛과 그릇 씻는 소리, 물 내리는 소리를 포착할 수 있는가. 예민한 '극사실주의적 촉각'을 가진 자만이 할 수 있는 일.

둘째, 순간문체와 관련 있는 것으로 '동시적 기술'이 사용되고 있다. "부부까치가 나뭇가지 베란다에 앉아 있"는 것과 "아파트 9층 높이에서 […] 햇빛"이 "잘게 부서지는" 것과 "그릇" 씻는 소리, "물 내리는 소리"들은 동시적으로 일어나는 일들이다.3)

셋째, 동시적 기술과 관계있는 것으로 '공감각'이 사용되고 있다. "아파트 9층 높이에서 잘게 부서지는 햇빛과 / 달그락거리는 그릇 소리, 물 내리는 소리"의 병치가 감각의 병치이다. 시인의 표현을 빌면 "풍경"과 "소리"의 병치이다. 시각적 이미지와 청각적 이미지의 병치이다.

넷째, 순간문체, 동시적 기술, 공감각들에 시적 화자가 포함되어 있다. 시적 자아가 순간문체의 일부를 이루고, 시적 화자가 동시적 기술의 일부를 이루고, 시적 화자가 공감각의 일부를 이룬다. "내가 한 페이지 가뿐히 넘겨지는 찰나"는 순간문체의 페이지, 동시적 기술의 페이지, 공감각의 페이지 속에 나도 포함되어 있다는 것을 알리는 것이다. 구성 요소가 많아지면 많아질수록 '전체'는 그만큼 풍성해진다.

맨 끝 구절 "내가 한 페이지 가뿐히 넘겨지는 찰나,"를 마침표로 끝내지 않고 쉼표로 끝낸 것도 모더니즘과 관계있다. 쉼표는 미완성이라는 것을 암시한 것. '전체'에 도달하려는 의지를 보여준 것. 시쓰기가 전체에 도달하려는 과정이라는 것을 암시한 것.

---

3) 동시적 기술은 다시 말하지만 모더니즘의 주요 양식이다. 분열과 관계있고, 분업과 관계있고, 따라서 전체와 관계있기 때문이다. 분열들이 모여서, 분업들이 모여서, 전체에 다가가려고 하기 때문이다.

「카페에서 책 읽기」가 동시적 기술, 혹은 공감각을 더욱 구체적으로
보여주었다.

　　　어디선가 삐걱이는 문, 바람에 슬리는 파도
　　　그런 것들로 내가 지쳐 잠든 사이
　　　−나는 혹시 물고기가 꾸는 꿈이 아닌지
　　　알 수 없는 문자들이 카피되는 카페
　　　우울한 음악이 흐르는 저 바다 멀리
　　　바디바바디바(−D−/−D−)혈액형의 산모가
　　　꿈을 꾸고 있다 꿈은 꿈에 잇달아 있고
　　　어쩌면 음악파일 'Ocean Blue'는 끝나지 않을지도 모른다
　　　내가 알지 못하는 곳에서 누군가는 저 음악을 듣겠지
　　　바다에 나가 흘러오고 흘러가는 밤을 오래 바라보겠지

　　　　　　　　　　　　　　　　　　　−「카페에서 책 읽기」 부분

예를 들어 "삐걱이는 문", "바람에 슬리는 파도", "우울한 음악이 흐
르"고 있는 "카페"들은 청각적 이미지의 동시성이다. 청각적 이미지의 동
시성은 "꿈을 꾸고 있"는 "산모", "흘러오고 흘러가는 밤"이라는 시각적
이미지들과 합쳐져서 시각적 이미지와 청각적 이미지의 동시성, 혹은 공감
각을 만들고 있다.

9. 내용주의

내용주의의 시편들이 없는 것은 아니다. 한 가지 반찬만을 먹지 않는
것이라는 점에서 역시 모더니즘과 관계있다. 형식주의와 내용주의의 공존
도 모더니즘과 관계있다고 보는 것이다.

① '오이도'란 말속에는
두어 방울 눈물이 맺혀 있다

아침마다 검은 머릿단 빗어 묶을 때
지는 꽃잎에 눈길 아련해질 때
가슴으로 넘치는 파도 앞에
말문 막혀 서있을 때

밀려오고
밀려가는

'사람'이란 말속에도
눈물 두어 방울 맺혀 있다.

―「눈물 두어 방울―시화호에서」 전문

② 바람 하나에 미치도록 살아있고 싶어
그러나, 바람 둘에 깨끗이 죽고 싶어
바람 셋, 바람 넷……
하늘 끝에 닿고 싶어

―「겨울 안면도」 부분

③ 어머니 3주기 제를 올린 밤
어―하―넘, 어―하―넘,
달빛은 노래와 범벅이 되어 파닥거린다
어느 숨에 나는 가벼이 저 바다를 넘어야 할까

―「흰 笏, 투망질」 부분

　①은 "눈물"의 시이다. 시인도 눈물을 흘리고 독자도 눈물을 흘려야
하는 시이다. ②에서는 "살아있고 싶어 […] 깨끗이 죽고 싶어"가 내용주

의이다.4) ③에서는 어머니를 잃은 슬픔이 존재론적 관심을 이끌어내고 있다. "어느 숨에 나는 가벼이 저 바다를 넘어야 할까"라고 한 것이 존재론적 관심이다.

① 내안의공허가그많던권태의면발들을삼키고흐물흐물해진다

후식대신무반주첼로모음곡들끓는

현들의음색이면발처럼불어나굵어진그러나툭툭끊기는

권 태 가 팅 팅 불 어 공 허 가 불 룩 하 다

―「섬에서 먹은 점심」 부분

② 내 들끓는 바다
한 겹 살갖의 투명한 유리알 안쪽
심연에서 날뛰는 고래 한 마리
붉게 젖은 내장들을 속속들이 꺼내어
파도 끝에 뜨겁게 내다 걸고 싶어
한 번 멀리 나갔다
한 번 깊게 돌아오고 싶어

―「붉은 모래시계 2」 부분

"권태"가 먼저이고 "공허"가 나중이다. 권태를 공허가 잡아먹는다고 하고 있다. 공허한 인생에 대한 노래이다. '권태한' 인생에 대한 노래이다.

②에서 압권은 "한 번 멀리 나갔다 / 한 번 깊게 돌아오고 싶"다라고 한 것이다. 도시적 현실, 규격화된 일상 속에서 누가 이런 꿈을 꾸지 않는

---

4) 그러나 여기에도 모더니즘의 정신이 녹아 있다. 곧 이어 "바람 셋, 바람 넷…… / 하늘 끝에 닿고 싶어"라고 했기 때문이다. '하늘 끝'에 대한 지향은 모더니즘적 지향이다.

가. '한 번 멀리 나갔다 한 번 깊게 돌아오고 싶다'고 한 것에서 감동을 느꼈다면 '솔직한 표현'이기 때문이다. 그리고 적확한 표현이기 때문이다.

신경과 의사는 숨이 막히면 비닐봉지 같은 것을 입에 대고 숨을 내쉬고 들이쉬고 하라고 한다. 숨이 막히는 것은 이산화탄소의 부족 때문이다. 이산화탄소가 많이 부족하면 혼절한다.

> 원추리가 화염에 숨구멍을 대고
> 헐떡이고 있다
> 뜨겁게 교차하는 날숨과 들숨

-「붉은 모래시계 3」 부분

시적 화자가 "원추리"라면 '숨막히는 원추리'이다. 쓰러지기 직전의 원추리가 쓰러지지 않으려고 "화염에 숨구멍을 대고 / 헐떡이고 있다".

문제는 「미시령 달동네」에서의 "상처의 꼭대기층"이다. 박유라의 상처의 꼭대기층을 차지한 것은 무엇일까. 어머니일까. 「꽃 저편에서」 박유라는 어머니를 잃은 슬픔을 노래하면서 "나는 이 슬픔으로 또 누굴 먹여 키워야 하나"라고 하였다.[5] 혹은 시쓰기 그 자체가 아닐까. 시를 슬픔으로 먹여 키우는 것이라고 했다고 볼 수 있기 때문이다.

10. 나가며

공감각, 동시적 기술, 시간확대경 기술들이 지배하는 시들을 '내용'과

---

[5] '어머니'에 대한 시가 4부 '꽃을 찾아서'에 여럿 있다. 「구멍」, 「흰 폼, 투망질」, 「풍화하는 아파트」, 「꽃 저 편으로」, 「뻘밭」 등이다. 상실은 '고통 중의 고통'이다. 그 중에서도 죽음에 의한 상실이 고통 중의 고통이다. '복원'에 대한 희망을 가질 수 없기 때문이다.

전혀 관계없다고 할 수 없다. 공감각, 동시적 기술, 시간확대경 기술들은 삶의 복합성과 다면성을 보여주려는 시도의 구체화라고 할 수 있다.

박유라의 시적 행로를 이를테면 圓滿한, 완전한 달 하나를 보기 위한, 잃어버린 반쪽을 찾기 위한, 도정이라고 할 수 있다.

> 잃어버린 달의 뒷면이 바다에 빠졌다
> 보름달이 제 반쪽을 찾으러 가장 크게 몸을 부풀렸다
> 반쪽은 이미 숨을 수 있는 곳이면 어디든 사라진 뒤였다
> 망둥이 지느러미, 게의 눈 속,
> 모래 속으로, 알 수 없는 시간 속으로, 모르는 풍경 속으로
>
> —「부풀어 오른 안면도」 전문

"반쪽"은 어디로 갔을까. "모래 속으로, 알 수 없는 시간 속으로, 모르는 풍경 속으로" 갔을까. 그래서 박유라는 '모래'를 뒤집었을까. '시간'을 해부했을까. '풍경'을 기록했을까. 여기에 동원된 것이 시간확대경 기술, 동시적 기술, 공감각, 혹은 데페이즈망 등의 기법이었다. 박유라는 잃어버린 반쪽 달을 찾을 것인가. 다음 시집이 궁금한 이유이다.

저자 **박찬일**

춘천 출생.
연세대학교 독문학과 및 동 대학원 졸업(문학박사).
독일 카셀대학에서 수학.
1993년『현대시사상』에「무거움」,「갈릴레오」등을 발표하며 시단에 데뷔.
시집으로『화장실에서 욕하는 자들』,『나비를 보는 고통』,『나는 푸른 트럭을 탔다』,
『모자나무』, 평론집으로『해석은 발명이다』,『사랑, 혹은 에로티즘』,『詩를 말하다』,
연구서로『브레히트 시의 이해』등이 있음.
박인환문학상, 시와시학상젊은시인상 수상.

역락비평신서 12
근대 : 이항대립체계의 실제

저자 박찬일

인쇄 2007년 10월 20일
발행 2007년 10월 30일

펴낸곳 도서출판 역락
등록 1999년 4월 19일 제303-2002-000014호
펴낸이 이대현
편집 이소희

주소 서울시 서초구 반포4동 577-25 문창빌딩 2층
전화 3409-2058, 2060
팩시밀리 3409-2059
홈페이지 http://www.youkrack.com
e-mail youkrack@hanmail.net

값 14,000원
ISBN 978-89-5556-574-4 03810

잘못된 책은 바꿔 드립니다.